임을 위한 행진

임을 위한 행진

윤한봉 전기

© 황광우, 2017

초판 1쇄 펴낸날 2017년 6월 5일

지은이   황광우
지은이(영문판)   황광우·최혜지
펴낸이   박재영
편집   강혜란, 임세현
디자인   스튜디오 모브
제작   제이오

펴낸곳   도서출판 오월의봄
주소   04032 서울시 마포구 양화로 133, 1605호
등록   제406-2010-000111호
전화   070-7704-5809
팩스   0505-300-0518

이메일   maybook05@naver.com
트위터   @oohbom
블로그   blog.naver.com/maybook05
페이스북   facebook.com/maybook05

ISBN   979-11-87373-19-3 03810

이 도서의 국립중앙도서관 출판시도서목록(CIP)은 e-CIP홈페이지(http://nl.go.kr/ecip)와
국가자료공동목록시스템(http://www.nl.go.kr/kolisnet)에서 이용하실 수 있습니다.
(CIP 제어번호 : CIP2017012103)

• 책값은 뒤표지에 있습니다. 잘못된 책은 바꾸어 드립니다.

임을 위한 행진

윤한봉 전기

황광우 지음
합수윤한봉기념사업회 기획

March for May's Martyrs

Biography of Yoon Han-bong

Hwang Kwang-woo and
Choi Hedgie co-author

오월의봄

차 례

서문

2007년 6월 27일 한 영혼이 하늘로 갔다. 소설가 홍희담의 고백 그대로 이 지상에서 그와 함께 살았다는 것만으로 행복했던 '순결한 영혼'이었다. 그와 함께 추억을 공유하는 지인들은 만나면 모두 '그의 삶'을 기록하자고 했다. 그러나 아홉 해가 지나도록 약속은 지켜지지 않았다.

윤한봉은 괴이한 사람이었다. 그는 자신을 기록하도록 쉽게 허락하지 않았다. 삶이 파란만장했으므로 아무나 덤빌 수 없었다. 누가 1980년 5월 21일 살육의 현장을 글로 묘사할 것인가? 누가 1980

년 5월 26일 공수부대가 도청을 공격하던 그날 밤의 긴장과 공포를 글로 묘사할 것인가? 누가 1981년 4월 30일 표범호의 화장실에 숨어 망명길을 떠나는 서른네 살 젊은이의 눈물을 글로 옮길 것인가? 누가 12년 동안 망명생활을 하면서 견뎌야 했던 향수와 고독을 글로 담을 수 있을 것인가?

형이 이 세상을 뜨고 나는 5년 동안 형의 족적을 조사했다. 나는 윤한봉과 함께 살을 부대끼고 살아온 분들을 두루 만났다. 전홍준과 이강, 김상윤과 나상기, 이학영과 조계선, 최철과 정용화, 박형선과 윤경자, 윤영배와 신소하로부터 윤한봉과 광주의 숨은 이야기를 들었다.

윤한봉은 한국과 미국에 족적을 남긴 이였다. 윤한봉의 삶을 온전히 이해하는 것은 참으로 힘들었다. 윤한봉은 1996년도에 자신의 회고록 《운동화와 똥가방》(후에 《망명》이란 이름으로 재출간됨)을 출간했고 2006년 타계하기 직전 자신의 삶을 소상하게 밝힌 구술록을 남겼다. 한 권의 책과 한 편의 구술록을 남기고 타계했으니 선배의 삶을 정돈하고자 하는 작가에게 막강한 전거를 남기고 간 셈이다. 그럼에도 미국의 형제들이 '광주의 윤한봉'을 묘사하기 힘들듯이, 우리는 '미국의 윤한봉'을 묘사하기 힘들었다. 콧구멍에 미국의 바람조차 쐬어보지 않은 자가 어떻게 '미국의 윤한봉'을 글로 옮길 수 있을 것인가?

안재성과 나는 2016년 1월 태평양을 건넜다. 우리는 윤한봉과 함께 고락을 함께한 한청련(한국청년연합회) 형제들을 만났다. 로스앤젤레스에서 이길주와 홍기완, 김준과 윤희주, 안동현과 서연옥, 김진엽을 만났고, 시애틀에서 김진숙과 김형중, 이종록과 이교준, 모선길과 박준우, 권종상과 조대현, 그리고 몇 명의 부인들을 만났다. 시카고에서 장광민과 이재구, 박건일과 김남훈, 그리고 최인혜와 여러 분들을 만났고, 뉴욕에서 김수곤과 정승진, 임용천과 차주범, 강병호와 김영국, 문유성과 이종국, 김희숙과 김갑송, 장미은과 박성연을 만났다. 뉴저지에서 강완모를 만났고, 워싱턴 DC에서 서혁교를 만났다. 전에 몰랐던 일화들을 수집할 수 있었다.

돌아와 나는 광주에 있는 문화사랑방 '오월의 숲'에서 매월 두 차례 윤한봉의 지인들을 모시고 윤한봉을 이야기하는 집담회를 열었다. 윤광장과 김희택, 조광흠과 최동현, 정상용과 정해직으로부터 유익한 이야기를 들을 수 있었다. 참으로 힘들게, 그리고 참으로 반갑게 안재성의 손에서 《윤한봉: 5·18민주화운동 마지막 수배자》의 원고가 나왔다.

그런데 또 문제가 제기되었다. 미국에 거주하는 한청련 형제들의 자녀들, 미국에서 태어나 미국에서 학교를 다닌 탓에 한국어를 알지 못하는 동포 2세들과 윤한봉이 그렇게도 사랑했던 타민족 형제들에게 안재성의 《윤한봉》은 그림의 떡이나 마찬가지였다.

기념사업회는 나에게 '영문 윤한봉 전기'를 만들어낼 것을 주문했다. '미국의 윤한봉'을 몰라 애를 먹었던 것처럼 '영문 윤한봉 전기'를 만드는 과정에서 또 한번 넘기 힘든 장애를 만났다. 영어를 모국어로 사용하는 이는 한국인 윤한봉을 기술할 수 없다. 마찬가지로 한국어를 모국어로 사용하는 이는 미국의 청소년들이 이해할 수 있는 영어를 구사할 수 없다. 두 언어, 영어와 한국어 사이엔 말 그대로 태평양이 가로놓여 있었다. 우리가 한국에서 익힌 서툰 영어의 조각배를 타고 어떻게 저 태평양을 건널 것인가? 이것이 우리가 직면한 난제였다.

최혜지를 만난 것은 행운이었다. 최혜지는 미국에서 초등학교와 중학교를 다녀 영어를 모국어로 구사하는 학생이며, 광주에서 고등학교를 졸업하고 현재 연세대학교를 다녀 한국어도 잘 쓰는 '두 언어 구사 능력의 소지자'이다. 최혜지 덕택에 '영문 윤한봉 전기'가 제법 읽어볼 만한 문건으로 탈바꿈되었다. 우리는 이 영문본을 미국의 동포 2세들에게 읽혔다. 미셸 장재은, 알버트 박, 최 클라라, 김유진, 전새희, 이 클리프, 강현우로부터 아주 꼼꼼한 감수를 받았다.

'국문 윤한봉 전기'의 초고는 애당초 '영문 윤한봉 전기'를 만들기 위한 밑그림이었다. '국문 윤한봉 전기'의 초고는 영작을 전제로 작성된 글이어서 매우 간결하게 작성되었고, 더러는 거친 대목도 있다. 이제 '영문 윤한봉 전기'를 탈고하고 나니, 나는 더 이상 '영작의 족쇄'에 얽매일 필요가 없게 되었다. '국문 윤한봉 전기'의 초고를 갈고 다듬는 과정은, 마치 조각가가 진흙을 만지고 놀듯 나에게 즐거운 일이었다.

결과적으로 우리는 전혀 다른 두 권의 전기, '영문 윤한봉 전기'와 '국문 윤한봉 전기'를 손에 쥐게 되었다. 나는 '광주의 윤한봉'에 대해서 좀 안다. '국문 윤한봉 전기'는 윤한봉의 투박한 육성을 원음 그대로 전달한다. 이뿐만 아니라 윤한봉과 함께 민주주의의 가시밭길을 걸어온 광주 촌놈들의 목소리를 살아 있는 그대로 전하고자 노력했다.

길게는 5년 동안, 짧게는 1년 동안 나는 하루도 윤한봉의 서사로 고민하지 않은 날이 없었다. 내가 윤한봉의 서사에 매달린 것은 내가 어렸을 때 형으로부터 얻어먹은 점심 한 그릇 때문만은 아니다.

마침내 새 정부가 들어섰다. 이제 촛불은 새 역사를 만들어가야 한다. 우리가 만들어야 할 '새 나라'는 무엇일까? 우리가 후대에 물려주어야 할 '새로운 삶'은 무엇일까? 나는 그 답이 여기 이 책에 있다고 확신한다. 이 글을 읽고 '나도 윤한봉과 같은 삶을 살겠다'고 다짐하는 청소년이 단 한 명이라도 출현한다면, 숱한 밤 윤한봉과 씨름했던 나의 노동에 대한 보상은 그것으로 충분하다.

2017년 5월

빛고을에서

황광우 씀

프롤로그

1970년대 세계사는 몇 명의 독재자를 기억한다. 이란의 팔레비, 필리핀의 마르코스, 칠레의 피노체트가 그 예들이다. 그들은 모두 미국의 후원을 받는 제3세계의 독재자들이었다. 이들 무리에 한국의 독재자 박정희도 낀다. 박정희는 1961년 탱크를 앞세워 권력을 장악한 후 18년이나 장기 집권을 했다.

1972년 10월 17일 박정희는 유신헌법을 선포했다. 초헌법적인 국가긴급권을 발동해 국회를 해산하고 정치활동을 금지하는 동시에 비상계엄령을 선포했다. 그것은 박 대통령 일인의 장기 집권을 위한 개헌이었다. 국민의 기본권을 침해하고, 대통령의 장기 독재를 보장하기 위한, 일인에 의한, 일인을 위한, 일인의 헌법이었다.

박정희와 군부집단은 북한의 남침 가능성을 구실 삼아 대한민국을 거대한 병영으로 바꿨다. 학생들은 학교에서 목총을 들고 군사훈련을 받았고, 교사들은 독재자의 지침을 학생들에게 전달하는 독재의 충직한 하인이 되었으며, 어린아이들은 영문도 모른 채 '우리 대통령, 일 잘하는 대통령'이라고 외치며 독재자를 찬양했다.

일 – 일하시는 대통령
이 – 이 나라의 지도자
삼 – 3·1 정신 받들어
사 – 사랑하는 겨레 위해
오 – 5·16 이룩하니
육 – 6대주에 빛나고
칠 – 70년대 번영은
팔 – 팔도강산 뻗쳤네
구 – 구국의 새 역사는
십 – 10월 유신 정신으로

경찰들은 가위를 들고 다니며 청년들의 긴 머리를 잘랐고, 자를 들고 다니며 여대생들의 짧은 치마를 단속했다. 오후 다섯 시가 되면 국민들은 가던 길을 멈추고 서서 국기를 바라보며 경례를 하도록 강요받았다. 극장에서 영화 한 편을 볼 때도 애국가가 울려퍼지는 영상이 나왔고 사람들은 그 자리에서 모두 기립해야 했다.

박정희는 1974년 1월 8일 긴급조치 1호를 공포하고 일체의 개헌논의를 금지했다. 이어 4월 3일 박정희는 "반체제운동을 조사한 결과, 전국민주청년학생총연맹이라는 불법 단체가 불순세력의 조종을 받고 있다는 확증을 포착했다"고 발표하면서 긴급조치 4호를 발동했다. 박정희와 그의 졸개들은 정권에 대해 비판적인 1,000여 명의 대학생들을 검거했고, 혹독한 고문을 가한 후 180명의 학생들을 서대문교도소에 투옥했다.

'전국민주청년학생총연맹(민청학련)'이라는 조직 명칭은 박정희와 그의 졸개들이 지어준 이름이었다. 대학가 술집에서 '타는 목마름으로 민주주의를 외치던 일단의 대학생'이 듣도 보도 못한 반체제 조직에 연루되어 대부분 10년 이상의 중형을 선고받고 서대문교도소의 마룻바닥에서 찬 겨울을 보냈다.

박정희의 하수인들은 여기에서 그치지 않았다. '전국민주청년학생총연맹' 조직의 배후에는 대학생들의 체제변혁 활동을 지도한 인민혁명당이 있었다고 발표했다. 그들은 도예종, 여정남 등 여덟 명의 청년들로부터 인민혁명당을 결성했다는 거짓 자백을 강요한 뒤 사형을 선고했다. 물론 고문에 의한 조작이었다. 1975년 4월 8일, 대법원에서 사형 판결을 선고한 지 24시간도 지나지 않은 시점에서 박정희는 사형을 집행하도록 지시했다.

가족들은 너무나 어이없는 현실 앞에 반 미친 사람처럼 살려달라고 울부짖었다. 그러나 여덟 사람은 사형을 선고받고 24시간도 채 되기 전에 가족도 모르는 사이 처형당하고 말았다. 사형이 집행된 다음날은 오전 10시부터 목요기도회가 있는 날이었다. 사형당한 이들의 가족들이 함세웅 신부가 있는 응암동 성당에서 합동장례식을 치르려 했으나 경찰들이 시체를 탈취해서 빼돌려버렸다.

시체를 인수받지 못한 한 부인은 죽은 시체지만 하룻밤이라도 집에서 지내고 화장지로 가도록 그 시체를 반환해달라고 피를 토하는 호소를 했으나 끝내 허락받지 못했다. 한 어린 학생은 죽은 아버지의 얼굴을 한 번이라도 보게 해달라며 경찰을 향해 울며 애원하기도 했다.

1975년 4월 9일, 땅도 울고 하늘도 울었다. 서울대학생 김상진은 불의한 권력에 항의해 자신의 배를 갈랐다. 독재자는 또 긴급조치 9호를 발동했다. 1975년 5월 13일의 일이었다. 세 사람만 모여 정치 이야기를 해도 경찰은 영장 없이 국민을 체포했다. 거대한 병영사회였던 대한민국이 거대한 감옥으로 바뀌었다.

물론 헌법은 노동자의 권리를 보장하고 있었다. 법률에 의하면 노동자는 단결할 수 있었고, 단체를 만들어 교섭할 수 있었으며, 단체행동을 할 수 있었다. 하지만 노동자의 권리는 책 속에서 잠자는 권리였다. 1970년 어느 가난한 청년 노동자는 '근로기준법을 지키는 세상'을 외치며 자신의 몸에 신나를 부어야 했다. 아름다운 청년 전태일의 이야기이다. 박정희의 유신체제가 들어선 1972년 이후 대한민국의 노동 현장은 단테도 묘사할 수 없는 끔찍한 지옥이 되었다.

저임금과 장시간 노동에 시달리는 노동자들이 현실을 개선하기 위해 노동조합을 결성하면 먼저 달려오는 자들은 경찰이었다. 경찰서 대공과 형사들은 힘없는 노동자들을 연행해 온갖 구타와 고문을 가했다. '너희들이 만나고 있는 지식인이 누구야?' 노동 현실을 개선하기 위해 도움을 주는 지식인들은 또 '제3자 개입'이라는 죄목으로 엮여 투옥되었다. 그 시절 노동자들은 숨도 쉬기 힘들었다. 공장 입구엔 분명 '노동자를 가족처럼' 대우하자는 팻말이 걸려 있었으나, 들어가보면 공장은 '노동자를 가축처럼' 부려먹는 착취의 현장이었다.

민주주의를 갈망하는 학생들은 줄기차게 저항했다. 그들은 시위를 감행하고, 감옥에 가는 것을 오히려 영광으로 여겼다. 1979년엔 투옥된 민주인사의 수가 1,000명을 넘었다. 전국 서른 개의 교도소는 민주주의를 부르짖으며 투옥된 청년학생들로 넘쳐났다. 독재정권을 후원하던 미국마저 박정희의 야수 같은 압제에 대해 회의적인 시선을 보냈다. 제39대 미국 대통령 지미 카터는 1979년 7월 한국을 방문해 박정희로 하여금 투옥된 대학생들을 풀어줄 것을 요구했다.

영원할 것 같았던 박정희의 철권통치는 예상치 않은 곳에서 무너졌다. 1979년 10월 26일, 그의 충직한 부하 김재규가 총을 뽑았다. 권력자들이 향락을 즐기던 궁정동 안가에서 박정희는 부하가 쏜 총알을 맞고 그 자리에서 즉사했다.

민주주의를 열망하던 학생들의 집회와 시위가 1980년 5월 한국을 휩쓸었다. 역사는 이때의 민주주의 축제를 '서울의 봄'이라 불렀다. 불행히도 봄날은 오래가지 못했다. 전두환으로 대표되는 군부세력이 정국을 장악할 기회만을 엿보고 있었다. 1980년 5월 17일 밤 12시였다. 전두환 군부집단은 비상계엄령을 선포했다. 그것은 사법적 절차를 무시한 채 모든 민주인사들을 체포하고 구속하겠다고 선포한 전쟁이었다. 국민을 적으로 규정한 전쟁이었다.

광주는 한국에서 매우 특이한 도시였다. 일본 제국주의의 강점하에서도 가장 강렬한 독립투쟁을 전개한 곳이었으며, 박정희의 철권통치하에서도 가장 꿋꿋이 저항을 계속한 곳이 광주였다. 1980년 5월 18일 아침, 민주주의를 향해 요동치던 한국이 순식간에 암흑 속에 잠겼다. 모두가 침묵하던 그때, 남도의 한 도시에서 '전두환 물러나라'는 외침이 울려퍼졌다.

지금부터 들려주는 이야기의 주인공 윤한봉은 저항의 도시 광주가 만들어낸 인물이다. 1972년 10월 박정희가 자신의 장기 집권을 보장하기 위해 유신헌법을 선포하던 날, 공부만 하던 모범생이 돌연 투사로 변신했던 것은 광주라는 도시 특유의 정치적 분위기가 그를 감싸고 있었기 때문에 가능한 일이었다. 저항의 도시 광주는 1980년 5월 18일 항쟁의 도시로 진화했다. 광주민중항쟁 이면에는 윤한봉과 그의 동료들이 지속적으로 벌여온 1970년대의 저항투쟁이 있었음을 잊어서는 안 된다. 1970년대 윤한봉과 그의 동료들은 한국의 민주주의 운동을 이끌어온 저항의 구심이었다.

전두환 군부집단의 공격은 잔혹했다. 시위하는 젊은이들을 상대로 발포하는 것은 물론이요, 퇴근 후 집에 돌아가는 시민들을 대검으로 찔러 죽이기까지 했다. 젖가슴을 난자당한 채, 온몸에 총상을 입고 죽은 여인의 시체를 우리는 목격해야 했다.

윤한봉은 피신했다. 좁은 한국 땅에서 대부분의 수배자들은 이내 경찰에게 체포되었다. 윤한봉의 동료들은 윤한봉의 밀항을 위해 수개월 동안 주도면밀하게 준비했다. 일이 잘못되어 선원들에게 붙들렸을 경우 '돼지몰이'라 하여 선원들이 밀항자를 바다에 던져 죽여버리던 시절이었다. 하지만 독재자와 끝까지 투쟁하리라 결의한 윤한봉에게 남은 유일한 선택은 밀항뿐이었다.

러시아의 레닌도 망명자였고, 베트남의 호치민도 망명자였다. 많은 정치적 망명자가 있었지만, 윤한봉처럼 고국의 동지들을 버리고 왔다는 자책감에 빠져 벌 받듯 쪼그려앉아 담배를 피우지는 않았다.

16

거꾸로 그들은 존경받는 망명생활을 했다. 레닌은 스위스에서, 호치민은 프랑스에서, 정치적 망명자에 걸맞은 예우를 누리며 살았다.

1884년 갑신정변에 참여했다가 구사일생으로 목숨을 건진 서재필*은 샌프란시스코에 도착해 현지 기자들과 기자회견을 가질 수 있었다. 1905년 미국으로 건너간 이승만**은 기독교도들의 조직적 후원을 받으며, 프린스턴대학의 박사과정을 밟을 수 있었다.

그러나 우리의 주인공 윤한봉은 망명 정치가로서 그 어떤 예우도 받지 못했다. 시애틀에 도착한 1981년부터 귀국했던 1993년까지 윤한봉은 단 한 번도 '망명 정치지도자'의 영예를 누리지 않았다. 그는 똥가방 하나 메고 헌 운동화를 신고 미국의 주요 도시를 뛰어다녔지만, 그의 손엔 자신을 알리는 명함 한 장이 없었다. 한국에서도 '촌놈'이었고, 미국에서도 '촌놈'이었다.

그렇게 이름 없는 한 사나이가 낯선 땅 미국에 도착해 주요 대도시 10여 군데에서 한청련을 조직하기 시작했다. 미국에도 조국의 민주주의를 열망하는 한국 청년들이 있었다. 그들은 11만 명의 미국인을 상대로 한반도의 비핵화를 위한 서명을 받아냈다. 이것은 불가사의한 일이었다. 이뿐만 아니라 캐나다와 호주와 유럽에도 한청련이 결성되었다. 그야말로 기적적인 일이었다.

---

* 1884년 12월 11일 서재필은 김옥균·박영효·서광범 등과 함께 상선 천세환千歲丸을 타고 일본으로 망명했다. 당초 기대와는 달리 일본 정부는 이들을 냉대했다. 때문에 서재필 선생은 1885년 4월 박영효·서광범과 함께 일본을 떠나 미국으로 망명했다.

** 1904년 8월 9일 이승만은 감옥에서 석방되고 난 후, 같은 해 11월 미국으로 갔다. 1905년 2월 워싱턴 DC의 조지워싱턴대학에 장학금을 받고 2학년으로 편입학했다. 이후, 1907년 하버드대학에서 석사학위를 받았고, 1910년 프린스턴대학에서 박사학위를 받았다.

윤한봉과 한청련은 서명 용지를 미 의회에 전달하는 것에 만족하지 않았다. 누구도 상상하지 못했던 일을 그들은 또 해냈다. 남북한의 평화적 통일을 염원하는 300여 명의 대원들이 1989년 7월 백두산에서 판문점까지 '국제평화대행진'을 감행한 것이다. 윤한봉은 이 모든 일을 뒤에서 묵묵히 수행했다. 죽는 그날까지 그는 자신의 이름을 내세우지 않았다.

윤한봉이 어머니의 품으로 돌아온 것은, 망명한 지 12년이 지난 1993년이었다. 김포공항에 대기하고 있던 기자들은 윤한봉에게 성명서를 읽어줄 것을 요청했다. 그가 뱉은 한마디는 이러했다. "나는 도망자다. 5월 광주는 명예가 아닌 멍에다. 퇴비처럼 짐꾼처럼 살아가겠다." 그는 자신의 말을 지켰다.

1부.

한국에 윤한봉이 있었다

말에 대한 책임

80년 당시 우리는 굉장히 걱정했죠. 합수*가 잡혔을까? 안 잡혔을까?
우리는 합수가 제발 안 잡혔으면 했어요. 합수는 잡히면 무조건 수괴예
요.**

윤한봉은 1980년 5월 광주민중항쟁의 수괴가 되었을 것이다. 만

---

*   윤한봉의 별명. 농촌에서는 거름으로 사용하는 똥물과 오줌물을 합수라 한다.
**   정상용 구술. 정상용은 윤한봉과 함께 1970년대 광주지역 민주화운동을 이끌었고,
1980년 5월 광주민중항쟁 당시 항쟁지도부의 한 사람으로서 최후까지 도청을 사수했다.

일 체포되었더라면 말이다. 5월 광주민중항쟁이 일어나기까지 당시 광주지역 민주운동 진영의 리더는 윤한봉이었기 때문이다.

국민들은 1987년 6월항쟁을 경유하면서부터, 겨우 운동가들의 존재 의의를 인정해주기 시작했다. '그래도 당신들 덕택에 민주화가 되었구먼……' 하고 말이다. 하지만 그전에는 대부분의 국민들이 민주화운동가들을 불순분자, 혹은 용공세력으로 보았다. 잘 봐주어야 위장취업자였다. 언론이 그렇게 만들었다. 매일 텔레비전에 보도되는 장면은 화염병을 투척하는 대학생이나, 붉은 띠를 두른 노동자의 모습이 전부였다. 국민들은 이런 과격 투사들을 무서운 존재로 볼 수밖에 없었다. 윤한봉은 그 무서운 투사들의 괴수였다.

정녕 윤한봉은 괴수였던가? 그의 소년 시절을 들여다보면 윤한봉은 부모님께 공손하고, 형님들과 우애가 깊고, 동생들에겐 자상한 모범생 소년이었다. 학교에서는 공부를 잘해 6년 내내 반장을 도맡았고, 동무들과 놀 땐 골목대장 역할을 했으며, 졸업할 때엔 도지사상을 받은 모범생이었다. 어린 시절 윤한봉에게 가장 큰 영향을 주었던 형 윤광장의 회고를 들어보자.

한봉이가 국민학교에 입학하자마자 전교 1등을 독차지하고 반장까지 하는 걸 보고나서 2학년 때부터는 '위인전'을 읽게끔 했다. 한봉이가 책 읽는 것을 너무 좋아해서 나는 엄청난 보람을 느꼈다. 국민학교를 졸업하기 전에 중·고생들이 읽는 책까지 웬만한 책들은 거의 다 읽어버렸으니 놀라운 일이었다. 한봉이는 국민학교 6년 동안 전교 1등을 놓친 적이 없었고 반장도 6년 동안 계속했다.

그런 그가 광주제일고등학교(광주일고)에 입학한 것은 당연한 코스였다. 그 시절 전라남도의 모든 학생들이 합격하길 희망했던 고등학교가 광주일고였다. 광주일고를 합격했으니, 다음으로 서울의 유수 대학에 진학하는 것 또한 당연히 예정된 코스였다. 부모님이 윤한봉에게 걸었던 기대는 대단했다.

그런데 이상하게도 윤한봉에게는 광주일고의 흔적이 없다. 고교 시절은 사춘기 특유의 정신적 특질로 인해 회의도 하고, 방황도 하고, 현실의 불의 앞에서 비분강개를 터뜨리기도 한다. 그리고 고교 시절엔 으레 그 시기를 공유하는 두세 명의 벗이 있기 마련인데, 윤한봉에게는 그런 벗이 없었다.

광주일고에는 학생들에게 인상 깊은 가르침을 준 훌륭한 스승들이 여럿 있었다. 영어 선생이면서도 수업시간엔 칠판에 제갈량의 출사표를 휘갈기고 도연명의 귀거래사를 일필휘지하는 이민성 선생 같은 분이 있었고, 역사 선생이면서 역사 교과서는 한 쪽도 나가지 않고서 시대에 대한 우국충정과 자신의 역사철학을 역설하는 김용근 선생 같은 분이 있었다. 김용근 선생은 일제 치하에서 여러 차례 구금된 전력이 있는 독립운동가이기도 했다. 광주일고생의 상당수가 이들 선생의 영향을 받아 어린 시절부터 민족과 사회를 논하는 학생으로 성장했다. 그런데 윤한봉의 고교 시절엔 이들 스승에 대한 추억이 없다.

윤한봉이 고교 3년생이었을 때, 시국은 한일정상회담으로 떠들썩했다. 이른바 6·3사태라고 불리는 학생시위가 거세게 일어났다. 광주 항쟁지도부의 전통을 자랑하는 광주일고 학생들은 당연히 이 굴욕적인 한일회담을 보고 가만있지 않았다. 그 시절 광주일고 학생들은 지성인으로서의 교양과 의식을 키우는 독서서클 활동을 열심히 했다. 그 시절 '광랑'과 '피닉스'라는 독서서클이 결성되었고 이후 오랫동안 광주일고 학생운동의 중심으로 활약했다. 그런데 윤한봉의 회고 어디를 보아도 고교 시절의 서클 활동 전력이 없다.

윤한봉의 몸은 광주일고의 문을 출입했으나, 윤한봉의 마음은 고향 칠량에 있었던 것 같다. 윤한봉은 도시 광주에 올라와 10대 시절을 보내고 있었지만 그는 도회지 광주 사람이 아니었다. 여전한 촌놈이었다. 서울 사람들은 광주를 도시라고 하면 광주도 도시냐고 웃겠으나, 광주는 칠량 촌구석과는 비교가 되지 않는 큰 도시였다. 광주일고의 학생들 중 상당수는 부모님의 소원대로 판검사가 되고 의사가 되는 길을 계단 밟듯 착착 밟아갔다. 하지만 윤한봉에겐 명문대학 진학에 자리하는 출세욕이 없었다. 도시의 욕망이 무엇인지도 모른 채, 전라남도 강진의 칠량 촌놈으로 10대를 통째로 보내고 있었던 것이다.

윤한봉은 첫 대학 입시에 실패하고 정수사라는 절에서 재수 공부를 했다. 1805년 다산이 아들 정학유가 강진에 온다는 소식을 듣고 아들과 함께 겨울철 공부를 하려 했던 절이 정수사다. 다산의 제자 황상이 은거한 일속산방도 정수사 입구 근처에 있었다. 윤한봉은 재수 공부를 하던 정수사 시절에도 밤이면 산을 넘어 고향 친구들을 만나 놀았다.

그 친구들끼리 평생의 우정을 약속한 모임이 있었으니 바로 '해조음海潮音'이다. 바다의 파도 소리라는 뜻이다. 윤한봉은 10여 명의 회원들로부터 각각 쌀 한 가마니를 회비로 거둔 후, 그 돈을 서울로 가는 회원 한 명에게 몽땅 준 적이 있다. 그 당시 쌀 한 가마니는 적은 돈이 아니었다.*

박윤석이라고. 이 친구가 서울로 간다고 하는데 돈이 없어. 한봉이 뭐
라고 하냐면, 우리가 쌀 한 가마니씩 낸 돈을 주자. 서울 가서 성공해서
갚도록 하자. 한봉이가 그러니까 다 그러자고 한 거지. 전부 다 줬어.
쌀 여섯 가마니를.

여기까지가 윤한봉의 10대 이야기다. 그의 10대를 온통 점유한
것은 국민학교 시절 사건 동네 친구들이었다. 참 순진한 소년이었
다. 죽는 그날까지 단 한 점의 사욕을 챙긴 적이 없는, 지독히 미련
하기조차 한 그의 순진성은 이미 10대에 깊이 뿌리내려 있었다.
　윤한봉에겐 남다른 정신적 특질이 있었다. '남아일언중천금男兒
一言重千金'이라는 옛말이 있는데, 윤한봉은 자신의 말에 대한 책임감
이 남달랐다. 중학 시절의 일이다. 방학이라 고향에 내려온 윤한봉
은 예기치 않게 친구와 언쟁을 하게 되었다. 친구는 광주로 유학을
가지 못한 열등감 때문이었는지 '공부해봤자 필요 없다, 한문만 공
부하면 된다'고 주장했다. 윤한봉은 '지금은 한글 시대다. 케케묵은
한문은 어서 버려야 한다'며 반론을 폈다. 둘의 언쟁은 서로의 자존
심을 긁는 지경으로 비화되었는데, 순간 윤한봉은 선언한다.
　'내가 한자를 쓰면 개자식이다.'
　한자는 지난 2000년 동안 사용된 동아시아의 공용 문자이다. 선
조들은 어린 시절부터 늙어 죽을 때까지 한자로 기록된 유교 서적을

* 　조광흠 구술.

공부했다. 동아시아인에게 한문이 갖는 영향력은 유럽인에게 라틴어가 갖는 영향력과 같다. 1945년 일본 제국주의가 물러나고, 한국의 국민학교는 마침내 한글로 작성된 책을 교과서로 채택했다. 윤한봉은 역사의 새 흐름을 대변했고, 윤한봉의 친구는 역사의 낡은 흐름을 대변했다. 하지만 여전히 일상생활에서 한글과 한자는 함께 사용되고 있었다. 그 당시 한자를 쓰지 않겠다는 윤한봉의 맹세는 매우 비현실적인 고집이었다.

대개의 경우 순간의 감정에서 나온 과도한 맹세는 시간과 함께 유야무야되는데, 윤한봉은 달랐다. 윤한봉의 말은 하늘을 두고 한 맹세였다. 이후 한자 쓰기를 거부하는 그의 이상한 고집 때문에 경찰들에게 호된 매질을 당하는 웃지 못할 일이 벌어진다. 경찰 조사를 받으면서 윤한봉은 이름 석 자의 한자漢字를 쓰길 거부했다. "광주일고를 다닌 놈이 이름 석 자의 한자를 못 쓴다고? 누굴 놀려?" 경찰들은 윤한봉의 따귀를 호되게 갈겼다.

우리가 주목할 것은 말, 약속 혹은 맹세에 대한 윤한봉의 병적인 집착이다. 하루는 형 윤광장과 도시락 반찬을 놓고 티격태격 다툰 일이 있었다. 형이 동생 한봉을 꾸지람하자, 자존심이 상한 한봉은 버럭 선언한다. '도시락은 죽어도 싸지 않을 거야.' 윤한봉은 고교 시절에 졸업할 때까지 도시락을 싸지 않았다.

윤한봉은 어려서부터 자존심이 매우 강했다. 윤한봉은 다른 사람과 비교되지 않는 긍지를 지닌 소년이었다. 자존과 긍지를 말하니 《일리아스》의 영웅 아킬레우스가 떠오른다. 아킬레우스는 사랑하는 벗 파트로클로스가 헥토르의 손에 죽자 복수에 나선다. 그런데 헥토르를 죽이면 자신도 죽게 되어 있는 신들의 각본을 어머니 테티스로부터 듣는다. 하지만 아들 아킬레우스는 한사코 고집한다. "절 붙들지 마세요, 어머니. 짧은 삶을 살지라도 영원히 남게 될 명성을 택할래요." 아킬레우스의 말은 이후 영웅의 특질을 압축한 명언이 되었다. 그런데 윤한봉에겐 그 명성의 욕망도 없었다. '사랑도 명예도 이름도 남김없이' 오직 헌신만 할 뿐이었다.

세 차례 결의

그냥 전남대 농대 축산학과에 들어갔어. 1년 자취생활 하다가 2학년 때
부터 전대 뒤에, 지금은 아파트가 서버렸던데, 바로 문리대 뒤에 거기
서 하숙생활을 했죠. 난 대표적인 모범생이 됐지. 군에 있으면서 부모
님 속 썩인 거, 고등학교 때 공부 안 하고 맨 땡땡이 치고, 그런 거 반성
도 많이 했고. 내 인생에 대해서도 많이 생각을 했고. 지난날 그렇게 부
실하게 살았던 것부터 반성하고 알차게, 정말 성실하게 살아야겠다 맘
먹었지. 공부 열심히 했지. 그러니까 인자 농대에서 교수들이 나에 대
한 기대가 커가지고 유학 갔다 와서 강단에 서라고, 교수 되라고.*

부모님이 원하는 대학을 가지 못해 윤한봉도 꽤 마음고생을 했을 것이다. 그때까지만 해도 우리에게 효도는 삶의 제1준칙이었다. 뒤늦게 전남대 농대에 진학한 윤한봉, 눈에 불을 켜고 공부에 몰입한다. 어렸을 때의 향학열이 뒤늦게 다시 피어오른 것이다. 윤한봉은 전문 서적을 빨간색과 파란색, 검정색 볼펜으로 최소 세 번 이상 밑줄 그어가며 꼼꼼히 탐독했다. 하숙집에서 후배들이 윤한봉에게 접근해 시국 이야기라도 할라 치면 '씨잘데기없는 소리 그만하고 들어가 공부나 하라'고 권유하던, 지극히 모범적인 복학생이었다.

　　그때 과장이 직접 옷 벗겨놓고 의자로 때리고 각목으로 때리고 가죽혁대로 때리고 직접 심문했어요. 유명한 창고가 있었어요. 그 창고가 있는 건물로 데리고 가더니 수건 씌우고 진짜 물고문하는 거예요. 철사로 묶어놓고 두 손만 움직이게 해놓고 할 말 있으면 불어라. 물을 부으니 이제 숨이 막 넘어가죠. 안 불면 또 두드려 맞고 물 붓고.
　　그때 내가 새벽에 벌거벗은 몸으로 아직 차도 안 다니는 도청 앞 분수대를 건너가는데, 아…… 그 처참함, 뭐랄까…… 지금도 그 새벽 풍경이……
　　고문이 가장 비참한 게 뭐냐면 아무 의미가 없는 폭력 앞에서 굴복하는 자기 자신의 무력감이에요. 나는 고문이 무서워요. 감옥은 하나도 안 무서워요. 인간 육체에 다가오는 그 고통, 끝없는 고통, 나중엔 살짝만 맞아도 온몸이 징처럼 울려요.

---

* 　윤한봉 구술.

민청학련 사건에 연루되어 끌려가 고문을 당한 이학영의 구술이다. 남들이 가지 않는 길을 갈 때엔 어떤 사연이 있기 마련이다. 시위를 선도하고, 경찰서에 끌려가 매를 맞고, 수사 기관원들의 혹독한 고문에 시달리고, 교도소에 투옥되는 것이 운동권 학생이 가게 되어 있는 명확한 미래였다. 젊은이가 그런 고난의 길을 마다하지 않는 경우 거기엔 나름의 이유가 있다. 십중팔구 운동권 학생에게는 영향을 준 선배가 있다. 선배로부터 물이 든 것이다.

그런데 윤한봉에게는 물들인 선배가 없다. 이게 이상하다. 1960년대 광주일고의 '광랑'이나 '피닉스'와 같은 독서서클에서는 찰스 라이트의《들어라 양키들아》를 읽었다. 카스트로의 혁명운동을 예찬하는 붉은 책 말이다. 광주일고의 일부 학생들은 고교 시절에 이미 E. H. 카의《역사란 무엇인가》를 읽었다. 대학원생들도 해독하기 어려운 수준 높은 역사철학서인데 말이다. 독일의 사회민주주의자 브라이덴시타인이 집필한《학생과 사회정의》도 널리 애독된 서적이었다. 그러나 윤한봉은 민청학련의 호남 총책을 맡기까지 이 기본 서적들도 읽지 않은 것 같다.

민청학련의 전국 조직을 주도한 서울대의 나병식과 황인성이 전남대의 김정길에게 윤한봉을 만나게 해달라고 요구했다. 김정길은 책임을 맡을 의향이 있는지 윤한봉에게 의사를 물었다. '형님 어째 공부만 모범생으로 하실라요?' 답은 간단했다.

'아니여, 인자 나도 싸울 거여.'

하지만 아무리 신념이 확고하더라도 제일 걸리는 게 부모님이다. 부모님을 떠올리면 감옥행을 쉽게 선택하지 못한다. 그런데 윤한봉에겐 이런 망설임이 없었다. 이상하지 않은가?

윤한봉이 김정길의 제안을 물 마시듯 쉽게 받아들인 데는 나름의 사연이 있었다. 윤한봉은 예감의 청년이었다. 그는 어떤 책을 읽고 그에 따라 실천하는 사람도 아니었고, 누구의 연설에 감복되어 그에 따라 실천하는 사람은 더더욱 아니었다. 자신의 생각에 매우 솔직했고, 누구의 눈치도 보지 않고, 자신의 예감대로 행동할 뿐이었다.

내가 윤한봉의 이름을 처음 들었던 것은 1975년 2월 어느 날이었다. 그때 나는 광주일고에 재학 중이었고 지산동 법원 옆 어느 재래식 주택에서 살고 있었다. 내 어머님은 독실한 기독교도였는데, 새벽이면 일어나 2층 장독대에 올라가 기도를 올리고, 부엌에서 찬송가를 부르면서 하루를 시작하셨다. 그날, 부엌에서 밥을 짓던 어머님의 한 맺힌 소리, 울부짖는 소리가 내 귓가에 또렷이 들렸다. 아침 해가 뜨기 직전, 겨울의 이불 속에서 일어나기 싫어 뒤척이고 있던 때였다.

"오따, 오따, 어째야 쓰까. 한봉이 아부지가 돌아가부렀네."

어머니는 윤한봉의 이름을 어떻게 알게 되었을까? 1975년 2월 15일 대통령 특사로 민청학련 관련자들이 감옥에서 풀려나고, 그때 출옥한 윤한봉 선배는 돌아가신 아버님의 영전에 섰다. 이것이 일간지에 보도되었다. 아마도 어머님은 그렇게 윤 선배 부친의 부고 소식을 알게 되었을 것이다. 나는 그날 아침 들었던 어머님의 울부짖음이 환청이길 바라는 마음에서 2010년 어느 날 그 기사를 찾아봤다. 전남대 도서관이 있는 백도 건물의 지하실에서 1975년도의 신문 기사를 뒤적였다. 그날의 기사를 어렵게 찾을 수 있었다.

"꽃 피는 올봄엔 내 아들 풀려나 나의 무덤에 술잔을 올렸으면……"
—구속 아들 석방 기다리다 숨진 어느 아버지의 유언

민청학련 사건에 관련, 징역 15년의 형이 확정돼 대전교도소에 수감 중
인 전남대 축산과 4년 윤한봉 군(27)의 가족들은 음력설인 11일 아침
아버지의 제사상을 차려놓고 슬픔을 참지 못해 그만 울음을 터뜨렸다.
아들의 구속으로 끝내는 홧병에 걸려 시름시름 앓다 엿새 전 세상을 떠
난 아버지 윤옥현(59)의 제사가 겹쳤기 때문이다. 윤 씨는 구속된 아들
이 보낸 세 번째 편지가 집에 도착하기 2시간 전인, 지난 6일 오후 4시
"꽃 피는 올봄엔 내 아들 풀려나 나의 무덤에 술잔을 올렸으면……" 하
는 유언을 남기고 눈을 감았다.*

윤한봉의 이름을 호명하셨던 내 어머님의 무의식 저 깊은 곳엔,
해남 북평면 좌일장터에 허옇게 누워 있었다는 한말 의병들의 얼굴
이 떠올랐는지도 모른다.** 어머니는 해남 북평면 출신이고 한봉 형
은 강진 칠량면 출신이어서 모두 지척이면 바다에 닿는 바닷가 사람
들이었다. 〈새야 새야 파랑새야〉를 부르던 이곳 남도 민중들의 한은
그렇게 이어지고 있었다.

* 《동아일보》, 1975.2.16.
** 1909년 호남 의병의 참여 숫자가 전국 의병의 60.1퍼센트에 달했다. 담양향토문화
연구회, 《담양 창평 한말 의병사료집》, 광명문화사, 1997, 17쪽.

첫 번째 결의

그래서 인자 궁시렁궁시렁 하면서 나가보니까 유신 쿠데타가 난 거예요. 그래갖고 휴교령부터 시작해서 의회 또 폐쇄해버리고, 헌법 폐지하고 난리가 났지 이제. 와, 그때 내가 뒤집어졌지. 방에 들어와가지고 보던 책을 볼펜으로 찍어불고 사전 찍어불고 벽에다 박치기하고 어떻게 화가 나는지 뭐야 나는 너무 무시당한 거지. 이제 국민의 한 사람으로서 국민들 알기를 이 새끼들이 벌레로 알고 있구나 하니까. 어린애 취급하고, 바보 취급하고. 분노 때문에 아 내가 공부만 하고 있을 때가 아니다 이제 오늘부터 나는 싸운다.*

최초의 결의는 유신헌법이 통과되었다는 소식이 라디오 방송에서 흘러나온 그날 저녁이었다. 북괴의 남침 야욕 운운, 총력 안보 운운, 한국적 민주주의 운운, 국회 해산 운운…… 윤한봉이 전남대 의대 부근 금동의 어느 골목집에서 여동생 윤경자와 함께 자취하던 시절이었다. 옆방에는 한 무리의 대학생들이 자취를 하고 있었는데, 저녁밥을 먹고 삼삼오오 모여 라디오에 귀를 기울이고 있었다.

1968년 3선개헌을 하고, 1970년 대통령 선거에서 부정 선거를 저질러 김대중을 힘들게 누른 박정희. 이제 거추장스런 선거도 없애고, 국회도 없애겠단다. 독재의 노골적 선포인 유신헌법 앞에서 양심이 있는 자, 무엇을 할 것인가? 이제 어디에 있어야 할 것인가? 윤한봉은 공부하던 전공 서적을 찢어버리고, 보던 영어사전을 볼펜으

---

* 윤한봉 구술.

로 찍어버렸다. 분노한 청년 윤한봉은 선언한다. "오늘부터 공부는 끝이다. 국민을 버러지 취급하는 저 독재자, 나는 싸운다."

다른 학생들은 투쟁의 결의를 부모님께 감춘다. 반대할 것이 뻔한데 알려드려 좋을 게 없기 때문이다. 윤한봉은 달랐다. 맨 먼저 아버님께 자신의 결의를 밝힌다.

아버님한테 가서, 아버님 제가 아무래도 이 정치판 돌아간 것이 눈뜨고 못 보겠어서 학교 제적당하고 감옥에 갈 각오를 하고 싸우기로 했습니다. 그래서 보고드리러 왔습니다. 아버님이 이러고 앉아서 듣고 계시다가 "그래 해라. 그런데 앞장만 좀 서지 마라." 앞장서지 말라는 말은 아버님으로서 하는 이야기여. 하라는 말은 한 시대를 살아가는 사람으로서 한 말이고.*

'아버님, 나는 이제 독재정권과 싸우럽니다'며 먼저 보고하는 아들도 아들이지만 '그래 해라' 말하며 허락한 아버지 윤옥현도 대단하다. 공부를 그만두고 투쟁에 나서겠다는 아들의 결의를 말리지 않는다. 아버지와 아들은 서로를 존중하고 믿는 아름다운 사이였다. 이후 아들은 투옥되고, 아버지는 아들의 투옥에 절망해 그 길로 세상을 하직한다.

아버님이 굉장히 건강하셨어요. 형이 민청학련 사건으로 수배 중일 때 아버님이 잠옷 바람에 광주도경 정보과로 연행되어 취조를 당하셨지

---

* 윤한봉 구술.

요. 아침에 윤한봉이를 잡았다는 보고를 받은 도경 정보과장이 사형시킬 수 있도록 조서를 만들어라 지시하는 것을 들으시고 그 길로 내려오셔서 드러누우셨어요.*

두 번째 결의

　최초의 깨달음은 옥중에서 왔다. 민청학련 사건으로 윤한봉은 15년의 징역형을 선고받고 옥중생활을 했다. 창비에서 출간한 다산의 《시문선》이 윤한봉의 손에 들어왔다. 다산이 강진에 유배온 것이 1801년이고, 윤한봉이 칠량의 초등학교를 졸업한 시기가 1960년이므로 둘 사이엔 160년이라고 하는 적지 않은 세월이 놓여 있다. 하지만 강진의 다산초당이 자리한 율동 마을은 윤한봉의 칠량 마을 건너편 동네였다.

　다산은 강진 칠량 앞바다가 한눈에 보이는 구강포의 정자를 좋아했는데, 이 사실을 안 유홍준은 구강포에서 내려다본 칠량 앞바다의 풍경을 사진에 담아 자신의 강의를 듣는 청중들에게 슬라이드로 보여주곤 했다. 1988년 즈음이었다. 미국의 한청련 회원들에게 유홍준은 습관처럼 또 구강포 앞바다 풍경을 상영했다. 그 바다를 보고 윤한봉이 훌쩍훌쩍 울었다. 유홍준은 꿈에도 생각하지 못한 일이었다. 구강포의 그 바다는 윤한봉이 어렸을 적 대화를 나누었던 그 바다였다.

---

* 　윤영배 구술. 윤영배는 윤한봉의 동생이다.

나는 어렸을 때부터 쉴 새 없이 움직이는 바다를 무척 좋아했다. 그래
서 기회만 있으면 몇 시간씩 바닷가에 홀로 앉아 있곤 했다. 나이를 먹
어가면서 나는 서로 속이야기를 털어놓을 정도로 바다와 친해졌다. 열
여덟 살이 되던 여름 어느 맑은 날, 바닷가 바위 위에 앉아 전부터 궁금
하게 여겼던 몇 가지 것에 대해 물었더니 바다는 눈을 지그시 감고 중
간 중간에 긴 한숨을 토해가면서 대답해주었다. 나도 눈을 지그시 감고
바다의 이야기를 들었다. "짐작한 대로 원래 나는 하늘과 하나였단다.
그런데 갑자기 사고가 발생해 본의 아니게 나는 하늘과 갈라져 지구로
내려오게 되었단다. 지구로 온 그날부터 오늘에 이르기까지 나는 하늘
과 하나가 되지 못하고 만나지도 못한 채 그리움 속에서 하늘만 바라보
며 살아왔단다. 오늘처럼 살포시 미소 짓는 하늘, 평온한 하늘을 볼 수
있는 날은 나도 한없이 즐겁고 평화롭단다. 그러나 며칠 전처럼 먹구름
에 가려버리거나 세찬 바람이 몰아쳐서 하늘을 볼 수 없는 날이면 나는
화를 내고 거칠어진단다. 나는 그리운 하늘을 바라만 보는 것으로 만족
할 수는 없었다. 그래서 나는 하늘과 맞닿아 있는 수평선을 향해 억겁
의 세월 쉬지 않고 굽이쳐 달려가고 또 달려왔단다. '어서 가자! 저기
가면 만나볼 수 있다! 힘을 내자! 저곳에 가면 옷자락이라도 만져볼 수
있다! 넘실넘실 너울너울, 그렇게 가도 가도 가까워지지 않는 수평선을
향해 굽이쳐 가다보면 낮은 들판, 높은 절벽, 얼음산들이 내 앞을 가로
막곤 한다. 그럴지라도 하늘을 만나기 위해서는 수평선을 향해 계속
가야하기 때문에 나는 좌절하거나 포기하지 않고 때로는 지친 채로, 때
로는 화가 난 채로, 이렇게 밀고 부딪치는 몸부림을 계속 해오고 있단
다. 그리고……"*

역사는 새끼줄처럼 꼬여서 이어지는 것인가? 다산도 가고, 조선 왕조도 갔지만, 다산의 숨결은 새끼줄처럼 꼬여 강진의 한 청년에게 이어졌으니, 그 새끼줄은 바로 다산의 《시문선》이었다.

애절양哀絶陽(슬프도다, 양물을 자르다니)

갈밭마을 젊은 아낙 울음소리 서러워라
현문 향해 울부짖다 하늘에다 호소하네
군대 간 지아비 돌아오지 못하는 일은 있어도
자고로 사내가 제 양물 잘랐단 소린 못 들었네
시아버지 상은 이미 지났고 갓난애는 배냇물도 안 말랐는데
이 집 삼대 이름이 군적에 모두 올랐네
억울함 하소연하려 해도 관청 문지기는 호랑이 같고,
이정(관원)은 으르렁대며 소마저 끌고 가네.
남편이 칼 갈아 방에 드니 흘린 피 홍건하고
스스로 한탄하길 애 낳은 게 죄로구나!

윤한봉은 다산의 〈애절양〉을 읽었다. 탐관오리들의 늑탈에 신음하는 백성의 원성을 들었다. 윤한봉은 다산의 시에 묘사된 백성들의 궁핍을 보면서 자신의 나태한 생각을 반성한다. 그 깨우침은 죽비처럼 매서웠다.

---

*   《운동화와 똥가방》, 한마당, 1996, 1~2쪽.

근데 인자 다산이 강진에서 유배 생활하면서 강진만 유역에 민중들의 처참한 삶을 시로 읊은 것들이 여러 편 나와요. 그 시들을 읽다가 너무 충격을 받아버린 거야. 이 민중들 고달픈 삶에 대해서. 그 처참한 민중들의, 그 가렴주구에 시달리는 민중들의 삶을, 그 비참한 삶의 모습을 그려놓은 시들을 보고는 눈물이 쏟아져버리더라고. 그것이 오늘날 민중들의 삶으로 나한테는 받아들여진 거여. 나 이런 거 모르고 살았구나. 내가 말로 민중 어쩌고 떠들면서 내가 배고파보지 않아서 몰랐구나.*

윤한봉은 어려서부터 꿈이 있었다. 칠량의 들과 밭을 매입해 자신만의 전원을 꾸리는 것이다. 호수엔 나무로 이은 뗏목을 띄우고, 뗏목에서 꽃도 키우고 채소도 키우고, 보름달이 뜨면 달을 노래하며 산다는 꿈이었다. 물론 해조음의 벗들과 함께 이 전원생활**을 누리는 것이었다. 고관대작 정약용은 유배를 와서도 백성들의 고통을 염려했는데, 나는 대체 어떤 놈이냐? 윤한봉은 결의한다. "민중과 함께 살자."

---

* 윤한봉 구술.
** 조광흠 구술. "어릴 때 꿈은 칠량 앞바닷가 쪽에 밭이 있는데, 거기 밭 다 사가지고 같이 살자. 소도 키우고 닭도 키우고 거기서 살자. 가장 인상적인 것이 남들이 차 타고 다니면 우린 소 구르마 타고 다니자. 그 말이 기억에 남고…… 어릴 때부터 그런 이야기를 많이 했어요."

세 번째 결의

1975년 2월 16일 출소했어요. 그런데 잘 알겠지만 4월 달에 들어와가지고, 9일 날이었어요. 4월 9일 날 인혁당 관련해서 여덟 분이 사형당하셨어. 여덟 분이 그냥 사형당해부렀어. 그때 내가 전남대 도서관 앞에 있었는데, 얼마나 화가 나는지 거기서 내가 일어나갖고 또 한번 맹세를 했어요. "내 한 목숨 다 바쳐 이놈의 독재정권, 학살정권하고 맞서 싸운다." 악을 썼지요.*

세 번째 결의도 느닷없이 왔다. 사형은 선고만 하고 집행을 차일 피일 유예하는 것이 사형의 관례이다. 그런데 사형 선고 하루 만에 사형을 집행해버린 사법 사상 최악의 야만이 이곳 한국에서 벌어졌다. 박정희가 시킨 짓이다. 박정희는 자신의 체제에 반대한 대학생들 180명을 감옥에 처집어넣고, 그것도 모자라 여정남을 위시한 30대 청년 여덟 명을 처형했다. 1975년 4월 9일의 일이었다.

그때 윤한봉은 비록 학교에서 제적당했지만 매일같이 학교에 나가 후배들과 대화를 나누고 있었다. 전남대엔 흰 건물의 도서관이 있는데, 이 건물을 백도白圖라 불렀다. 소식을 들은 윤한봉은 백도 계단 앞에서 선언한다. "이 한 목숨, 역사의 제단에 바친다."

---

* 윤한봉 구술.

동지애

어머님의 호곡에 실려 들었던 형의 이름. 그런 형의 얼굴을 처음 보았던 것은 1975년 6월 어느 날이었다. 나는 그때 광주일고 학생시위에 연루되어 광주교도소에서 잠깐의 징역을 살고 나온 직후였다. 윤한봉 선배는 YWCA 맞은편 골목의 어느 한식집으로 우리 일행을 불렀다. 무슨 대화를 나누었는지는 기억나지 않는다. 한 끼 맛있는 점심식사를 대접받았다는 기억만 또렷이 있다. 형님은 '아이스케키' 장사를 해서 번 돈으로 우리들에게 밥을 사준 것이었다. 모두가 우리들의 행동을 무모한 짓이라 혀를 차던 외로운 시절, 형은 그렇게 후배들을 다독여주었다.

옥바라지해야 하고 돈이 필요하니까, 서울에서 오랜 친구가 와서 국밥
이라도 하나 사 먹이고 싶은데 돈이 필요한 거예요. 그래서 용봉축제
때 가서 아이스케키 장사를 하자. 그래가지고 얼음 매고 악을 쓰고 다
닌 거예요.*

윤한봉의 동지애는 각별하다. 그는 동료 김정길이 심한 고문을
당해 몸을 움직이지 못하자 동료의 치유를 위해 발 벗고 나선다. 흑
염소 한 마리를 구할 자금이 없어 월부 책장사에 나서는 모습은 눈
물겹다.

김정길이 몸이 아주 안 좋아진 거예요. 김정길이가 전기고문을 받아
분 거요. 날이 으스스하거나 비가 오고 그라믄 몸을 추스르지도 못할
정도로, 지팽이를 짚을 정도였어요. 어떤 사람들이 흑염소를 고아 먹이
면 좋다고 해요. 그래갖고 내가 월부 책장사를 나섰어. 제일 먼저 서부
경찰서 정보과장을 찾아갔지. 그 사람이 우리들을 두들겨 팬 사람이여.
총장한테도 갔어. 사주쇼 그랬더니 이건 판공비가 아니라 내 호주머니
에서 나가는 돈이라고 하면서 사주더만. 한번은 너무 안 사주니까 얼마
나 화가 나는지 문리대 옆에서 악을 썼어. 이런 개새끼들이 없다고, 상
놈의 새끼들이 형도 확정되기 전에 제자들 모가지 잘라놓고, 개새끼들
이 책 한 권 안 사준다고. 제자들 죽이고 잘 먹고 잘산다고. 악을 막 쓰

고 그랬더니 인자 소문이 났어.*

본인이 어렵게 자란 것도 아니었다. 아버님이 시골의 부자여서 윤한봉은 넉넉한 어린 시절을 보냈다. 어려운 것 없이 자라면 궂은 일은 못하는 법이다. 윤한봉도 자기 일이었다면 결코 하지 않았을 책장사였다. 동료의 몸을 치료하기 위해 윤한봉은 평생 해보지 않은 책장사에 나선다.

윤한봉은 이때 완도의 여러 섬들을 다니면서 알고 지내던 초등 학교 동창들의 도움을 받아 책을 팔고 다녔다. 후배 박형선은 함께 책 팔러 다닌 옛이야기 한 소절을 들려준다. 한봉이 체질상 소주 한 잔도 마시지 못했던 것과 달리 형선은 애주가였다.

형선: 형, 우리 막걸리 한 잔만 마십시다.
한봉: 무슨 소리야? 우리가 뭣 때문에 책을 팔러 다니는데.
형선: 형, 목이 마릉께 딱 한 잔만 마십시다.
한봉: 이 돈은 우리 개인 돈이 아니야.

선배의 원칙주의에 열불이 난 형선은 수영복도 없이 그대로 바 다로 뛰어들어가 열을 식혔다고 한다. 그 시절 혹독한 궁핍을 이겨 내기 위해 그들은 포장마차를 끌어야 했고, 전남대 잔디밭에서 잔디 깎는 노동도 마다하지 않았다. 정상용으로부터 꼬마시장에 대한 이 야기를 들어보자.

---

*   윤한봉 구술.

그때 꼬마시장을 열었어요. 구멍가게인데, 주로 농산물, 해산물을 파는 가게를 운영해보자. 여러 명이 직거래를 해서 중간 마진을 없애자. 더 좋은 조건으로 구매하고 제공하는 협동조합적 발상을 했지요. 처음에는 나와 이강 선배가 했죠. 차도 없으니까 자전거로 싣고. 그런데, 강이 형도 그렇고 나도 그렇고 노동을 해본 사람이 아니에요. 자전거에 싣고 가다가 넘어지기도 하고 그랬는데 결국 1년 정도 하다가 망했지요.*

1970년대 1,000만 원이면 큰돈이었다. 아버지가 자신의 몫으로 남겨준 땅을 팔아 윤한봉은 자금을 만든다. 후배 동료들과 함께 꼬마시장을 열었는데 얼마 안 가 원금까지 다 말아먹는다. 정상용은 도청을 지키던 마지막 날, 귀청이 찢어질 듯 요란한 총알 소리 속에서 맨 먼저 떠오른 얼굴은 사랑하는 아내가 아니라 윤한봉이었다고 고백했다.

새벽 3시에 작전이 시작돼서 제압하는 데 1시간이 안 걸렸죠. 외곽은 이미 상황이 끝나버렸고. 나는 도청 기획관리실에 들어가 있었는데, 입구 쪽에 총구를 겨누고 있는 잠깐의 상황이었어요. 그 잠깐의 순간에 '나는 이렇게 죽는구나' 싶었어요. 눈물도 안 나고 담담했어요. '아 이렇게 죽네' 하면서 파노라마처럼 아는 얼굴들이 스쳐 지나가요. 제일 먼저 합수가 떠올랐어요. 나에게는 합수가 동지면서, 선배면서, 정신적 지주고, 이 세상에서 가장 소중한 사람이었던 것 같아요.**

---

*   정상용 구술.
** 정상용 구술.

내 것 네 것 없이 가진 것 다 내놓고 필요한 대로 쓰는 동지애, 이 동지애의 모범이 윤한봉이었다. 그것을 동지애라고 해야 할지 우애라고 해야 할지 모르겠다. 동지애가 무엇인지 몰라 윤한봉은 칠량 마을 어르신에게 묻는다. 그분은 정신이 오락가락하면서도 윤한봉에 대한 애정이 깊은 분이었던 것 같다.

"어르신, 동지애가 뭡니까?"

"유무상통有無相通하는 게 동지애여."

"무슨 말씀입니까?"

"젊어선 의기투합해 내 것 네 것 없이 나누며 살지만, 결혼을 하고 아이를 갖게 되면 모두 다 자기 앞가림하느라 바쁘지. 그러다보면 누구는 출세해 부자가 되고, 누구는 이름 없이 빈한한 삶을 살아. 그래갖고는 동지라고 할 수 없어."

이후 윤한봉은 결의한다. "내게 꼭 필요한 것만 챙기고, 필요하지 않는 것들은 다 동료들에게 나누어주자." 이후 윤한봉은 죽는 그날까지 무소유의 삶을 산다. 이 점이 남다르다. 젊은 날 운동을 위해 투신한 많은 운동가들이 나이가 들어 현실에 타협하면서 예전에 없던 사욕을 가지게 되고, 운동의 대의보다 사익을 챙기는 부끄러운 모습을 보인다. 윤한봉에겐 사심이 없었다. 윤한봉과 함께 청춘을 보낸 정상용의 인물평이 자못 흥미롭다.

운동권에선 세 사람을 탁월한 지도자로 봐요. 한 사람은 김근태 선배, 그다음에 장기표 선배, 그다음에 윤한봉 선배. 많은 운동권 지도자가 있지만, 이 세 분이 가장 탁월한 지도자라고 봐요. 근태 형은 굉장히 논리정연하구요. 말은 어눌하지만 진국이죠. 심지가 곧아요. 그 점에서는 누구도 따라가지 못해요. 장기표 선배는 굉장히 대중적이에요. 말을 잘하고 호소력이 있어요. 그래서 모든 현장에 장기표가 떴다 그러면 사람들을 압도해. 그렇게 기표 형은 사람들을 끌어들이는 장기가 있어요. 그런데 한봉 형은 생활로서, 모범이죠. 아무도 따라오지 못해. 그 점에 있어서는 한국 운동권 중에서 최고입니다. 감히 그 앞에서 무소유니 뭐니 할 사람이 없죠. 생활로 모범을 보인 사람이 한봉 형입니다. 그 장점을 따라올 사람이 없어요. 생각이 다른 사람이라도 조금만 같이 생활해 보면 반해요. 정말 반해요. 그것은 진정성 때문이지요. 그게 가장 큰 힘이에요.*

이후 나는 노동운동을 하면서 훌륭한 선배들을 많이 만났다. 민청학련 사건 때 판사가 사형을 선고하자 "영광입니다"라고 말한 멋진 사나이 김병곤 선배도 만나보았고, 치안본부의 전기 고문을 이겨 낸 김근태 선배도 만나보았다. 윤한봉은 결이 다른 사람이었다.

처음에는 정말 순수하게 시작했다가도 자칫 잘못하면 자기도 모르게 명예를 좇게 되고 권력을 좇게 되는 거죠. 그걸 처음부터 경계하셨던 분이에요. 합수 형님께서 즐겨 쓰시던 단어 중 하나가 '날 좀 보소'라는 게 있어요. '날 좀 보소'가 되면 안 된다. 그리고 '빼들바우'가 되면 안 된다.' 어떤 사람이 되어야 하는가. 말만 하시는 게 아니라 본인이 그걸 행하거든요. 그게 놀랍죠. 한번은 변기가 막혔는데 아무리 해도 안 뚫리는 거예요. 그러니까 본인이 딱 손 걷어붙이고 손을 집어넣어 파내는

---

* 정상용 구술.

거요.*

윤한봉의 무소유는 법정의 무소유와 차원이 다르다. 윤한봉의 무소유는 소크라테스의 무소유와도 다르다. 법정이나 소크라테스의 무소유는 본질적으로 '제 영혼의 평안'을 위한 무소유였다. 윤한봉의 무소유는 세상을 바꾸기 위한 여정에서 동지와 목숨을 함께하기 위한 무소유였다. 김남주 시인이 그린 전사의 전형이 윤한봉이었다.

일상생활에서 그는
조용한 사람이었다
이름 빛내지 않았고 모양 꾸며 얼굴 내밀지도 않았다
무엇보다도 그는
시간 엄수가 규율 엄수의 초보임을 알고
일 분 일 초를 어기지 않았다
그리고 동지 위하기를 제 몸같이 하면서도
비판과 자기비판은 철두철미했으며
결코 비판의 무기를 동지 공격의 수단으로 삼지 않았다
조직생활에서 그는 사생활을 희생시켰다
조직의 이익을 위해서라면 모든 일을 기꺼이 해냈다
큰일이건 작은 일이건 좋은 일이건 궂은일이건 가리지 않았다

---

* 정승진 구술.

함평농민싸움

　붉은 황토로 뒤덮인 함평군은 고구마를 재배하기에 좋은 땅이었다. 1976년 함평농협은 농민들에게 수확량을 전량 수매하겠다며 고구마 재배를 권장했다. 이를 믿고 1,000여 가구가 고구마를 심었다. 그런데 수확 때가 되어 농협이 약속을 지키지 않았다. 농민들이 마을 앞 도로마다 고구마를 쌓아놓았으나 끝내 농협이 수매를 하지 않아 다 썩어버렸다.

　이에 보상을 요구하는 농민들의 싸움이 시작되었다. 1976년부터 시작해 3년째 싸움이 계속되는 사이, 대다수 농민들이 떨어져나갔다. 1978년 들어서는 100여 가구만 남게 되었다.

가톨릭농민회는 4월 중순 광주 북동성당에서 대회를 열었다. 전국에서 회원 800여 명이 모여 '함평고구마 피해 보상'을 요구했다. 마침 모내기철이었다. 대회를 마친 농민들은 모를 심으러 집에 가고, 70여 명이 성당에 남아 단식농성에 들어갔다.

> 전국회의를 개최했어요. 나도 참모로 따라간 거요. 내가 거기서 발언권을 얻어서 한마디 했어. 그때 내가 호소력이 있었나봐. '이것은 함평농협과 가톨릭농민회 간의 대립이다. 농협의 배후에는 정부가 있다. 천주교의 동조를 확보하지 못하면 처음부터 밀리는 싸움이 된다. 투쟁의 중심은 광주전남이 되어야 한다. 모든 일에 사활을 걸고, 모든 것을 책임지고 바쳐야 한다. 이 세 가지가 맞아떨어지면 필승합니다.*

함평고구마싸움의 불을 지른 이는 이강이었다. 이강은 김남주와 함께 1973년 지하신문 《함성》과 《고발》을 발간해 박정희 유신체제에 대항해 싸운 열혈투사였다. 언제나 역사에 헌신하고 봉사해야 한다는 입장을 견지한 이, 옳은 일이면 물불을 가리지 않고 덤벼든 이, 사람들은 그를 '앞뒤 없는 전차'라 불렀다. 열혈남아 이강이었다.

1978년은 유신정권에 대한 저항운동이 극도로 침체된 시기였다. 그 상황에서 농민들이 단식농성을 한다는 것은 그 사실만으로도 획기적인 일이었다. 그런데 경찰의 방해와 성당 측의 불허로 일을 급하게 서두르다보니 준비가 안 된 상태로 단식농성을 시작하게 되

---

*　이강 구술.

었다. 사태를 계속 점검하던 윤한봉은 무엇보다도 아무런 준비도 없이 농민들이 굶는다는 데 경악했다. 그는 말한다.

> 함평고구마사건이지만 전국에서 간부들이 오고 그랬는데. 그래 단식 농성이 딱 들어가버리니까 농민들이 갑자기 예비단식 과정도 없이 시작해요. 침구도 없지. 세면도구도 없지. 소금도 뭣도 아무것도 없는 거여.*

윤한봉은 달랐다. 윤한봉은 이 많은 사람들이 4월 꽃샘추위에 어떻게 잠을 잘 것이며, 농민들이 예비단식도 없이 갑자기 밥을 끊어버리면 이를 어쩌나 걱정한다. 걱정만 한 게 아니라 이 문제를 해결하기 위해 정신없이 뛰어다녔다.

그 시절 70명 분의 침구를 모으는 것은 쉬운 일이 아니었다. 솜이불만 쓰던 시절이라 부피도 엄청났다. 광주를 대표하는 저항시인 문병란의 집에서 이불과 수건, 치약과 칫솔 같은 생필품을 모았다. 경찰이 모르는 뒷골목 담을 넘어 성당 안으로 공급했다.

단식자들의 건강도 문제였다. 지도부는 무기한 단식이라면 굶어 죽을 때까지 해야 한다고 생각했다. 윤한봉도 그런 성격이었다. 그러나 겨우 고구마 수매 건에 목숨까지 바치게 해서는 안 된다고 주장한 이도 있었다. 농민 조계선이다. 윤한봉은 그의 의견에 따랐다. 단식하는 이들이 몰래 먹을 수 있도록 미숫가루를 공급했다.

침식 뒷바라지가 전부가 아니었다. 농성이란 널리 알려지지 않

---

* 윤한봉 구술.

으면 의미가 없다. 광주전남 운동권을 총동원해 매일 북동성당 앞에서 항의 집회를 벌였다. 단식 4일째에는 YWCA에 1,000여 명이 모여 '군부독재 타도'의 구호를 외치고 북동성당까지 행진했다. 일 년에 한두 번 시도되던 교내시위도 10분 만에 강제 해산되던 시절이었다. 경찰의 봉쇄를 따돌리며 '유신체제 물러가라'를 외치면서 북동성당까지 행진한 사례는 참여자들 모두에게 통쾌한 사건으로 기억되었다.

> 한봉 씨가 타고나기를 대중운동가야. 처음 농민들은 한봉 씨를 편하게 생각 안 했어요. 매일 누가 어디로 갔고 누구는 뭣을 했고, 담배종이 하나 분량에 저녁 일정까지 보내 왔어. 그거 보면 꼭 그대로 해. 오늘은 100명이 모여서 뭐 한다, 내일은 200명, 모레는 500명…… 굶는 숫자는 그대로 있지만 밖에서는 1,000명 단위로 늘어가. 북동성당을 처들어와서 데모 소리가 들릴 정도로 투쟁을 하는 거야.*

농민들은 처음엔 윤한봉을 불편하게 생각했다. 같이 일하는 사람들을 질리게 만들어버리는, 지나치도록 치밀한 꼼꼼함 때문이었다. 그는 매일 담배종이만 한 종이에 깨알같이 하루의 계획을 적어 성당 안으로 들여보냈다. 쪽지는 황연자를 통해 전달되었다. 그녀는 성당의 유치원 교사로 위장해 아이들 손을 잡고 들어오면서 안과 밖 양쪽을 연결했다.

단식농성하던 사람들이 놀랐다. 윤한봉이 보낸 쪽지에 나온 계

---

*   이강 구술.

획이 그대로 집행되었다. 오늘은 어디서 몇 명이 와서 성당 입구에 모여 항의 집회를 한다. 내일은 몇 명이 온다. 모든 게 정확히 실현되었다. 며칠 뒤 수백 명이 성당 앞에 몰려와 항의했다. 기운이 빠져 누워 있는 농성자의 귀에 함성이 들려왔다.

사건이 일파만파로 번졌다. 안달이 난 쪽은 정부였다. 선동가 서경원의 호된 질책에 농협 전남지부장은 변명하기에 바빴다. 결국 농협이 잘못했다는 결론에 이르렀고, 정부는 농민의 손을 들어주었다. 보상금 300만 원은 다음날 즉시 지급되었다.

농성이 끝난 뒤에도 윤한봉의 일은 남아 있었다. 그 많은 침구류를 주인들에게 일일이 돌려주었고, 성당을 청소하고 기물을 정리해주느라 고생했다. 덕분에 농민들에게 윤한봉의 신뢰는 높아졌다. 조계선은 회고한다.

단식 끝나고 황연자하고 무등산 올라가서 닭죽이나 먹자고 글더라고. 내 기억에는 한봉이 형이 무지하게 원칙적이고 강한 사람인데 정이 그렇게 많아요. 넘 안쓰러운 거 못 보고. 나 농민회 열심히 하라고 광주 올라오면 한봉이 형이 밥 사주고 차비를 줬지.*

---

* 조계선 구술.

따뜻한 밥

　농민들과 가까워지다보니 새로운 일을 맡게 되었다. 1978년 11월이었다. 윤한봉의 정부의 미곡 정책 실패에 항의하는 농민대회를 지원하게 되었다. 농민대회는 추곡 수매가 인상을 위한 투쟁 방침을 논의하는 자리였다. 가톨릭농민회가 주최하여 전국에서 800여 명이 집결했다. 광주 계림동 성당에서 2박 3일간 열렸다.

　처음 농민회에서 윤한봉에게 부탁한 것은 참석자들의 숙소 마련이었다. 준비된 돈은 빤하니 싼 곳을 얻어야 했다. 계림동엔 허름한 여인숙이 많았다. 윤한봉은 모든 여인숙을 뒤져서 방을 잡아 잠자리를 분배해주었다.

숙소를 배정한 후, 더 해줄 일이 있느냐고 물으니 도시락을 해올 식당을 소개해달라고 했다. 800명의 여덟 끼니였다. 순간 윤한봉의 뇌리에 떠오른 생각은 11월의 추위에 차가운 도시락을 먹이면 안 된다는 거였다.

날도 차가운디 고생하는 농민들에게 따뜻한 밥을 먹여야제. 어떻게 도시락을 먹어요? 내가 밥을 해줄게요. 재료비만 주면 내가 따뜻한 밥을 해줄 테니 걱정 마쇼.*

어이없는 제안이었다. "한봉 씨, 밥이나 지을 줄 아요? 800명이면 솥이 몇 개 필요한 줄 아쇼? 그릇, 숟가락, 젓가락은 또 어딨소? 우리 행사에서 제일 어려운 부분이 식사요. 식사 시간 못 맞추면 프로그램을 진행하지 못해요. 어떻게 책임지려구……"

모두들 반대했지만 윤한봉 한 사람의 고집을 꺾지 못했다. 식사 시간에 일 분, 일 초도 늦지 않게 따뜻한 국과 밥을 제공할 수 있다고 자신했다. 지난 투쟁 때 보여주었던 그의 정확한 실천력을 농민들은 부인할 수 없었다. "윤한봉 씨라면 믿을 수 있응께 한번 맡겨보제!"

그것은 힘든 일이었다. 우선 800개의 밥그릇과 국그릇, 수저와 젓가락, 국자와 주걱을 구해야 했다. 쌀을 나르는 것은 물론 온갖 국거리와 김치 재료를 실어 나르는 것도 큰일이었다. 윤한봉은 필요한

---

* 윤한봉 구술.

식기도구의 목록을 뽑았다. 시장에 가서 빌린 다음 직접 손수레로 성당까지 끌고 왔다. 처음부터 끝까지 손에서 물이 마를 새 없이 설거지를 한 사람은 윤한봉이었다. 윤한봉은 동료들을 이렇게 설득했다.

농민운동과 여성운동, 청년운동의 연대 차원에서 이번에 우리가 따뜻한 밥과 국을 맛있게 끓여줘야 한다. 그런 데서 신뢰가 싹트는 거다. 시위한다고 같이 악쓰고 그런다고 해서 되는 게 아니다. 깊은 신뢰는 이런 데서 오는 거니까 일하자. 어려운 만큼 의미가 큰 거 아니냐. 그러니까 같이하자. 마당을 파고 솥단지를 얹자. 솥단지는 내가 구한다. 솥단지 빌려오면 될 거 아니냐. 제재소에 가면 목재 빼내고 남은 피죽이 많이 있다. 고거 리아카로 실어 나르면 되지 않느냐. 고놈 때면 된다. 그릇을 어디서 구해? 대인시장 같은 데 가면 수저, 젓가락, 국그릇, 밥그릇 전부 빌려준다.*

그래갖고 괭이로 성당 마당에다 파고 솥단지하고 국솥 걸고, 하여간에 난리를 꾸몄어. 그릇 씻을 때 내가 앉아서 헹구고 그때 43명이 총동원이 됐어. 국통 들고 나르다가 손이 빠져갖고 엄지발가락 빠져브렀제.**

겨울이 이르게 찾아와 기온이 영하로 떨어진 데다 성당 마당에는 눈까지 내렸다. 장작불을 때서 여덟 끼니를 보급하는 일은 보통 일이 아니었다. 800명이 한꺼번에 밥을 먹을 공간이 없었다. 매 끼니

---

* 윤한봉 구술.
** 윤한봉 구술.

마다 식사를 마치기까지 두 시간이 걸렸다. 그러나 윤한봉은 한 번도 시간을 어겨본 적이 없었다.

식사가 끝나도 일이 끝난 건 아니었다. 마지막 뒷정리까지 다 하고 깨끗이 닦은 식기도구들을 시장에 돌려주었다. 식기 도구들은 이삿짐만큼이나 높게 쌓였다. 후배들이 바퀴가 터질 듯한 손수레를 직접 끌고 힘겹게 성당을 나서고 있었다. 추위에 몸을 떨며 지키고 서 있던 형사들이 뒷전에서 혀를 찼다. 윤경자는 회고한다.

마지막까지 계속 물 묻히고 있었던 사람은 (윤한봉) 오빠야, 남자 중에서는. 끝까지 같이 설거지해주고 그 대회를 그렇게 치렀다고. 마지막에 정리까지 해서 짐을 구루마 끌고 나가는 걸 보고 경찰이 저 지독한 놈이라고 얘기했대.*

쌀생산자대회를 지원하는 윤한봉의 가슴은 농민들의 투쟁을 돕고자 하는 일념으로 불탔다. 깊은 신뢰는 악쓴다고 시위한다고 생기는 게 아니라, 어려움에 처한 이웃과 동고동락하는 과정에서 나온다는 윤한봉의 말이 가슴에 다가온다. 말로 하는 운동이 아니라, 몸으로 하는 운동의 전범을 그는 만들어나가고 있었다.

그와 함께 쌀생산자대회를 도운 윤한봉의 지인들, 광주의 운동권 식구들이 총 43명이었다. 윤한봉은 43명의, 이름 없는 무리의 리더였다. 그는 명령을 하지 않았고 설득을 했다. 불을 때고, 설거지를 하고, 마지막 식기류를 돌려주는 그 순간까지 모든 일의 선두에 서

---

* 윤경자 구술.

서 솔선수범했다. 윤한봉은 몸으로 규율을 세우는 운동의 새로운 풍을 만들어가고 있었다.

윤한봉에게 헌신과 봉사는 삶의 기본이었다. 모든 활동은 봉사였다. 하지만 그의 활동은 봉사로 끝나지 않았다. 그가 제안하고 주도하는 모든 활동은 조직을 만들어내고 조직을 단련시키는 용광로였다. 조직은 투쟁의 무기였고, 투쟁은 조직을 제련하는 과정이었다. 쌀생산자대회를 거쳐 송백회가 단련되어가고 있었다, 그 송백회가 1980년 5월 도청의 주먹밥을 만드는 일을 주도했다.

옥중의 죄수들을 돕는 여성들, 송백회

1980년 5월 광주민중항쟁이 있기까지 윤한봉이 행한 일 중에서 가장 빛나는 실천은 송백회의 결성이다. 당시만 하더라도 남성운동가들 역시 봉건적 가부장제의 악습에서 자유롭지 못할 때였다. 여성의 힘을 조직할 것을 누구도 생각할 수 없는 시절이었다. 그때 윤한봉이 옥중의 동료들을 돕는 옥바라지를 하면서 송백회*가 결성되었다는 점도 매우 특이하다.

옥중생활을 하면 사람의 손길이 아쉽다. 먼저 출소하는 사람을 붙잡고 밖의 친척에게 편지를 전달해달라는 부탁을 한다. 누구나 전달해주겠노라 다짐한다. 하지만 교도소 문을 나서면 마음이 달라진다. 귀찮아진다. 없던 약속이 된다. 이게 출소자의 심리이다.

윤한봉은 달랐다. 옥중생활을 하면서 겨울의 추위를 견디게 해줄 털양말의 소중함을 뼈저리게 느꼈다. 윤한봉은 출소하자마자 동생 윤경자에게 털양말을 짜달라고 주문한다. 그리고 광주교도소에 수감 중인 죄수들에게 털양말을 영치한다. 또 윤한봉은 출소하자마자 '책 넣기 옥바라지'에 나선다. '족보와 일기장만 두고 갖고 있는 책을 다 내놔라' 악랄한 주문이었다. 한두 사람이 아닌, 호남 일대의 교도소 수감자 모두에게 털양말과 책을 영치하려면, 혼자의 힘으론 역부족이었다. 여동생을 위시해서 사모님들과 형수님들, 제수씨들과 후배의 애인들을 조직한다. 그것이 송백회 결성의 시초였다.

운동에 뛰어든 이래, 윤한봉은 가방 하나 메고 이 집 저 집 떠돌며 살았다. 단골집 중 한 곳은 동생 윤경자의 신혼방이었다. 어느 날 동생에게 제안했다. "쌀생산자대회에서 활약한 여성들을 조직하자." '양심수들의 옥바라지를 하는 단체를 만들자'는 것이었다. 당시

---

* 송백회松栢會는 1978년 11월 유신 말기에 광주전남권 여성들이 만든 최초의 민주여성 단체이다. 송백회 구성원은 교사, 간호사, 노동자, 주부, 청년운동가 등 진보적 사회의식을 가진 여성들과 민청학련 구속자 가족, 민주화운동 활동가 부인들로 80여 명이 활동했다. 송백회는 구속 청년·학생들의 옥바라지를 시작으로 한국 근현대사와 여성운동사 등을 학습했다. 송백회는 광주민중항쟁 이전부터 현대문화연구소, 엠네스티, NCC 인권위원회 등 반독재민주화운동 단체와 연대했다. 1980년 5월 18일 광주민중항쟁이 발발하자 송백회는 항쟁공동체인 YWCA 항쟁지도부'를 만들어 시민궐기대회를 주도하는 등 조직적인 선전선동활동을 했다. 송백회는 항쟁 초기 시민군들에게 투쟁할 물품을 보급했고, 화염병 제작, 시체 염, 검은 리본 제작, 부상자 파악, 취사팀 조직 등 무장투쟁을 보조했다. 그들은 무기 반납과 항복을 끝까지 거부하고 27일 새벽까지 목숨을 건 투쟁을 했다.

광주교도소에만 수십 명의 양심수들이 수감되어 추운 겨울을 보내고 있었다. 윤경자는 말한다.

오빠는 특별한 거처가 없었어요. 가방 하나 들고 이 집 저 집 다니면서 잤는데 우리가 광주로 오니까 아무래도 우리 집에 와서 많이 잤지. 그러면서 오빠는 혼자서 옥바라지를 하고 있었어요. '옥바라지할 수 있는 여자들의 모임을 만들자. 아주 중요한 거다.' 오빠가 말했어요. 그렇게 해가지고 시작된 게 송백회야.*

송백회의 좌장으로는 소설가 홍희담이 좋겠다고 판단했다. 홍희담은 황석영의 부인이었다. 부부가 전라도 해남에 내려온 것은 1977년 가을이었다. 황석영의 장편소설 《장길산》이 널리 대중적으로 알려지던 때였다. 이듬해 초봄, 홍희담은 남편을 찾아온 윤한봉을 처음 만난다. 홍희담의 회고다.

꽃샘추위가 맹위를 떨치던 어느 날, 남편이 한 사나이를 데리고 왔어요. 방금 출소했다는데 첫눈에 봐도 심상치 않은 풍모였지요. 깡마른 체격에 비스듬히 휜 어깨는 언제라도 상대방을 받아칠 기세였어요. 의외로 손가락은 가늘고 섬세했지요. 손은 보이지 않는 속마음을 드러내요. 그의 입은 직설적 언어로 상대방을 제압하기에 충분했어요. 하지만 그의 손은 섬세하고 상처받기 쉬우며 슬픔이 많은 내밀함을 나타내고 있었어요.**

홍희담은 문병란 시인의 부인, 강신석 목사의 부인 등 여성계의 원로들을 만나기 시작했다. 윤경자는 이소라, 박경희 등 쌀생산자대회에 밥 당번을 했던 젊은 세대를 중심으로 송백회를 조직했다. 윤한봉은 YWCA의 안희옥 총장, 이애신 총무, 김경천 간사, 기독병원에서 일하는 안성례, 여성노동운동가 정향자 등을 설득했다. 목포의 한산촌이라는 결핵요양원에서 의사로 일하고 있던 여의사 여성숙에게도 도움을 청했다.

송백회는 윤한봉의 제안대로 1978년 12월에 결성되었다. 송백회는 여성운동의 새로운 모범이었다. 그 무렵 여성운동가들은 대부분 종교계에 속해 있었다. 그러나 송백회는 어떤 단체에 의존하지 않았다. 회원들이 낸 회비로 운영했다. 공부하는 소모임도 가졌다. 회원은 꾸준히 늘었다.

윤한봉의 설득력은 남자나 여자나 다르지 않게 통했다. 진솔하고도 재미있는 이야기로 마음을 움직였다. 송백회의 첫 사업인 '털양말 짜기'도 그랬다. 그는 마음씨 고운 여성들을 두고 수감자들에게 왜 털양말이 필요한가를 실감나게 설득했다. 자기가 두 번 감옥살이를 할 때 얼마나 발이 시렸는지, 동생 윤경자가 털양말을 짜서 영치해 준 것이 얼마나 도움이 되었는가에 대해 말했다. 그러면서 윤경자가 감옥에 넣어주었던 털양말을 꺼내 보여주었다. 털양말은 만들어 파는 회사도 없으니 직접 짜야 한다고 호소했다. 다들 넘어갔다.

송백회 회원들이 짠 털양말은 147켤레나 되었다. 광주구치소에

**   홍희담 회고.

수감된 정치범이 40명이니 한 사람당 세 켤레씩 넣어줄 수 있는 양이었다. 윤한봉이 사적 이익이나 정치적 욕심 때문에 이런 일을 하는 것이 아님을 그들은 잘 알았다. 1980년 5월 도청의 투사들에게 주먹밥을 날라준 여성들이 송백회 회원들이었다. 윤경자의 증언이다.

> 희담 언니가 나에게 이야기를 했어. '경자야, 느그 집에서 김밥 좀 싸라.' 우리 집은 남동 전대병원 앞이라 도청하고도 가깝고 그래서 계속 김밥을 쌌어요. 도청 앞까지 김밥을 이고 가 거기다 내려주고 다시 집으로 와서 또 싸고. 시골에서 온 쌀이 많았는데, 식구들끼리 먹어야 할 쌀을 내가 거의 다 없앴어요. 김밥을 해 나르느라고.*

나는 오랫동안 윤한봉의 무소유와 헌신, 동지애가 어디에서 온 것인지 주목했다. 가계를 뒤져보니 윤한봉의 할머니가 나왔다. 할머니는 마을 사람들 도와주는 일을 재미로 하며 사신 분이었다. 어느 집 부인이 출산을 하면 몰래 미역을 보내주었고, 굶는 이웃이 있으면 쌀을 퍼다주었다. 그 심부름을 어린 윤한봉이 한 것이다.

> 한봉이 형 친구 중에 권영한 씨라고 있었는데 그분 집이 굉장히 어려웠어요. 우리가 시골에 가서 쌀을 가방에 한 말씩 담아가지고 올라오면, 계림동 경양방죽에서 동명교회 사택까지 걸어서 식량을 비워주고 와야 맘이 편한 사람이었어요.**

---

*   윤경자 구술.
**   윤영배 구술.

전라도 바닷가 사람들에겐 아주 끈끈한 정이 있다. 이웃의 불우를 차마 보지 못하는 마음을 맹자는 불인인지심不忍人之心이라 했고, 이 마음이 인仁의 단서인 측은지심惻隱之心이라 했다. 어려운 이웃을 보면 전라도 촌놈들은 '오매, 짠한그' 하는 소리가 입에서 튀어 나온다. 지난 100년의 역사에서 왜 호남이 항일투쟁의 주역을 담당했고, 민주주의를 위한 투쟁에서 왜 또 주역을 맡았는지, 그 이유를 나는 바로 이 마음에서 찾는다.

이념이냐 현실이냐?

1977년 겨울부터 1978년 봄에 김남주 시인을 강사로 하는 파리코뮌 강
독팀이 두세 개 정도 생긴다. 여기서 노준현, 정용화, 박몽구, 박석삼
등과 함께 학습하게 된다. 파리코뮌 강독은 1978년 5월 말에 들통이 나
게 되고 김남주 시인은 도피하게 되면서 우리 모두는 중앙정보부 전남
지부에 끌려가 이삼 일 곤욕을 치르고 나오게 된다.*

---

*   노준현추모문집발간위원회, 문승훈 회고, 《남녘의 노둣돌 노준현》, 미디어민,
2006, 181쪽.

김남주는 그의 시 어디에선가 나이 마흔이 넘도록 거처할 사상의 집 한 채 만들지 못한 자신의 삶에 대해 자탄했다. 김남주는 탁월한 어학 실력으로 많은 영문 서적들을 읽었고, 상대적으로 뛰어난 머리 덕에 진보적인 사유의 경지에 일찍 도달했다. 김남주의 머릿속엔 세계사를 뒤흔든 혁명가들의 외침이 어른거렸고, 그는 그들의 언어를 흉내 내길 좋아했다. 《함성》지 유인물을 찍기 위한 자금을 구하러 만난 여대생에게 "나는 독재의 무덤을 파러 갑니다"*라고 말했다지 않는가? 시인 김남주는 광주 운동권에서 보기 힘든 이념형 투사였다. 잠시 안길정의 회고를 듣자.

　　녹두서점은 채 서너 평이 안 되는 작은 매장이었다. 한쪽에 예닐곱 명이 들어앉으면 꽉 차는 작은 골방이 있었다. 이 골방에 들어서려면 누구나 문지방 위쪽에 걸린 녹두장군에게 반드시 경의를 표해야만 한다. 고개를 뻣뻣이 들고 들어갔다가는 나지막한 문지방이 이마빡을 후려치기 때문이다. 우리의 사부 남주 형은 방 아랫목에서 비스듬히 누워 있었다. 군용 잠바를 입은 검은 안경테의 시인은 뒹굴뒹굴하면서 일어나지도 않고 우리에게 물었다.
　　"야, 늬들 책은 다 준비했냐?"
　　일어 공부는 아마 두 달 정도 이어진 것 같다. 강습이 시작되기 전 제자들을 기다릴 때 사부는 일어판 《크로포트킨》을 읽었다. 사부의 책 자루엔 무정부주의자 바쿠닌과 칠레의 민중시인 파블로 네루다의 책도 있

---

* 　묘혈꾼은 마르크스와 엥겔스가 작성한 《공산당 선언》에 나오는 표현이다. "부르주아지는 자기 자신의 무덤을 파는 일꾼을 생산하는 셈이다." 황광우, 《레즈를 위하여》, 실천문학사, 2003, 297쪽.

었다.*

이념이란 좋은 것이다. 삶이 일상의 그물에 갇혀 있을 때, 이 그물을 찢어버릴 힘이 이념에서 나오기 때문이다. 이념은 존재하는 현실과 다른 세계, 대안의 세계를 추구하도록 해주는 원동력이다. 한마디로 말해 이념이 있기에 우리는 이상을 꿈꾸며, 이상이 있기에 고난의 가시밭길을 헤치고 간다.

그런데 이념이 지나치면 사고를 친다. 이념의 과잉은 현실을 바로 보지 못하게 한다. 해방 전후의 많은 독립운동가들은 자신이 하고 있는 실천이 민족의 독립을 위한 투쟁이면서 동시에 공산주의 사회를 실현하기 위한 실천이라는 착각을 했다. 이 착각에서 벗어나기까지 역사는 많은 희생을 요구했다. 어떤 이념을 추종하는가는 각자의 자유이지만 그 이념 때문에 목전의 현실을 바로 보지 못할 경우, 우리는 이념의 과잉으로 인한 무거운 벌을 받는다.

김남주 선배도 휴가 때마다 영어로 된 책들을 읽었던 거예요. 그래서 혁명가적인 의식을 가진 거야. 그래서 반제·반봉건 민족해방투쟁 같은 걸 이미 알았어. 그래서 그런 얘기를 하는데, 난 몰랐지. 그때 박석률 선배가 꼬시는 게 이 양반이 지하투쟁만이 박정희를 이길 수 있다고 하는 거야. 그래서 죽을라고 환장했는갑다 하고 속으로 그랬지. 난 계속 공장에 다녔는데 계속 부추기는 거야. 너가 진짜 세상을 바꿀려면 이길을 놔두고 어떻게 바꿀래. 그래서 내가 넘어갔지.**

———
*   노준현추모문집발간위원회, 안길정 회고, 《남녘의 노둣돌 노준현》, 96쪽.

김남주를 비롯해 광주 출신의 투사들이 대거 남민전(남조선민족해방전선준비위원회)에 가입한다. 이념도 중요하고 조직도 중요하지만, 대중의 삶을 떠난 운동은 끈 떨어진 연鳶이다. 연은 잡아당기고 풀어주는 지상의 힘과 씽씽 부는 바람과의 긴장관계 속에 있을 때 창공을 난다. 남민전 전사들이 품은 뜻은 숭고했으나, 조직원들은 대중의 삶으로부터 유리되어 있었다.

남민전의 주요 조직 대상은 윤한봉이었다. 이강의 회고를 들어보자.

1978년 가을 나는 박석률의 지도와 소개로 이재문 선생을 만나 남민전에 가입했다. 그런데 조직 과제의 하나로 윤한봉을 주요 가입 대상자로 선정해 나에게 가입할 수 있도록 하라고 했다.***

여러 선을 통해 윤한봉 영입 작업이 시도되었을 것이다.**** 만일 윤한봉이 남민전의 강령과 규약에 동의하는 선서를 했더라면, 그 후과는 끔찍했을 것이다. 1979년 가을, 남민전은 공안기관에 의해 적발되고 조직원 대다수가 체포되었다. 윤한봉이 남민전에 가입했더라면 1979년 9월 그때 이미 광주 운동권은 초토화되었을 것이다.

** 　이학영 구술.

*** 　이강 구술.

**** 김희택 구술: 남민전 쪽에서 여러 사람에게 포섭을 시도했어요. 저도 그 연구소 석 달 있는 사이에 제안이 오고…… 그것에 반대한 이유는 그런 비밀조직으로 이 사회 변혁을 성취하는 것은 안 된다. 소수의 비밀 조직으로는 유신독재체제에 대응할 수 없다고 생각했기 때문이에요.

윤한봉은 이념으로 운동권에 뛰어든 사람, 즉 이념형 운동가가 아니었다. 처음부터 본 대로 느낀 대로 움직이는 실사구시형 운동가였다. 그가 보기엔 남민전과 같은 전국 차원의 지하조직은 필요하지 않았다. 지하조직은 몸만 무겁게 한다. 오히려 활동력만 떨어지게 한다. 지하조직은 운동가들을 조기 두루미 엮듯 엮어 독재자에게 제물로 바치는 무모를 저지른다. 윤한봉은 남민전의 무모를 날카롭게 감지했다. 그리고 남민전의 접근으로부터 광주 운동권을 지켰다. 김희택의 회고는 윤한봉의 실사구시 정신을 잘 보여준다.

그는 단호했다. '우리는 대도시를 중심으로 한 지역 단위의 민주역량을 구축해야 한다.' 그의 주장이 일리 있는 견해라고 평가했지만 처음엔 동조하지 않았다. 하루는 단둘이 만난 자리에서 강하게 설득하기 시작했다. 현대문화연구소를 시작했으니 이곳을 터전 삼아 함께 청년운동을 해보자는 것이다. 종교인, 문인, 교육자 등 양심적인 지식인들의 역량을 잘 모아내서 학생운동과 결합하면 큰 힘을 만들 수 있다며 집요하게 나를 설득했다. 나는 점점 흔들리기 시작했다. 마침내 나는 합수학파의 일원이 되었다. 나는 현대문화연구소의 2대 소장이 되었다. 그때 합수 형님을 만나지 않았다면 아마도 나는 구로동 혹은 인천에서 노동운동을 하게 되었을 것이다. 노동운동을 하겠다고 감옥 문을 나섰던 나는 그를 만나서 청년운동으로 방향을 선회하게 되었고 뒤이어 민주화운동청년연합에 참여하게 되었으니 30년이 지난 지금 돌이켜보면 그를 만난 것은 나의 운명을 좌우하는 사건이었다.*

---

*   문규현, 《합수 윤한봉 선생 추모문집》, 한마당, 2010년, 203~204쪽 축약.

윤한봉이 보기에 필요한 운동은 지역을 거점으로 하는 청년운동이었다. 모두 노동운동을 교과서의 정답처럼 말하던 그 시절에 지역의 청년운동을 주장한 것은 특이한 견해였다. 서울에서 김근태 씨가 민주화운동청년연합(민청련)을 결성해 청년운동을 이끈 시점이 1983년 가을이었다. 윤한봉은 그보다 몇 년 전, 광주의 청년운동을 이끌었다. 이념을 좇지 않고, 현실의 요구에 충실한 실사구시형 운동가였기 때문에 가능한 일이었다.

교수들과 학생들의 저항

함평고구마농성이 벌어지고 두 달 후인 1978년 6월 27일, 광주
에서는 또 한바탕 소동이 일어났다. 전남대 교수들이 '국민교육헌장'
으로 상징되는 유신정권의 교육이념을 정면으로 비판하며 〈우리의
교육지표〉라는 성명을 발표한 것이다.

이 시절 학생들은 매일 아침 조회 때마다 태극기를 향해 경례를
올리며 '조국과 민족의 무궁한 영광을 위해 몸과 마음을 바칠 것'을
선언해야 했다. 또한 '우리는 민족 중흥의 역사적 사명을 띠고 이 땅
에 태어났다'로 시작되는 국민교육헌장을 외워야 했다. 조국과 민족

을 위해 충성을 다할 것을 요구하는, 결과적으로는 어떠한 불평불만도 갖지 말고 지배권력에 복종하기를 요구하는 파시즘의 전형적인 구호였다.

유신정권은 지도교수를 임명해 학생들을 지도하고 지도보고서를 써내라 했으며, 담당 학생이 시위에 가담하면 지도교수들도 함께 문책하겠다고 했다. 학문의 전당이라는 대학이 이 지경이 되자 웬만한 교수들은 교수 자리를 지키고 있다는 사실에 견딜 수 없는 모멸감을 느꼈다.

1978년 신학기가 시작되자 전남대 송기숙 교수는 서울 대학들의 사정을 알아보려고 서울에 갔다. 당시 시국사건으로 해직 상태에 있던 백낙청 교수를 찾아갔다. 사무실에는 백 교수 혼자 있었다. 송 교수는 학생들이 군사정권에 저항하다가 계속 희생당하고 있으니 더 이상 침묵해서는 안 되겠다며, 함께 싸울 교수들을 소개해달라고 했다. 송 교수는 연세대학교에서 해직된 성내운 교수를 소개받았다. 성 교수는 활달하고 적극적인 성격이어서 금방 의기투합할 수 있었다. 송 교수는 든든한 동료가 생기자 날 것 같은 기분이었다.

윤한봉이 교수들의 움직임에 대한 정보를 접한 것은 성명이 발표되기 한참 전이었다. 교수들이 나서서 군사정권의 이념을 비판해봐야 연행되고 해직되면 끝이었다. 학생들이 동조시위로 사건을 키워야 했다. 성명서 발표 며칠 전, 윤한봉은 송기숙 교수를 만난 자리에서 넌지시 말을 꺼냈다.

"교수님, 어째 하시는 일은 잘돼가세요?"

성명서 작성과 서명은 비밀리에 진행되고 있었다. 깜짝 놀란 송기숙의 표정이 굳어졌다.

"뭔 일? 나 하는 일 없어." 시치미를 떼고 가버리는 것이었다. 윤한봉은 등 뒤에 대고 말했다. "하여튼 잘하셔야 합니다." 송기숙은 그제야 걸음을 멈추고 돌아서서 차나 한 잔 하자며 윤한봉을 중흥동 자기 집으로 데려갔다.

"한봉이, 자네가 아는 일이란 건 뭔가?"

"아니, 이 바닥에서 제가 모르는 일도 있어요? 서명한 교수님이 열 명 조금 넘지요? 불어 김현곤 교수님, 문화사 이석원 교수님, 이홍길 교수, 이방기 교수, 명노근 교수……"

송기숙은 놀라 말을 잇지 못했다. 서명하는 사실도 비밀인데 서명인 명단까지 거의 다 맞았기 때문이었다. 사실 서명자가 누구인가는 윤한봉도 들은 적이 없었으나 전남대 교수 중에 〈우리의 교육지표〉에 서명해줄 사람은 빤했다. 감방에서 나와 월부책을 팔러 다닐 때 학생들 시켜서 책을 사준 교수들, 도서관 앞에서 후배들에게 노상 강연을 하고 있으면 몹시 미안한 얼굴로 지나가던 교수들이었다.

"한봉이, 어디 가서도 이런 얘기 절대 말게."

"교수님들이나 알아서 잘하세요. 저는 밖에서 나름대로 준비를 하고 있습니다. 교수님들이 치고 나가면 학생들이 동조하도록 하겠습니다."

약속된 6월 27일, 송기숙을 비롯한 전남대 교수 11명은 기자들을 불러 〈우리의 교육지표〉를 발표하고 그 자리에서 모두 연행되어 버렸다. 교수들이 직업을 포기하고 감옥에 들어갈 각오로 싸우는 일은 보통의 결단이 아니었다.

6월 28일 전남대학교 교수 11명이 서명한 〈우리의 교육지표〉가 발표되고 이들 교수들이 6월 27일 연행되었다는 소식은 삽시간에 전남대학교에 퍼졌다. 정용화와 노준현이 6월 29일 시위를 위한 모임을 열었다. 박석삼과 조봉훈, 박몽구와 김선출, 김윤기와 안길정, 박현옥 등이 모였다. 노준현이 주동자로 나섰다.

1978년 6월 29일, 전남대 교정에 유인물이 살포되면서 1,000명 이상의 학생들이 모여들었다. 곧바로 경찰이 학내로 진입했다. 학생들은 경찰들과 난투극을 벌이면서 시위를 벌였다. 7월 1일에는 1,000여 명의 학생들이 광주 시내 충장로로 진출해 가두시위를 벌였다. 경찰은 닥치는 대로 학생들을 연행했고 이 과정에서 많은 학생들이 다쳤다. 경찰은 전남대생 500여 명을 연행했고, 14명의 학생을 구속했다.

송기숙 교수는 구속되었고 나머지 교수들은 모두 해직되었다. 그 일이 있은 지 2년 후 일어난 5·18광주민중항쟁의 역사적 토대를 찾으려면 우리는 '교육지표 선언 사건'을 주목할 수밖에 없다. 문승훈은 회고한다.

1978년 '교육지표 선언 사건'으로, 송기숙 교수님은 구속·해임되셨으며, 이홍길(사학과), 김현곤(불문과), 김정수(영문과), 이석연(사학과), 안진오(철학과), 홍승기(국사교육과), 김두진(국사교육과), 이방기(법학과), 명노근(영문과), 배영남(영문과) 10명의 서명한 교수도 해임되셨다.

전남대생으로는 김선출, 김윤기, 노준현, 문승훈, 안길정, 박병기, 박몽구, 박현옥, 신일섭, 이영송, 이택, 정용화, 최동열, 한동철 등 14명이 구속·제적되었다. 그리고 박기순, 신영일, 양강섭, 엄창수, 허민숙, 이종록, 최혁 등 10명이 무기정학 등 중징계 조치를 당했다. 한편 조선대생으로는 양희승, 유제도, 박형중, 김용출 등 4명이 구속·제적되었다. 아울러 '민주교육지표 운동'에 직·간접적 영향을 끼치면서 지원해주신

재야인사로는 조아라(YWCA 회장), 이성학(양림교회 장로), 은명기(양림교회 목사), 이애신(YWCA 총무), 강신석(무진교회 목사), 홍남순(변호사), 이기홍(변호사), 윤한봉(민청 관련), 김상윤(민청 관련), 이강(함성 관련), 김남주(함성 관련), 나상기(민청 관련), 이양현(교련반대), 정상용 (민청 관련), 이학영(민청 관련), 최철(민청 관련), 박형선(민청 관련), 이기승(민청 관련), 최연석(민청 관련), 임추섭(교사), 정규철(교사), 문병란(교사), 정현애(교사), 임영희(송백회), 조봉훈(참여 후 도피), 박석삼(참여 후 도피), 박석률(도피 지원), 김은경(한신대 2년), 윤상원(도피 지원), 고홍(도피 지원), 김광한(도피 지원), 김규선(도피 지원), 김하봉(도피 지원), 이길동(도피 지원) 등이 있다.*

윤한봉은 1978년 이래 광주 운동권이 크게 번창했다고 술회한 적이 있었다. 윤한봉과 김상윤, 나상기와 정상용, 최철과 정용화 등의 협업하에 이루어진 조직 운동의 성과였다. 안길정의 회고는 1978년을 전후한 광주지역 학생운동가들의 이름을 이렇게 전한다.

1977년 9월 나는 복학하여 이듬해 봄에 영문과로 진학했다. 이때 내가 들어간 서클이 두 개 있었다. 하나는 문리대생만을 대상으로 하는 문우회文友會로 회장에는 신일섭, 회원으로는 허민숙, 김대현, 임형, 박선정, 장윤수 등이 있었다. 다른 하나는 기독학생회이다. 당시 이 회의 회장은 국문과 3학년 이영송이 맡았고, 회원으로는 허순이, 이종록, 노준현이 있었다.

기독학생회에 간여하면서 양림 웃교회에서 시작된 공부 모임에도 나가

---

* 　문승훈, 〈6·27 '우리의 교육지표' 선언과 민주화운동 개요〉

게 되었다. 이때도 노준현이 안내자가 되었다. 웃교회는 기독교장로회 소속으로 은명기 목사님이 계셨고, 우리과 명노근 교수는 이곳 장로였다. 당시 이 교회에 나오는 사람들 중 전대생으로는 조봉훈, 최철,이세천, 김금해 그리고 조선대생으로는 박형중과 몇몇이 있었다.

탈패활동도 했는데 탈패는 그보다 훨씬 넓은 외연을 만들고 있었다. 여기에는 김윤기, 김선출, 전용호, 윤만식, 박효선 등이 관여했다. 당시 농촌 현실을 소재로 삼은 마당극 〈함평고구마〉는 꽤 반향을 일으킨 것으로 기억된다. 탈패는 나중에 조선대에도 조직되었고, 활동을 지속하며 많은 후배들을 양성했는데, 여기에는 황석영 선생이 관여하고 있다고들 했다.

이 무렵 서울 등 다른 지역과 교류도 이루어지고 있었다. 그런 자리에 몇 번 참석했다. 노준현은 그런 선배그룹과 학내, 그리고 외곽조직을 잇는 허리 역할을 했다. 그는 선배그룹과 회동하는 자리가 있을 때면 나를 데려갔다. 그래서 기승이 형 집에 가서 선배들과 하룻밤 묵는다든지, 화순 가는 길목의 나상기 형 집에 가서 서울서 내려온 Y간사 황인성 씨와 회동한다든지 했다. 상기 형 집에는 나 말고도 농대의 조봉훈, 국문과 허순이 등이 같이 갔다.

이런 움직임은 1978년에 들어서면서 더욱 활발해졌다. 그해 몹시 추운 겨울날, 우리는 장흥 산기슭의 산채 모임에도 갔다. 스무 명가량이 회동했다. 우리 쪽에서 간 사람으로는 박현옥, 조봉훈, 위에서 내려온 사람으로는 서울대생 김용관과 황광우 등이 생각난다. 그날 처음 보는 김용관은 또박또박한 말씨가 깊은 인상을 남기는 수재였으며, 황광우는 정열덩어리였다. 모임에서는 전국 운동판에 돌아가는 소문을 전하고, 정세를 공유했다. 모두들 어찌나 담배를 피워대는지 방 안이 굴뚝 같았는데, 양말에서는 청국장 냄새가 코를 찔렀다. 지칠 때까지 논의를 하다가 하나둘씩 쓰러져서 칼잠을 청하는데, 아예 자지 않고 이야기를 잇는 이는 노준현이었다.*

---

* 노준현추모문집발간위원회, 《남녘의 노둣돌 노준현》, 99쪽.

현대문화연구소

　내가 형의 살림방을 처음 목격한 것은 1979년 9월 어느 날이었
다. 경찰의 감시망이 좁혀오고 있음을 느꼈던 것일까? 형은 자취방
을 정리하기 위해 나를 불렀다. 지산동 천주교 성당 옆 골목의 어느
집 골방이었다. 한 평 정도, 그야말로 골방 중의 골방. 큰 가방 한 개
가 덩그마니 놓여 있었다. 그 가방이 살림의 모든 것이었다. 문지방
옆엔 청색 플라스틱 그릇이 있었는데 그 안에 편지지가 들어 있었
다. 나는 편지지를 들춰보았다. 만년필, 손목시계, 팬티, 러닝셔츠,
양말, 면도기, 손톱깎이, 고무신 등 총 50여 개의 살림도구 목록이

적혀 있었다. 형은 입던 옷을 갈아입었다. 갈비뼈가 기타줄처럼 드러났다. 깡마른 몸이었다.

남들은 윤한봉 하면 거창한 투사의 얼굴을 떠올리고, 가까운 지인들은 '합수' 하면 철두철미하고 고집스런 원칙주의자의 모습을 떠올릴 것이다. 그리고 형이 이승을 떠난 뒤 많은 이들이 눈시울을 적시면서 추억하는 형의 모습은 '영어를 쓰지 않고, 침대를 거부하며, 샤워도 하지 않으면서' 미국 망명생활 13년을 견딘, 무서운 고행의 수도사였다.

나에게 가장 인상 깊은 형의 모습은 이날 자취방에서 본, 가방 하나가 살림살이의 모든 것인 무소유주의자의 속살이었다. 무소유를 지향하지 않고선 투사의 길, 고난의 길을 걸을 수 없었겠지만, 나는 형처럼 일관된 무소유주의자를 여지껏 본 적이 없다. 큰 산은 가까이에서 산의 전모를 볼 수 없다. 하여 윤한봉의 삶을 어떻게 평해야 할지 모르겠다. '한국의 간디'라고 해야 할지, '한국의 호치민'이라고 해야 할지.

어느 날, 형은 한 떼의 후배들을 데리고 무등산으로 들어가는 버스를 탔다. 산수오거리에서 금곡마을을 지나 식영정 근처에서 내렸다. 영희 누나, 은경이 누나, 연석이 형이 모였던 것으로 기억난다. 무슨 성격의 모임인지도 모른 채 따라갔고, 하여 그날의 모임에서 무슨 대화가 오고갔는지도 모르겠다. 다만 연석이 형의 노래가 인상 깊다. "저 들의 푸르른 솔잎을 보라." 나는 양희은의 노래를 그때 처음 들었다. 암울한 시기, 암담한 청년들을 위로해주는 노래였음이 분명하다.

저 들에 푸르른 솔잎을 보라.

돌보는 사람도 하나 없는데

비바람 맞고 눈보라 쳐도

온누리 끝까지 맘껏 푸르다.

서럽고 쓰리던 지난 날들도

다시는 다시는 오지 말라고

땀 흘리리라 깨우치리라.

거칠은 들판에 솔잎 되리라.

그랬다. 지금도 한봉 형을 기억하는 이들이 맨 먼저 하는 말은 "인정 많은 형"이었다. 밥을 못 먹는 후배들을 보면 밥값을 쥐여주고, 고향 갈 차비가 없는 후배를 만나면 차비를 쥐여주고, 담배값이 없는 후배들에겐 담배값을 쥐여주었다. 고문에 몸을 다친 후배 김정길의 요양을 위해 월부 책장사에 나섰던 형. 이웃의 불우를 그냥 보지 못하는 눈물 많은 이가 한봉 형이었다. 전라도 사투리로 말해 "오매, 짠한그!" 하는 그 마음 때문에 내 것을 다 '퍼줘부러야' 직성이 풀리는 남도 민중의 애잔한 마음, 그 현현이 한봉 형이었다.

어쨌든 간에 1978년은 광주 운동이 굉장히 활성화된 해였어요. 79년 초도 마찬가지였어요. 운동한다 뭐한다 해서 이리 뛰고 저리 뛰고, 감방에 들락거리고. 그래가지고 가족들하고 차분히 바람 쏘이러 야외에 나가보거나 그러지를 못해 가정에서. 삭막하지. 그래서 5월 5일 날 '민주가족야유회'라는 것을 가게 됐어요. 가족들을 다 끌고 나오니까 꽤 많은 숫자가 모였다고요. 화순 쪽으로 갔는데 지금 화순 어딘지는 기억이 안 나요. 80년에는 여그 광주에 있는 식영정으로 갔었고.*

내가 형의 활동을 가까이에서 보게 된 것은 1979년 7월 어느 날부터였다. 나는 그해 7월 17일 김해교도소에서 출소해 장동에 있는 현대문화연구소에 출입하기 시작했다. 한봉 형은 옥바라지를 위해 책을 모으던 참이었다. 나 역시 감옥에서 보았던 책 한 보따리를 옮겨놓았다. 순식간에 2,000여 권의 장서를 수집한 것으로 안다. 한봉 형은 동료들의 옥바라지를 그렇게 체계적으로 조직해나갔다.

인제 책장을 짜놓고 구호를 청했어요. 족보, 일기장, 가계부 빼고 책은 전부 다 내놔라…… 서울에 있는 출판사 돌아다니면서 책도 모으고 집집마다 가방을 들고가서 쓸 만한 책들 뿌리째 뽑아갖고 왔어요. 한 2,000권을 책장에다 빽빽이 채워넣고 옥바라지할 때 썼죠. 그 사무실을 송백회 회합 장소로 쓰게 되고 그다음에 거기서 80년 1월에 극단 '광대'가 출범을 해요.

1979년 가을, 나 같은 풋내기 운동가에게는 눈이 핑핑 돌 만큼 정국이 급변했다. YH 여공 김경숙 씨가 건물에서 떨어져 죽고, 이어 신민당의 김영삼 씨가 의원직 제명을 당하면서 그해 9월엔 전운이 감돌았다. 아니나 다를까, '남조선민족해방준비위원회(남민전)'라는 지하조직 사건이 불거져 나오고, 그러다 부산과 마산에서 민중항쟁이 터져나오고, 그러던 어느 날 한봉 형이 사라졌다. 또 잡혀간 것

---

*   윤한봉 구술.

이었다.

　　그때가 10월 23일이에요. 무작정 나는 끌려간 거지. 이 무지한 놈들이
서부경찰서 숙직실로 데리고 들어가요. 들어가서 보니까 이미 의자 두
개 세워놓고, 몽둥이 걸어놓고, 빠께스에 물, 걸레 주전자부터 딱, 물고
문 준비해놨더라고. 이런 등치 큰 놈들이 옷 벗기고 수갑 채우고 허벅
지에다 장대 채우고 물고문을 시작했는데……
　　부마항쟁이 터지자 부산에서 마산으로 번지고 그러니까 이것이 전국으
로 확산될 것을 긴장한 거예요 이놈들이. 정권 차원에서 광주를 중시한
거예요. 가능성이 제일 높다고 판단한 것이죠…… 그래가지고 내가 3
일간 엄청나게 고문을 당해부렀습니다. 물고문을……
　　근데 27일 아침이 되니까 이놈들이 갑자기 나갔다 오더니만 내 수갑
을 풀어주면서, 벽에 탁 기대앉았더만 '어허, 나라가 걱정돼. 나라가 걱정
돼' 하는 거요. 그리고 실내 방송이 들리는데 '유고…… 계엄령……'이
들리는 거야. '아! 박정희 죽었구나.'
　　순간 발끝에서부터 간질간질해갖고, 그 쾌감은 아직 그 이후로는 느껴
본 적이 없는데 온몸이 간질간질하면서 '아, 나 살았다. 더 이상 고문
없다. 박정희 죽었다. 세상 바뀐다'. 아 그때 참 희한한 경험했어.*

　　1979년 10월 26일은 박정희가 죽던 날이자, 한봉 형이 고문을
받던 날이었다. 우리들은 충장로 시위를 모의했다. 그날 낮에 전남
대 식당에서 대학생들이 데모를 했고, 저녁엔 충장로에서 한판 붙기

---

*　　윤한봉 구술.

로 했다. 강이 형과 형선 형, 석희 형과 선규 형…… 한봉 형의 동지들이 다 모였다. 우리는 결의했다. '모두 다 함께 잡혀들어가불자.'

그날 오후 7시경, 나는 광주천에서 대그박만 한 돌들을 정부미 포대에 담아 충장로 거리에 뿌려놓았다. 서울에서 내려온 문국주 형은 초조한 모습으로 충장로1가에서 4가를 반복해 걸었다. 약속했던 싸움판은 벌이지 못했다. 씁쓸했다. 우리는 남광주시장 인근의 허름한 여인숙에서 1박을 했다. 아침에 일어났는데 라디오에서 조가가 울려퍼진다며, 시국의 비상함을 누군가 알려왔다.

"먼 일이 벌어진 거여."

대통령이 죽었다는 사실을 알게 된 것은 그날 오후였다. 그 당시 나는 방림동 산 밑에서 살고 있었다. 어머님은 잔치를 벌였다. 긴급조치 9호 위반으로 옥살이를 한 여러 빵잽이들이 우리 집에 모여 막걸리에 부침개를 먹었다.

형은 다시 돌아왔다. 엄청 당했단다. 오른팔이 마비되어 있었다. 마비된 팔을 흔들며 열변을 토하던 모습이 지금도 생생하다. 자신의 고난을 고난으로 여기지 않았던 형, 늘 낙천적 마음으로 살았던 형. 불우한 이웃을 보고는 그냥 지나가지 못했던 형, 불의 앞에선 불같은 분노를 감추지 못했던 형, 누구보다도 위선을 미워하고, 인간의 존엄을 존중했던 형. 나는 그 후 오랫동안 형을 보지 못했다.

광주민중항쟁

나는 아직도 그날 광주의 진실을 모른다.

1980년 당시 나는 서울대학교를 다니고 있었고, 서울의 신림동에서 어머니와 동거하고 있었다. 형(황지우 시인)이 문을 두드린 것은 5월 18일 오전 8시였다. 비상계엄령이 확대되었으니 피신해야 한다고 형이 무겁게 주문했다. 형과 나는 어머님께 작별인사를 고하고 길을 나섰다. 광주로 가기 위해 터미널로 갔는데 거기에 사귀던 여인이 기다리고 있었다. 사랑의 열정은 일탈을 저지르게 한다. 예정에 없던 강화도행 버스에 오르게 된 것은 하루만이라도 더 연인과

82

함께 있고픈 욕망 때문이었다. 다음날 공중전화 박스에서 돌린 다이얼에서 '광주가 피바다다. 내려오면 큰일 난다'는 다급한 목소리가 울렸다.

이후 나는 잠행에 들어갔다. 서울 미아리에 있는, 애인의 친구가 사는 반지하 골방이 내가 역사의 현장을 기피하고 숨은 공간이었다. 무엇을 하고 지냈는지 기억나지 않는다. 기억나지 않는다는 것은 기억하고 싶지 않다는 것일 게다. 저 역사의 현장을 기피한 것을 크게 후회하게 된 것은 일주일 후의 일이었다. 애인이 살던 반포아파트 인근 식당에서 해장국을 먹으면서 나는 보았다. 텔레비전에선 한 떼의 청년들이 얼굴에 두건을 두르고 트럭에 올라 손에 몽둥이를 쥐고 흔드는 모습이 방영되고 있었다. 그들은 폭도였다. 살인자는 어데 가고 광주의 젊은이들만이 영락없는 폭도로 보도되는 이 장면, 진실과 허위가 완전히 거꾸로 뒤집히는 이 장면을 나는 이후로도 오랫동안 잊을 수 없었다.

역사의 흐름에 회한이 깊었던 우리는 만나면 동이 트도록 함께 술을 마시곤 했다. 언제였을까. 나는 한 후배로부터 1980년 광주의 이야기를 듣게 되었다. 후배는 5월 20일 MBC 방송국이 불타던 그날 밤 공수부대원의 총에 머리를 맞고 쓰러졌다. 죽었다. 죽었다 싶었는데, 총알이 머리를 스치고 지나가 기적처럼 되살아난 녀석이었다. 나는 이렇게 들었다.

그러다 도청 점령당하기 전날, 집으로 가지요. 동네 어른들에게 잡혀 동명교회의 탑에 갇히게 돼요. 그날 밤 공수부대가 들어오고 한 여성이 선무방송을 해요. '시민 여러분, 나와주십시오.' 그 목소리가 얼마나 애

타고 간절하던지 한신대에 다니던 형이 기어이 일을 냈지라. 교회에는 두꺼운 커튼이 있었는디. 그 커튼을 다 뜯어내 밧줄을 만들고 밧줄을 타고 밖으로 나갔지라우. 형은 돌아오지 않았어요.

우리들은 합동장례식에 참여해요. 당시의 망월 묘역은 험악한 곳이었어요. 여성 시신이 한 구 있었는디, 자동소총으로 난사당한 시신이었지라우. 시신을 두고 어머님 두 분이 '내 딸이다'면서 서로 싸우드랑께요. 오랫동안 방치된 시신이라 심하게 부어 있었지요. 두 분이 시신을 만지면서 싸우는 것도 아니고 다투는 것도 아니고…… 그런 장면을 보고선 더 이상 못 있고 돌아와부렀지라우. 그 뒤 우리 어머님은 한 달 간 죽은 여자 분을 위한 단식기도를 올렸구만요.*

교회 첨탑에서 커튼을 찢고 도청으로 달려간 그 한신대생은 돌아오지 못했다. 무엇이 그를 도청으로 달려가게 했을까? 왜 후배의 어머님은 한 달간이나 곡기를 끊고 기도를 올려야만 했을까? 딸의 주검을 마주한 그 어머님들의 영혼은……?

30년이 지났건만 나는 아직도 그날 광주의 진실을 모른다. 그날 공동체를 지키기 위해 피를 흘렸던 분들이 이제 오십을 훌쩍 넘기고 있다. 물론 그날의 희생은 헛되지 않았다. 7년이 지난 후, 1987년 6월 민중대항쟁에서 500만 명의 시민들이 서울에서 제주까지 전국 방방곡곡 일어나 마침내 독재자를 몰아내게 되었고, 이어지는 대파업을 통해 그동안 개돼지 취급받으며 살아온 노동자들이 마침내 '노동자도 인간이다. 인갑답게 살아보자'며 일어서게 되었다. 하여 이

---

* 김상호 구술.

제 우리들은 '사랑도 명예도' 남김없이 간 윤상원을 자랑스럽게 여기는데, 그럼에도 먼저 가신 분들의 넋은 편하게 있는 것인지 나는 늘 돌이켜 보게 되고, '그날 너는 어디에서 무엇을 하고 있었는가?' 하는 물음 앞에 떨리는 영혼을 주체하지 못한다.

윤한봉은 광주민중항쟁에서 어떤 존재였는가? 이제 가장 대답하기 어려운 질문이 우리를 기다리고 있다. 그 시기 윤한봉은 수배자였고 도피 중이었다. 따라서 1980년 5월 18일부터 5월 27일까지 윤한봉에게 의미 있는 실천은 기대할 수 없었다. 1992년 내가 윤한봉의 귀국추진운동을 하던 무렵 한 후배 동료가 나에게 이렇게 투덜거린 적이 있다. '그날 현장을 도피한 사람인데, 뭐가 대단하다고 귀국운동을 추진하는지 모르겠다.' 맞는 말인가.

1980년 5월 나는 서울대 학생회에 몸담고 있었다. 그때 서울대 학생회는 만일 계엄령이 확대 실시될 경우 캠퍼스에 결집해 투쟁하자고 선언했다. 그런데 나는 그 결의를 지키지 못했다. 이후 수배자의 신분이 되어 이 집 저 집 떠돌았다. 나중에 광주의 진실을 알리는 유인물을 제작해 유포하기도 했지만, 곧 다시 피신생활로 돌아섰다.

일상 시기에 공개적으로 활동한 운동가들은, 비상 시기가 오면 체포되고 수배되기 때문에 감옥에 가거나 도피생활에 들어가는 것이 운동권의 불가피한 현실이다. 그렇기 때문에 5월 18일 이후 피신할 수밖에 없었던 윤한봉의 선택을 놓고 왈가왈부하는 것은 운동의 ABC도 모르는 소치이며, 온갖 고난을 뚫고 실천한 선배에 대한 예의가 아니라고 본다. 역사는 윤한봉으로 하여금 무대에서 내려오도록 명령했던 것이다.

시골의 농부들은 볏짚을 꼬아 새끼줄을 만든다. 볏짚의 길이는

1미터가 넘지 않는다. 그런데 볏짚들이 꼬이고 꼬여 수십 미터에 이르는 긴 새끼줄이 된다. 우리의 투쟁도 새끼줄과 같은 것이 아닐까? 한 개인, 특정 집단이 수행할 수 있는 실천의 몫은 제약되어 있다. 하지만 서로의 실천이 꼬이고 꼬여 해방투쟁의 긴 새끼줄을 엮어나가는 것이다.

1980년 5월 18일 다수의 운동가들이 잡혀갔다. 사전 검속을 피하고 《투사회보》를 작성할 수 있었던 팀은 '들불야학'의 강학과 학생들이었다. 그들은 노출되지 않았다. 또 한 팀이 있었다. 박효선이 이끈 극단 '광대'였다. 그들 역시 주목받지 않았다. 역사는 윤한봉을 무대에서 내려오도록 하고, 대신 윤상원을 호출했다.

"광주 시민이 없는 광주민중항쟁은 생각할 수 없고, 항쟁지도부 없는 광주민중항쟁도 생각할 수 없다."

광주민중항쟁의 불씨는 5월 18일 전남대학교의 교문에서 피어오르기 시작했다. 각자의 캠퍼스에 집결해 투쟁을 전개하자는 학생회의 결의를 말 그대로 이행한 대학은 전남대학교가 유일했다. 하지만 만일 그날 학생들밖에 없었다면 이후 공수대원들의 잔혹한 몽둥이질과 총격을 결코 이겨내지 못했을 것이다.

정상용은 고교 시절부터 혁명의 꿈을 꾼 청년이었다. 전남대에 들어가 서클 '민사련'(민족사연구회)을 결성했고, 이후 전남대 학생운동의 밑돌을 놓은 대표적인 학생운동가였다. 민중이 무장하고 혁명을 일으키는 그날을 수없이 꿈꾸고 기다려온 그였다. 하지만 그는 19일 시위대에 섞여 투석전을 하면서 절망한다. '내가 이런 역할밖에 못하는가? 돌 던지는 거 말고 다른 역할은 없는가?' 그는 광주 시민들이 총을 들고 싸울지 상상하지 못했고, 이후 상황이 어떻게 전개될지 예측하지 못했다. 시민들이 무기고를 탈취해서 총을 들자, 정상용과 그의 동료들이 선택한 것은 '피신'이었다.

5월 20일부터 공수부대를 몰아내는 일을 떠맡은 것은 오직 저 '이름 없는 민중'*이었다. 70여만 명이 사는 도시에서 30만 명이 투쟁에 나섰으니 어린애들과 할아버지들 빼고는 광주 시민들이 다 나온 것이었다. 밤새 공격했다. 몇 만 명의 시민들이 밤새워 도청을 공격했다. 한 편은 시청에서, 한 편은 광주역에서 도청을 공격했고, 일부는 조선대에 집결 중인 군인들을 공격했다. 그들은 군인들의 무차별 조준사격과 헬리콥터 기총소사에 물러서지 않았다. 마침내 진압군을 격퇴시키고 광주 시민들은 맨주먹으로 해방 광주를 쟁취했다. 정해직은 말한다.

> 지산동 조선대 후문 앞에 있는 집으로 갔어요. 겁이 나서 사회과학 서적을 다 박스에 숨겼어요. 기관단총 소리가 무지허게 나드만요. 잠이 안 와요. 헬리콥터 소리가 끊이지 않고…… 아침에 나가보니 사람들이 조선대로 가보라는 거야. 군인들이 다 도망갔대. 어떤 군인은 권총도 내버리고 도망갔대. 참 희한했어. 희한하드만. 완전한 반전이었지. 우리는 해산했는데, 시민들이 도청을 점령한 거야.**

---

*   E. H. 카는 'dirty people of no name'이라는 표현을 썼다. '이름 없는 더러운 사람들'이라는 뜻이다. E. H. 카, 《역사란 무엇인가》, 시사영어사, 2005, 102쪽.
**   정해직 구술.

시민들이 계엄하의 최정예 진압군과 맞서 싸워서 그들을 퇴각시키고 해방 도시를 지킨 사실은 이제껏 없었다. 도대체 그 무엇이 30만 명의 시민으로 하여금 밤새워 진압군을 공격하게 만들었던가? 역시 광주민중항쟁의 주체는 오로지 광주 시민이었다. 광주 시민이 없는 광주민중항쟁은 생각할 수 없다.

그런데 우리는 5월 27일 새벽까지 도청을 사수한 항쟁지도부의 존재 의의를 결코 간과해선 안 된다. 해방 광주를 쟁취한 시민들은 애타게 고대했다. 전주에서, 대전에서, 서울에서, 어디에서라도 광주의 투쟁을 지지하고 지원하는 투쟁이 일어나길 기대했다. 그러나 소식은 들리지 않았다. 시민들은 고립감에 떨었다. 수습위원회는 자발적으로 무기를 회수하여 반납했다. 일종의 투항이었다. 이때 만일 '최후의 일인까지 투쟁하겠다'는 항쟁지도부가 없었다면 광주민중항쟁은 반쪽짜리 항쟁으로 전락했을 것이다. 아마도 항쟁이 아닌 사태로 폄하하는 저들의 의도가 쉽게 관철될 수도 있었을 것이다. '항쟁지도부 없는 광주민중항쟁도 생각할 수 없다.' 정상용은 증언한다.

수습위원회가 항쟁을 지속하지 않고 수습하는 방향으로 가고 있어서, 우리로서는 용납할 수 없었어요. '이 항쟁은 끝까지 가야 한다. 군부집단과 끝까지 싸워서 이겨야 한다. 도청에 무기 반납하면 끝나버린다'고 주장했지요.

23일부터 우리 쪽에서 궐기대회를 주도했죠. 수습대책위원회를 교체하자! 기존에 수습위원회에 참여하고 있던 김종배, 허규정, 윤상원 동지와 이야기했어요. 김종배, 허규정도 이대로 끝낼 수 없다고 생각하고 있었어요. '학생을 모집해서 투입시키자.' 순차적으로 인력을 보강하고

25일에 수습위원회를 몰아낸 거죠.

김종배가 수습위원장, 허규정이 내무 담당, 내가 외무 담당, 김영철 선배가 기획관리실장을 맡고, 기획위원에 이양현, 윤강옥이 들어오게 되고. 그리고 도청 안팎을 잘 알던 윤상원이가 대변인을 맡고, 홍보위원장으로 박효선이 맡고. 25일 그렇게 조직을 개편했어요. YWCA에 학생들이 모이면, 학생이 모이는 대로 도청으로 투입시키고.*

그 항쟁지도부의 중심에 윤상원이 있었다. 그리고 이양현, 정상용, 윤강옥, 김영철, 박효선, 정해직이 포진해 있었다. 이들은 모두 윤한봉과 함께 1970년대 광주 운동을 이끌어오던 분들이었다. 그렇다면 우리는 또 다음과 같은 테제를 제출할 수 있다.

"윤한봉과 그의 동료들이 전개한 70년대의 광주운동 없이 광주민중항쟁은 생각할 수 없다."

개인은 새끼줄을 이루는 한 올의 볏짚이다. 특정 개인이 내가 역사의 새끼줄이었노라 말하는 것은 영웅주의의 덫에 걸린 과대망상이다. 우리는 다 역사의 새끼줄을 이루는 한 올의 볏짚이다.

이기홍**이 없는 일제하 광주 독립운동을 말할 수 있는가? 김시

---

*   정상용 구술.
**   1929년 광주 항쟁지도부를 이끈 이기홍은 광주일고 재학 시절 시위를 주도했고, 이후 고향 고금도에 내려가 농민운동에 투신한다. 1930년대 그 유명한 전남운동자협회 사건의 주역이다. 이기홍은 해방 이후 1960년 4·19때까지 굽힘없이 투쟁했다. 이기홍 선생을 아버지처럼 따르는 후배가 김세원 선생이다. 김세원 선생은 나중에 이강과 김남

현*이 없는 4월 19일의 광주 운동을 말할 수 있는가? 정동년과 박석무와 전홍준**이 없는 한일협정 반대운동을 말할 수 있는가? 이강과 김남주의 《함성》지***를 거론하지 않고 유신 반대투쟁을 말할 수 있는가? 김상윤****을 빼놓고 광주 운동권의 이론 학습을 말할 수 있는가? 정상용과 김정길*****을 제외하고, 1970년대 전남대 학생운동을 거론할 수 있는가? 이양현******과 정향자를 제외하고 광주 노동운동을 말할 수

주를 남민전으로 연결시키는 고리 역할을 한다. 이기홍, 《내가 사랑한 민족, 나를 외면한 나라》, 도서출판선인, 2016.

*　1960년 4·19 학생혁명 당시 광주의 4·19를 이끈 지도자.

**　이홍길 구술. "내가 4학년, 정동년이 3학년, 박석무가 2학년, 그다음에 전홍준이 학교에 들어와. 나는 졸업해서 대학원을 다니고, 정동년이가 4학년이 되고 나서 그다음에 전홍준 시대가 열려. 동년이가 학생운동에서는 드물게 아름다운 청년이야. 65년도 3월 31일에 데모하고 구속돼. 65년도에 전국에서 최초였지. 학교에 전홍준이가 등장해. 이론을 갖고 등장하지. 전홍준이 한 말이 있어. 학교 안에서 화염병을 만들자. 경찰이 오면 무등산에 가서, 토치카를 만들어서 투쟁하자. 전홍준, 박석무가 등나무 밑에서 이론 투쟁을 해."

***　윤한봉 구술. "김남주 시인과 이강 씨 두 사람이 '《함성》·《고발》지 사건'을 일으키지. 유신 쿠데타에서 두 달인가 지났을 때였을 거야. 전국 최초로 유신에 대해 저항을 한 것이니까. 처음에 나온 유인물이 《함성》 그다음에 나온 것이 《고발》. 그래서 '《함성》·《고발》지 사건'이라 해요. 그 사건이 터져가지고 더 광주 분위기를 고조시켰죠. 학생들에게 긴장감을 주고, 고민하게 만들었어요. 학생들이 광주 법원에 많이들 가고."

****　김상윤 구술. "주영길 선배가 이런 책이 좋다고 얘기해주면, 내가 사람들에게 책을 줘서 공부를 했어요. 공부할 책을 공급했지요. 창비 책들은 사기 쉬웠습니다. 《후진국 경제론》을 구하기 위해 조영범 선생님께 편지를 써서 보내달라고 했는데, 안 보내주시더라고. 내가 책을 사서 공급한다는 것 자체가 불가능할 정도로 양이 많아졌어요. 계속 남아서 공부하던 그룹이 노준현, 윤상원, 김금해, 이해로. 내가 감당할 수 있는 상황이 못 되어 서점을 하게 되지요."

*****　이강 구술. "김정길, 이양현, 정상용은 전대 다니면서 약간 좌파 성향을 가지고 있는 민족사회연구회를 이끌어."

******　김상윤 구술. "양현이는 전태일 평화시장 노동판으로 들어가고, 이양현이 동일방

있는가?

마찬가지로 1978년 함평고구마 투쟁과 〈우리의 교육지표〉 선언, 이어지는 광주 청년운동에서 윤한봉을 제외하고 긴급조치 9호 시절의 운동에 대해 무엇을 말할 수 있는가? 윤한봉 혼자 지역 청년운동을 이끌었던 게 아니다. 윤한봉에게는 분신처럼 그를 보좌한 박형선과 윤강옥, 성찬성과 김수복, 최철과 정용화, 김희택과 최연석, 김은경과 임영희, 윤상원과 박효선* 등이 있었다. 이 좁은 지면에 다 거명할 수 없는 수백 명의 동료들과 동조자들이 있었기에, 1970년대 후반 윤한봉과 그의 동료들은 전국 어느 지역과도 비교되지 않는 운동의 활기를 보여주었다. 정상용은 회고한다.

서울 다음으로 광주 운동권의 영향력이 제일 컸으니까. 당시 광주 운동권의 결정이 전국의 방향을 결정했어요. 그 핵심에 한봉 형이 있었구요. 그래서 재야 운동권의 핵은 한봉 형이었어요. 서울에서 어떤 일을 결정할 때 광주 입장을 묻는 것이 당시 관례였어요. 그래서 서울에서 요청이 오면 광주에서 만나서 논의를 해요. 80년 이전에. 당시 노동운동은 취약했고 농민운동이 있었는데, 사회운동을 잇는 사람이 한봉 형

직사건이라든가 노동운동 경험을 축적하고. 내려와서 호남 로켓트 등에서 초벌 작업을 많이 하죠. 양현이의 역할이 크죠. 5·18 때도 그렇고."
*   윤한봉 구술. "현대문화연구소가 중심이 돼서 적극 밀었던 게 극단 '광대' 조직사업이었어요. 80년 1월에 박효선을 중심으로 결성했어요. 극단 '광대'를 만들었는데 풍물악기가 하나도 없는 거예요. 그걸 일체 내가 투자를 해서 샀어. 연구소에 놔두고 활동하라고. 그래가지고 창단 공연을 하자. 돼지값 폭락 문제를 소재로 해서 하자. 그렇게 한 게 돼지풀이 마당극이었어요. 그때 3월에 YMCA에서 첫 공연을 했는데 대단한 성공이었어요."

이었어요. 당시 군부정권에서 보면 한봉 형은 타깃이었지요.[*]

1980년 5월 16일, 빛고을은 횃불성회를 거쳐 마침내 위대한 항쟁의 바다에 이르게 되었다.

<hr>

[*] 정상용 구술.

2부.

윤한봉의 망명 이야기

5월 광주, 빛의 도시

　계엄군의 목적은 시위를 해산시키는 게 아니었다. 시위자를 한 명 한 명 끝까지 쫓아가 대검으로 해치우는 것이었다. 계엄군은 사냥감이 정해지면 골목까지, 집 안까지 쫓아가 곤봉으로 두들기고 총검으로 찔러 끌고 갔다. 시민들 전체가 그들의 사냥 대상이었다. 젊은이든 늙은이든 상관없이 찌르고 때리고 군홧발로 짓이겼다. 속옷만 입은 채 피투성이가 된 이들은 철사에 손이 묶여 군용트럭에 실렸다. 이들은 어디론가 사라졌다.

　하지만 시민들은 물러나지 않았다. 시민들의 시위 대오는 쇠로 만들어 끊어지지 않는 그물 같았다. 착검한 계엄군이 몰려오면 뒤로 물러섰다. 계엄군이 멀어지면 다시 다가갔다. 어둠이 깔리면서 시민들은 더 늘어났다. 할아버지와 아이들 빼고 광주 시민 모두가 거리로 쏟아져 나왔다. 말 없는 항의의 물결이 계엄군을 미치게 만들었다. 검붉은 핏물, 깨진 보도블록, 화염병 조각들…… 계엄군은 거리를 뛰어다니며 광란의 사냥을 계속했다. 총포 소리와 헬기 소리, 그리고 불타는 차량이 뿜어 올리는 검은 연기로 시가지는 전쟁터를 방불케 했다.*

윤경자는 아들을 들쳐 업은 채 전전긍긍하고 있었다. 1980년 5월 20일 저녁이었다. 집과 멀지 않은 곳에서 시위대는 계엄군과 공방전을 벌이고 있었다. 시위대의 함성과 계엄군의 총성이 어둠을 뚫고 날아왔다. 그녀의 심장은 터질 것만 같았다. 건설회사에서 일하던 남편 박형선은 이틀 전에 체포되어 끌려갔다.

오빠 윤한봉은 며칠째 종적이 묘연했다. 경찰은 벌써 몇 차례나 들이닥쳐 윤한봉을 내놓으라고 협박했다. '오빠는 어디에 있나? 오빠는 이 혼란 속에 무슨 일을 당했을까?' 윤경자는 가슴이 떨려 견딜 수가 없었다. 거리에 나가 상황을 살펴보고 싶은데 갓난아기에게 최루가스 냄새를 맡게 할 수도 없었다. 마루 위에서 발돋움으로 바깥을 살펴보고 있었다.

"계엄군이다! 도망쳐!"

고함 소리와 함께 사람들이 뛰는 발소리가 요란했다. 급히 골목으로 뛰어들어온 사람들은 평소라면 엄두도 못 낼 높은 담장을 쑥

---

* 이 장의 기술은 윤경자의 구술과 안재성의 《윤한봉》에 의거한다.

쑥 뛰어넘어 흩어졌다. 단 한 사람, 뒷집 사는 아저씨만이 천천히 걸어오고 있었다. 그는 네 딸을 둔 중년의 약사였다. 겉옷도 입지 않은 러닝셔츠 바람이었다. 바로 그 흰색이 계엄군의 눈에 띄었다. 약사가 집에 들어가 대문을 걸어 잠그자, 계엄군은 대문 앞으로 몰려들었다.

계엄군은 대문을 총검으로 찍어 부수고 집 안으로 몰려 들어갔다. 놀란 약사는 안방으로 들어가 문고리를 잡고 버텼다. 군인들이 총검으로 문고리 부근을 푹푹 찔러대자 약사는 비명을 지르며 나뒹굴었다. 가족들은 비명을 질렀다. 군인들은 약사가 중년의 가장임을 확인하고서야 물러났다. 윤경자의 회고이다.

그 난동을 겪고 나서 난 발발발발 떨리지, 남편도 없지, 그 아수라장을 보고 나니까 어떻게 할 수가 없었어. 저녁에 덜덜덜덜 떨고 있는데 새벽쯤에 누가 '찬아, 찬아' 이렇게 부르는 소리가 나요. 대문 밖에서. 귀를 대보니까 오빠 목소리야. 뛰쳐나가니까 나를 본 순간 오빠가 그냥 대문 앞에서 들어오지도 못하고 주저앉더라고. 그래서 보니까 손에는 굉장히 큰 드라이버를 들고 다른 손에는 몽둥이 하나를 들고 주저앉아 있어.*

난동을 목격한 윤경자는 온몸이 떨려 잠을 잘 수 없었다. 계엄군의 무차별 공격에도 불구하고 시위는 밤새 계속되었다. 시민들은 진실을 보도하지 않는 언론에 분개했다. 밤 9시 문화방송 건물이 불길

---

* 윤경자 구술.

에 휩싸였다. 새벽 4시에는 한국방송 건물도 화염에 휩싸였다. 바로 그 시각이었다. 대문 밖에서 낮고 조심스런 소리가 들려왔다. 귀에 익은 목소리였다. 대문을 여니 한 남자가 목에는 마스크를 걸치고, 양손에는 긴 드라이버와 몽둥이를 들고 있었다. 지칠 대로 지친 몰골이었다.

윤한봉은 동생을 보자마자 그 자리에서 주저앉았다. 윤경자는 오빠의 어깨를 떠밀며 말했다. "오빠! 죽으려고 우리 집에 왔어? 경찰이 몇 번이나 왔다 간 줄 알아요?" 삶과 죽음이 교차하던 밤이었다. 새벽까지 시위를 하느라 윤한봉의 근육은 마지막 한 가닥까지 다 풀려버린 상태였다. 목소리도 나오지 않았다. 시가지에서는 총성과 함성이 계속 들려오고 있었다. 윤경자는 오빠를 집 안으로 끌어들인 다음 사정했다. "오빠, 어서 여기를 빠져나가요. 우리 집에 있다간 개죽음이에요. 저놈들이 오빠를 살려주겠어요?"

1980년 5월 17일 자정을 기해 계엄령이 떨어졌다. 학생운동가와 민주인사들이 그날 밤 다 체포되었다. 윤한봉은 체포를 면했으나 학생회 간부들 대다수가 체포되었다. 윤한봉은 광주 청년운동의 공인된 지도자였다. 그는 군부집단의 무력 공격을 예견했고, 민주진영은 군부세력의 도발에 대비해야 한다고 누차 주장했다. 그의 호소에 귀 기울인 이는 아무도 없었다.

윤한봉은 온종일 돌아다니며 시위를 했다. 돌을 던졌다. 구호를 외쳤다. 밤새 뛰어다녔다. 그 역시 대중의 한 명에 불과했다. 투쟁을 이끌 조직도 없었고, 함께 상의할 동지도 없었다. 거대한 시위 물결에 섞이고 보니 무력하기만 했다. 잠을 못 자 쓰러질 것 같았다. 체포를 각오하고 여동생의 집으로 온 것이었다.

"오빠, 제발 이 집에서 나가세요. 다른 사람들도 다 시골로 피신했잖아요." 윤경자는 애원했다. 그러나 윤한봉은 완강했다. 끝까지 시민들과 함께 싸우겠다는 것이었다. 윤경자는 할 수 없이 그를 벽장으로 올려 보내고 먹을 것과 요강을 넣어주었다. 윤경자는 애원했다.

오빠, 지금 날마다 우리 집에 와서 오빠를 찾는데 여기서 죽으면 개죽음이다. 오빠 여기서 그냥 죽어버리면 오빠가 하고 싶은 일도 못하지 않느냐. 살아서 일을 해야 될 거 아니냐. 내가 상용이 오빠하고 연락이 되면 오빠하고 연결을 해주마. 그 대신 상용이 오빠하고 연결이 안 되면 오빠가 이 집을 빠져나가라.*

이후 윤경자는 애를 업고 정상용을 찾으러 다녔으나 실패했다. 돌아와 또 애원했다. "상용이 오빠와 연락이 안 된다. 어디 선을 타야 될지 모르겠다. 광주를 좀 빠져나가라. 오빠도 살아야 될 거 아니냐. 또 우리 집에 경찰이 닥치면 어쩔래."

형 윤광장이 달려온 것은 두어 시간 후였다. 그는 동생이 걱정되어 사방으로 찾아다니던 중이었다. 동생을 흔들어 깨웠다. "한봉아, 어서 떠나라. 너는 지금 잡히면 무조건 죽음이다. 어서 떠나라." 인생의 중요한 고비마다 조언을 주던 형이었다. 고집불통인 윤한봉도 형의 말은 거부하지 못했다. "알았습니다."

잇단 총성과 곳곳에서 치솟는 연기로 도시는 더욱 불안했다. 오누이는 걷고 걸었다. 시 외곽에 무사히 도착한 오누이는 거기서 헤

---

* 윤경자 구술.

어졌다. 윤경자는 택시에 오빠를 밀어 넣었다. 택시 기사에게 광주에서 멀리 떨어진 곳에 내려놔달라고 부탁했다.

1980년 5월 27일 새벽, 도청을 지키던 윤상원이 계엄군의 총에 죽었다. 윤상원은 '최후의 일인까지 싸우겠다'는 결의를 밝혔던 항쟁 지도부의 대변인이었다. 윤상원은 그의 말 그대로 도청을 공격해 들어오는 공수부대의 총탄에 목숨을 놓았다.

윤한봉이 1974년 사건으로 투옥되고 1975년 석방된 이후 광주 지역의 청년 학생운동을 이끌어온 지도자였다면, 윤상원은 1978년 광주 지역운동에 뒤늦게 합류한 활동가였다. 윤한봉은 형사들이 호시탐탐 미행했던 '드러난' 활동가였다면, 윤상원은 이제 막 태동한 들불야학 활동을 하고 있었기 때문에 '드러나지 않은' 활동가였다. 윤상원과 윤한봉은 1980년 5월 광주민주화운동을 이끈 두 지도자였다. 윤상원은 윤한봉을 도우면서 광주지역의 민주화운동을 이끌었다. 윤상원의 죽음 앞에서 윤한봉은 고개를 숙였다.

죽음의 고비*

    1980년 5월 21일 광주를 빠져나간 윤한봉은 이후 서울에서 어떻게 피신생활을 했을까? 일기는커녕 메모조차 남겨서는 안 되는 수배자의 삶이었기에 우리가 확인할 수 있는 기록은 없다. 함께 피신생활을 했던 극작가 박효선의 작품**에서 그 편린을 만날 수 있다. 두 피신자는 이렇게 살았다.

---

*　이 장은 《운동화와 똥가방》에 의거 작성한다.
**　박효선은 윤한봉과 함께 한 도피생활을 바탕으로 희곡 〈잠행〉(1985)을 썼다.

"생활은 철저하게."

"식구들 잠자는 사이 화장실을 사용한다."

"재빨리 똥을 누고 세수와 양치질을 한다."

"걸레로 방을 치우고 청소를 한다."

"생활은 철저하게."

"신문을 재빨리 훑어보고 얼른 제자리에 갖다 둔다."

"식사는 재빨리 하고 담배를 줄인다."

"문은 항시 잠가두고 밤에도 불을 켜지 않는다."

"햇빛에 책을 보고 달빛에 잠을 잔다."

"빨래는 손수 하고 집안일을 돕는다."

"생활은 철저하게."

"운동의 대의를 위해."

"운동의 승리를 위해."

윤한봉은 얼마 뒤 마산으로 떠나야 했다. 그는 당시의 상황을 자신의 책에서 다음과 같이 밝히고 있다.

그러던 어느 날이었다. 1981년 4월 29일 이른 아침이었다. 후배 정용화가 도피처인 서울의 석달언 씨 집으로 나를 불쑥 찾아왔다.

"갑자기 웬일이야?"

"형님, 지금 당장 고속버스로 마산으로 내려가셔야겠습니다."

"마산?"

"오늘 배를 타야 합니다. 시간이 없습니다."

용화는 마산에 가서 만나야 할 사람들과 만날 시간, 장소를 알려주었다. "형님 혼자 내려가면 위험하니까 은경이와 동행하는 것이 좋겠습니다. 저는 은경이한테 연락을 취하고, 광주에 들러 볼일 보고 마산으로 가겠습니다." 그렇게 말을 남기고 황급히 떠나갔다. 김은경은 당시 내 도피 과정에서 외부와의 연락을 도맡아해주던 후배였다. 한 시간 후 은경이가 왔다. 그동안 방구석에만 처박혀 지내 얼굴이 해쓱하게 여윈 나는 병원에서 막 퇴원한 환자 행세를 하기로 했다. 은경이는 나의 여동생 행세를 하기로 하고 함께 고속버스로 마산으로 내려갔다.*

마산에서 윤한봉을 기다리던 사람은 화물선 표범Leopard호의 기관사 정찬대**와 항해사 최동현***이었다. 두 선원은 윤한봉의 위험한 밀항을 감히 돕고자 나선 용감한 사람들이었다. 마산에 도착하자 그들은 여관방으로 옮겼다.

과연 표범호를 통한 밀항이 가능한지 꼼꼼히 분석했다. 정찬대와 최동현의 설명에 의하면, 표범호는 3만5,000톤 급 무역선으로 선장을 포함해 27명의 선원이 타는 배였다. 4월 30일 빈 배로 마산을 출발해서 호주에 도착한 다음 그곳에서 알루미늄 원광석을 싣고 다시 미국 서북쪽 밸링햄 항구를 향해 항해할 예정이었다. 미국까지 가는 데는 약 40일이 걸린다고 했다.

미국에 도착할 때까지 예상되는 위험한 고비는 세 번이었다. 첫 번째 고비는 마산항의 부두에 잠입해 표범호를 탈 때였다. 두 번째

---

*   윤한봉, 《운동화와 똥가방》, 27쪽.
**   정찬대는 정찬용의 동생이다. 정찬용은 윤한봉과 함께 민청학련 사건으로 옥고를 치렀고, 광주일고 후배이기도 하다.
***   최동현은 보성 출신 농민운동가 박형선과 조계선의 고향 후배이다.

고비는 호주에 도착해 세관검사를 받는 것이고, 세 번째 고비 역시 미국에 도착해 통과해야 하는 세관검사였다.

윤한봉은 작전 계획을 세웠다. "윤한봉은 선원으로 가장한다. 정문을 통해서 외항선 부두에 잠입한다. 한봉, 찬대, 동현은 술 취한 것처럼 어깨동무하고 비칠비칠하면서 정문을 통과한다. 배가 목적지에 도착할 때 배에 올라온 동포와 서로를 확인하기 위한 암호를 정한다. 배에 올라온 동포는 성경책을 든 목사 행세를 한다. 동포는 찬대를 보며 '무슨 꽃을 좋아하느냐'고 묻는다. 찬대는 '봉선화를 좋아한다. 당신은 무슨 꽃을 좋아하느냐'고 되묻는다. 동포는 '진달래를 좋아한다'고 답한다. 암호가 통하면 찬대는 윤한봉을 동포에게 인도한다."

출항 예정일인 30일 낮에 정찬대와 최동현은 비상식량과 돈을 가져왔다. 마른 멸치와 마른 새우, 식빵과 잼, 그리고 치약과 수건이었다. 오후가 되자 표범호가 뱃고동을 울렸다. 저녁이 되자 최동현이 와서 조금 전에 배가 우리나라 영해를 벗어났다고 알려주었다. 아! 조국을 떠났구나. 윤한봉은 벽에 기대앉아 눈물이 마를 때까지 울었다.

오월 영령들이시여! 이 못난 도망자를 용서해주시오.
살아남은 죄를 씻고 떳떳이 돌아올 수 있도록 도와주시오.*

1981년 4월 29일 배에 올라 6월 3일 미국 땅을 밟을 때까지 35

---

* 윤한봉, 《운동화와 똥가방》, 40쪽.

일 동안 윤한봉은 최동현이 관리하는 의무실 안의 화장실에 숨어 버렸다. 윤한봉은 술회한다.

> 윤한봉이 머물 곳은 의무실에 딸린 한 평 반 정도 되는 공간에 양변기와 세면대가 설치된 비좁은 화장실이었다. 천장 귀퉁이에 작은 환기구가 뚫렸을 뿐, 사면의 벽이 창문 하나 없이 철판으로 꽉 막힌 가운데 천장의 백열등 한 개가 유일한 빛이었다. 갑판 쪽 벽은 열기를 뿜어내는 연통이 인접해 있어 외부 기온이 높아지면 열기가 숨통을 틀어막는 곳이었다.[*]

표범호엔 환자가 없어 의무실에 사람이 들어올 일도 없었지만 만일을 위해 고장이라고 써붙였다. 의무실 안 화장실 한쪽 벽은 선원들의 침실이 나란히 있는 복도였다. 화장실에서 소리가 나면 의심을 받을 수 있었다. 달그락거리는 소리 하나 새나가지 않게 조심해야 했다. 말소리가 새나가면 의심을 받기 때문에 거의 안 들릴 정도로 속삭이거나 필담을 나눴다.

윤한봉은 김은경이 넣어준 비상식량 외에는 일체의 식사를 거부하기로 했다. 병실에 자꾸 먹을 것을 나르다가 다른 선원의 눈에 띌까봐서였다. 비상식량이라야 식빵 두 봉지 외에는 한 끼 간식거리밖에 안 되는 양이었다. 하루에 잣 세 알, 멸치 한 개, 마른 새우 하나, 식빵 한 조각을 잼을 발라 먹기로 했다.

굶주림보다 더 힘든 것은 더위였다. 한국에서 호주로 갔다가 다

---

[*] 윤한봉, 《운동화와 똥가방》, 72쪽.

시 미국으로 가기 때문에 배는 적도를 두 번 통과했다. 화장실의 갑판은 사방이 철판이었다. 비좁은 화장실은 오븐과 다름없었다. 사면의 벽이 철판으로 되어 바람 한 줄기 들어오지 않는 데다 바깥쪽으로 붙은 연통이 열기를 뿜어대니 버틸 재간이 없었다. 의무실 전체가 갑판 위에 있어 적도 부근을 지날 때는 모든 벽이 달궈져 죽을 것만 같았다. 윤한봉은 온몸에 기포와 수포가 생겨 따갑고 가려워 미칠 지경이었다.

표범호는 예정보다 이틀 먼저 항구에 도착하고 있었다. 시애틀에 있는 표범호 관리인에게 전화를 한 하비 목사*는 불과 몇 시간 후 표범호가 입항한다는 사실을 알고 깜짝 놀랐다. 긴급히 김동건 장로와 그의 부인 김진숙에게 연락했다.

하비 목사에게 연락을 받은 김진숙은 미국인 목사를 대동해 배에 올랐다. 재치 있는 김진숙은 자기 집 주소를 쪽지에 적어 선원들에게 나눠주고 언제든 밥을 먹으러 오라고 했다. 쪽지를 받은 정찬대와 최동현은 윤한봉을 데리고 그 집에 갈 수 있었다. 김진숙의 집에 처음 도착한 윤한봉은 해골이 다 되어 있었다. 한 달을 굶었으니 오죽할 것인가. 윤한봉은 다짐했다.

광주의 원혼들을 잊지 말자. 부끄러움 없이 살자. 조국에 돌아갈 때 떳

---

* 　광주의 강신석 목사와 조아라 장로는 미국 디트로이트에 살던 이학인과 김용성을 통해 워싱턴 DC에 있던 하비 목사에게 연락해 협조를 구했다. 하비 목사는 당시 북미한국인인권위원회의 총무를 맡으면서 한국의 인권을 위해 헌신적으로 활동하고 있었다. 하비 목사는 미국 민주당의 원로인 에드워드 케네디 상원의원의 협조를 얻어 윤한봉의 밀항정을 도와주었다.

떳하게 갈 수 있도록 철저하게 운동하자. 살아남은 죄, 도망친 죄를 깨끗이 씻고 갈 수 있도록 철저하게 운동하자. 항시 광주의 존엄을 지키자.*

윤한봉의 별명은 '합수合水'였다. 한자어로 물이 합쳐진다는 뜻이다. 시골에서는 똥과 오줌을 합쳐 퇴비로 사용했다. 똥물과 오줌이 합쳐진 물이 바로 합수이다. 정의로운 세상의 밑거름이 되겠다는 마음의 표현이었다.

개인 생활규칙도 정했다. 첫째 영어를 쓰지 않는다.** 둘째 샤워를 하지 않는다. 셋째 침대에서 자지 않는다. 넷째 잠잘 때 혁대를 풀지 않는다.*** 한국에서처럼 '내 것'을 갖지 않는다는 무소유 정신도 재차 다짐했다.

자신을 위해 허용한 유일한 낙은 담배였다. 새벽에 눈 뜨면 피우기 시작해 잠들기 전까지 줄담배를 피웠다. 가슴이 아프고 숨이 차서 몇 번 끊어보기도 했으나 결국 다시 피웠다. 이 고통스런 흡연 행위조차도 그는 부끄럽게 여겼다. 윤한봉은 이 조그만 쾌락을 포기하지 못하는 자신을 미워했다.

---

*   윤한봉. 《운동화와 똥가방》, 94쪽.
**   한청련 회원들의 기억에 의하면 윤한봉은 제3세계 운동가들과 대화하는 과정에서 상대의 영어를 잘 알아들었다고 한다. 윤한봉이 영어를 말하지 않겠다고 맹세한 이면에는 오랜 망명생활 속에서 사실상 미국인이 되어버렸던 이승만의 전철을 밟지 않겠다는 다짐이 있었을 것이다.
*** 샤워를 하지 않고 침대 위에서 자지 않겠다는 것은 미국인의 생활양식을 따르지 않겠다는 결의였다. 혁대를 풀지 않겠다는 것은 잠잘 때도 긴장을 유지하겠다는 결의였다. 여기에는 먼저 간 5월 영령을 잊지 않겠다는 다짐이 작용하고 있었을 것이다.

시애틀의 동양 식품점에서 일하다*

　시애틀은 아름다운 도시였다. 한국인 이민자의 다수가 로스앤젤레스에 살 때였다. 1980년대 초반의 이야기다. 캐나다와 인접한 소도시 시애틀까지 흘러들어온 한국인은 얼마 되지 않았다. 눈에 띄는 새로운 사람이 나타나면 금방 소문이 나버렸다.

　사람들이 '담배 피우는 남자'에 대해 이야기하기 시작한 것은 1981년 여름이었다. 동양 식품을 취급하는 김동근 씨네 식품점에 새

---

*　이 장은 안재성의 《윤한봉》에 의거해 작성한다.

로 온 30대 중반의 한국인 청년에 대해서였다. 김동근의 사촌동생으로 알려진 이 청년은 주로 청소를 하거나 상품을 진열했다. 주인 내외가 외출했을 때는 계산대에서 돈을 받기도 했고, 안주인 김진숙을 도와 김치를 담그기도 했다. 그리고 손님이 없어 한가할 때는 가게 옆의 주차장에 나와 담배를 피웠다. 쪼그려 앉아서다.

청년은 몸이 너무 말라 막대기에 바지와 셔츠를 걸쳐놓은 허수아비처럼 보였다. 청년은 언제나 죄라도 지은 사람처럼 꼭 몸을 잔뜩 웅크리고 쪼그려 앉아 담배를 피웠다. 어떤 사람들은 그가 고개를 무릎에 박은 채 흐느껴 우는 모습을 보았다고도 했다.

"건강 해치려고 어찌 그리 줄담배를 태워요?"

안주인 김진숙이 타박을 하면, 청년은 처박았던 고개를 들고 수줍은 표정으로 웃음을 지어 보였다. 김진숙은 바지런하고 마음이 넓은 여인이었다. 어떤 사람들은 마주친 청년의 눈빛이 무섭도록 강렬했다고 말했지만, 그녀의 눈에 청년은 그저 오갈 데 없는 가련한 망명객이었다. 김동근 부부는 한인 사회에 인맥이 넓었다. 청년을 위해 교포들을 직접 만나도록 주선해주었다. 청년은 부부의 소개를 받아 반핵 단체 사무실에도 가보고 브루스 커밍스와 같은 저명한 교수를 만나기도 했다. 김형중 씨를 비롯해 시애틀에서 활동하던 진보적 교민들도 만날 수 있었다.

청년이 화물선을 타고 시애틀에 나타난 것은 1981년 6월 초였다. 청년은 시애틀 한인들에게 김일민으로 불렸다. 그의 본명을 아는 사람은 김동건 부부 외에는 없었다. 그가 광주항쟁과 관련된 일급 수배자라는 것, 그리고 1981년 4월 29일 화물선 표범호를 타고 마산을 떠나 35일 만에 시애틀로 밀항했으며 현재 미국 정부에 망명

신청을 한 윤한봉이라는 사실이 널리 알려진 것은 2년이 지나서였다. 사람들은 그가 왜 죄인처럼 주차장 구석에 쪼그려 앉아 담배를 피우며 때때로 비참한 표정으로 머리를 무릎에 처박고 흐느껴 울었는지를 그제야 이해할 수 있었다.

천사들의 도시, 로스앤젤레스

김동근, 김진숙 부부는 생명의 은인이었다. 나는 윤한봉의 밀항을 오디세우스의 모험에 비유하고 싶은 유혹을 자주 느낀다. 오디세우스는 10년 동안 지중해 전역을 떠돌아다녔다. 윤한봉은 12년 동안 태평양을 건너 아메리카 대륙을 떠돌아다녔다. 칼립소의 섬을 빠져나와 고향으로 가던 중 난파한 오디세우스를 구해준 이는 공주 나우시카였다.

한국의 마산항을 빠져나와 시애틀에 도착한 윤한봉을 맞이해준 이는 김동근의 아내 김진숙이었다. 김진숙은 덤불 속에 쓰러진 오디

세우스를 발견하고 옷과 음식을 제공한 공주 나우시카와 같은 존재였다. 말 그대로 생명의 은인이었다. 1981년 11월, 윤한봉은 시애틀에서 로스앤젤레스로 향했다. 윤한봉은 감사의 눈물을 흘리며 작별을 고했다. 이역에서 외로움을 달래기 위해 키우던 토끼 한 쌍은 농장을 하는 한국인에게 맡겼다.

윤한봉을 품어준 로스앤젤레스의 보호자는 김상돈이었다. 김상돈은 대한민국 정부 수립 직후 만들어졌던 반민특위의 부위원장으로 친일파 청산에 앞장섰던 사람이었다. 경찰의 방해와 이승만의 탄압으로 반민특위가 아무 성과도 없이 해산된 후 김상돈은 반독재투쟁에 뛰어들었다. 4·19학생혁명 직후 치러진 서울시장 선거에서 초대 시장으로 당선되었으나 박정희의 군사쿠데타로 시장에서 물러나고 감옥살이까지 한 후 1972년 도미한 인사였다.

미국 내 한국 민주화운동의 대부로 불리고 있던 김상돈은 팔순의 나이에도 형형한 눈빛을 가지고 있었다. 머리카락 한 올의 차이가 하늘과 땅 사이의 차이가 된다며 원칙과 소신을 굽히지 않는 인물로 존경받던 김상돈은 '적에게는 서슬 퍼런 맹장이요, 동지들에게는 한없이 인자하고 아낌없이 내주는 사람'으로 불렸다.

윤한봉은 김상돈의 따뜻한 환영을 받고 그의 집에서 살게 되었다. 윤한봉은 회고한다. "김상돈 장로님은 소탈하고 관대한 분이었다. 그분은 나를 친자식처럼 보살펴주셨다. 토론을 할 때마다 내가 버릇없이 대들어도 항상 너그럽게 받아주곤 했다."*

김상돈은 1년간 윤한봉을 품고 있으면서 교민 사회에 그를 소개

---

*   윤한봉, 《운동화와 똥가방》, 107쪽.

해주었다. 한국의 민주화를 위한 집회에도 데리고 갔다. 그는 김일민이라는 가명을 버리고 새로운 가명 김상원을 사용했다. 윤한봉이 자신의 가명을 김상원으로 바꾼 것은 먼저 간 광주의 동료 윤상원을 잊지 않겠다는 결의였다.

로스앤젤레스는 '천사들의 도시'라는 뜻이다. 그런데 로스앤젤레스의 한인타운에 사는 교민들은 특이한 정신적 질병을 겪고 있었다. 남북 분단이 낳은 집단적 분열 증세였다. 새로운 사람이 나타나면 먼저 의심부터 하곤 했다. '저 사람은 누구 편이냐? 대한민국 편인가, 조선민주주의인민공화국 편인가?'

역시 김상원이란 인물에 대해서도 의혹이 일기 시작했다. 사람들은 그의 밀항 사실을 의심했다. 한국 정부로부터 수배를 받은 정치범이 마산항을 빠져나와 미국에 입국하다니! 그때 일본의 월간지 《세계》가 윤한봉의 밀항이 의심스럽다고 보도했다. 김상원이란 사람에 대한 의혹은 증폭되었다. 안기부 요원이라는 음모론도 떠돌았고 북에서 온 공작원이 아니냐는 황당한 이야기도 돌았다.

윤한봉을 이해해준 사람은 치과의사 최진환이었다. 최진환은 강력하게 윤한봉을 옹호했다. 그는 윤한봉을 만나 광주민중항쟁과 밀항에 관련된 이야기의 전말을 들었다. 어느 날 밤, 원로들이 모인 자리에서 김상원의 정체가 무엇이냐는 격론이 나왔을 때 최진환은 강력히 주장했다. "내가 그 사람을 만나서 이야기해보았습니다. 숱한 죽음의 고비를 넘어온 투사가 맞습니다. 확실합니다." 교민들 사이에 신뢰가 깊었던 최진환의 단호한 발언은 원로들의 싸늘했던 시선을 다소 완화시켜주었다.

광주 희생자를 돕기 위한 모금

　윤한봉은 민주화운동을 시작한 이래 모든 정열을 오로지 변혁운
동에 바쳤다. 단 한 푼도 개인 재산을 모으지 않았다. 그는 통장 하
나 갖지 않았다. 운동에 뛰어든 순간부터 그가 가진 재산이라고는
오로지 '똥가방' 하나였다.
　윤한봉의 똥가방엔 온갖 잡다한 물건들이 들어 있었다. 속옷과
양말, 칫솔과 치약, 빗과 손톱깎이를 담은 이 가방 하나를 들고 윤한
봉은 동료들의 집을 돌아다니며 살았다. 옷은 얻어 입었다. 신발 역
시 낡은 운동화 한 켤레뿐이었다. 술은 체질상 한 잔도 마시지 못했

다. 그래서 남에게 술값 신세질 일이 없었고 술자리에서 허튼 약속을 할 일도 없었다.

윤한봉은 직책이나 직위를 고집스럽게 거부했다. 자신이 만든 단체에서조차 공식적 직책을 맡지 않았다. 자신을 전라도 촌놈이요, 썩어 없어질 거름이라며 낮추고 다녔다.

하지만 윤한봉은 말만큼은 자유로웠다. 그 누구의 눈치도 보지 않았고, 그 어떤 권위에도 굴하지 않았다. 아니 강자에 대해선 도리어 핏발을 세우며 대들었다. 어느 누구에게도 거리낌 없이 주장을 펼치는 사람이었다.

그러기에 그에 대한 반응 역시 호감과 반감으로 나뉘었다. 양심을 찌르고 들어오는 그의 날카로운 비판 앞에서 자존심에 상처를 입은 이들이 생겼다. 반면 솔직하고 담대한 그를 신뢰해 함께하고자 따르는 이들도 생겨났다.

홍기완도 그중 한 명이었다. 그는 윤한봉이 미국에 와서 처음 사귄 동갑내기 친구였다. 1970년대 초에 로스앤젤레스로 이민 온 그는 괄괄한 성격을 가진, 정의감 넘치는 다혈질 청년이었다. 결혼해 두 아들까지 두고 목수 일을 하던 그는 윤한봉을 만나 인생이 바뀌어버린 사람이었다. 가까이에서 가장 많이 언쟁을 했고 서로 악을 쓰며 싸우는 사이였으나 곧 두 사람은 단짝이 되어 독자적인 해외 운동을 추진했다.

처음에는 이름도 없이 다섯 명 정도가 모여 시작했다. 나중엔 '광주수난자돕기회'라는 정식 명칭을 갖게 되는 모임이 그들의 첫 활동이었다. 광주항쟁의 부상자와 유가족들을 돕기 위해 만들어진 모금 단체인 '광주수난자돕기회'는 윤한봉을 비롯해 김동건, 홍기완, 이길주, 이인수 다섯 명의 회원들이 모여 출범했다. 1982년 6월부터 매월 한 차례씩 만나 소액의 기금을 거두기 시작했다.

이 모임은 이름도 없이 시작해서 뒤에 우리끼리 '광주수난자돕기회'라고 불렀지만 거의 알려지지 않았다. 이 모임은 매달 한 번 만나서 일정한 금액을 걸었다. 한 번도 어김없이, 한 사람도 빠짐없이 끝까지 함께 했다. 이렇게 모은 돈이 조금씩 쌓이면 YWCA의 조아라 장로님 앞으로 송금했다. 우리는 조아라 장로님을 만나본 적도 없지만 윤한봉이 추천한 분이어서 믿고 송금했다. 지금도 그 돈을 어떻게 썼는지 모른다. 1988년까지 6년 동안에 3만 불을 보냈다는 윤한봉의 얘기는 아직도 믿기지가 않는다.*

윤한봉이 수난자돕기회를 만든 이유는 금전적 지원과 더불어 광주항쟁의 진상을 미국 동포들에게 널리 알리기 위해서였다. 수난자돕기회의 회원이라면 작은 돈이라도 회비를 내야 하는 만큼 윤한봉도 직업을 갖고 돈을 벌어야 했다. 그러나 취업은 쉽지 않았다. 미국은 망명 허가를 좀처럼 내주지 않았다. 대신 노동허가증을 주었는데 윤한봉이 취업할 만한 곳은 없었다.

1982년 10월, 한국에서 슬픈 소식이 들려왔다. 전남대 총학생회장이던 박관현이 군부독재에 항의하며 단식을 하던 중 감옥에서 사망했다는 것이었다. 박관현은 윤한봉이 아끼던 후배였고, 1980년 5월 16일 도청 앞 횃불시위를 주도하면서 불같은 사자후를 뱉은 일로

---

* 홍기완 구술.

광주 시민들에게 깊은 인상을 남겼던 젊은 운동가였다. '만일 전두
환과 그의 군부집단이 계엄령을 발포하면, 저 폭력집단에 맞서 최후
의 일인까지 투쟁합시다. 우리의 자유를 위해서, 우리의 평등을 위
해서, 우리의 민주주의를 위해서.'

5월 18일 광주항쟁이 시작되기 사흘 전이었다. 윤한봉은 다가올
군부의 대대적인 탄압에 맞서 각오를 단단히 하자고 박관현을 격려
했다. 그것이 두 젊은이의 마지막 만남이었다. 외롭고 슬플 때면 언
제나 그랬듯이, 마당 구석에 쪼그려 앉아 담배를 피우며 울고 또 울
었다. 윤상원의 죽음만 해도 분했는데, 아끼던 박관현까지 목숨을
잃다니, 윤한봉은 자신이 죽도록 미웠다.

마당집

　울분과 자책감을 견디지 못한 윤한봉은 단식농성에 들어갔다.
홍기완이 동조해주었다. 10일간 둘이서 단식농성을 했다. 그것은 일
종의 추모식이었다. 단식을 하면서 윤한봉은 좀더 서두르기로 결심
했다. 게다가 더 이상 신분을 숨길 필요가 없게 된 사건이 터졌다.
윤한봉이 단식을 하고 있던 무렵, 국내에서 '오송회 사건'이 터졌고,
그가 미국으로 밀항했다는 사실이 공개된 것이다.
　사건의 발단은 이광웅 등 군산의 몇몇 교사들이 학습모임을 하
다가 그해 10월에 체포된 데 있었다. 수사하는 과정에서 교사들이

윤한봉을 만났다는 사실을 알게 된 경찰은 한껏 고무되어 윤한봉의 주소를 알기 위해 혹독한 고문을 가했다. 그제야 경찰은 윤한봉이 미국으로 망명했다는 사실을 알게 되었다. 경찰은 윤한봉의 밀항 사실을 공개하지 않을 수 없었다. 윤한봉으로서는 오히려 다행스런 일이었다. 이제 더 이상 교포들에게 가명을 쓸 필요가 없게 되었다. 윤한봉은 오송회 사건을 본격적으로 활동해도 좋다는 의미로 받아들였다.

신분의 제약에서 자유로워진 1982년 12월부터 윤한봉은 바로 조직 만들기에 착수했다. 10년의 계획을 설계했다. 먼저 미국의 각 지역에 청년운동 단체를 만든다. 이후 전국적인 연합조직으로 묶는다. 미국만이 아니라 유럽, 호주, 캐나다, 일본 등 세계 전역에 한국인 청년운동 단체를 만든다. 야심찬 계획이었다. 학습과 훈련에 충실한 조직, 엄격한 규율로 다져진 조직을 구상했다.*

우선 사람이 모일 공간이 필요했다. 윤한봉은 '마당집'을 구상했다. '마당집'이란 사람들이 모이는 '마당과 같은 집'이란 뜻이다. 윤한봉은 지역마다 마당집을 세우고, 각 지역의 특성에 맞게 이름을 붙이고자 했다. 지역의 특성에 맞게 이름을 붙이되, 로스앤젤레스 마당집의 명칭은 '민족학교Korean Resource Center'라 짓기로 했다. 청년 학생들에게 민족의 뿌리에 대해 가르치고 민족문화를 보급하는 모임의 장으로 만들고 싶어서 였다.

수중에 가진 돈이라고는 고작 200여만 원**이 전부였다. 도피자

---

*   윤한봉, 《운동화와 똥가방》, 121쪽.

**   물론 이 돈은 적은 돈은 아니었다. 당시 200만 원은 10여 평 규모의 소형 아파트를 구입할 수 있는 돈이었다.

금이었다. 꽁초를 주워 피우며 아껴온 돈이었다. 그 돈으로 미국에서 독자적인 사무실을 마련하겠다는 건 누가 보아도 무리한 계획이었다. 그래도 추진했다. 1982년 12월 무렵이었다.

민족학교 설립식은 1983년 2월 5일에 열렸다. 미국의 한인 사회에서 민족 교육기관이 들어선 것이다. 1885년 미국에 망명한 서재필도, 1905년 미국에 건너간 이승만도 하지 못한 일이었다. 설립식을 마친 윤한봉은 그 즉시 민족학교를 비영리 단체로 등록하고 정부로부터 면세 허가를 받아냈다. 이사장은 치과의사 최진환이 맡고, 교장은 전진호가 맡았다. 홍기완은 아예 직장을 때려치우고 민족학교로 출근했다.

바르게 살자.
뿌리를 알자.
굳세게 살자.

순 한글로 쓴 플래카드가 벽에 붙었다. 민족학교의 교훈인 셈이었다. 민족학교에서 윤한봉의 직함은 소사였다. 일제 강점기 중국에 망명한 김구는 임시정부의 문지기가 되고 싶다고 했지만, 윤한봉은 말 그대로 민족학교의 소사가 되었다. 심부름꾼 혹은 소사의 역할을 자임했다는 윤한봉의 술회는 그와 함께 실천한 여러 동료들의 증언에 의해서 입증되는, 윤한봉의 가장 두드러진 특성 중 하나였다. 민족민주운동의 조직 내에서 지도적 역할을 수행하는 인사들 중 상당수가 나름의 명예욕이나 권력욕으로부터 자유롭지 못했다. 1970년대와 1980년대를 거쳐 재야운동의 대표 격으로 통했던 장기표, 이부

영, 김근태 등의 인사들과 달리 윤한봉은 조직의 수장 직위를 맡는 것을 싫어했다. 다음은 뉴욕 민권센터에서 만난 정승진의 증언이다.

'나는 거름이다. 나는 거름이 되고 지게꾼처럼 일하겠다.' 합수 형님은 그 약속을 5·18 때 먼저 가신 동지들에게 한 거죠. 평생 그걸 지켰죠. 놀라운 것은 무슨 회장과 같은 타이틀을 가져본 적이 없어요. 민족학교의 직함은 소사였고, 민권센터에서도 공식적인 직함을 가진 적이 없어요. 이사도 아니었어요. 아무것도 아니었어요.*

윤한봉은 손에서 걸레를 놓지 않았다. 닦고 또 닦았다. 문틀과 창틀에 먼지가 앉을 틈이 없었다. 건물 주위에는 담배꽁초 하나, 휴지 한 장이 떨어져 있지 않았다. 바닥을 닦을 때는 무릎을 꿇고 걸레를 밀고 다녔다.

생활고가 심각했다. 설립 두 달 후 윤한봉은 아예 민족학교에서 기숙하기로 했다. 맹물에 밥을 말고 멸치를 고추장에 찍어 먹었다. 누가 밥을 사주면 남은 반찬과 찌개를 싸왔다. 성악가 이길주는 틈만 나면 민족학교에 찾아와 밥을 사주었다. 그녀가 민족학교에 방문하는 날은 학교의 잔칫날이 되었다.

민족학교 이사들은 천성이 착한 이들이었다. 이길주는 약하고 힘없는 사람을 돕는 일이라면 어디나 쫓아다니는 선한 여성이었다. 그녀는 민족학교에 대한 중상모략에 귀 기울이지 않았다. 항상 웃는 얼굴로 나타나 맛있는 걸 사주고 갔다. 그녀를 두고 윤한봉은 빙그

---

* 정승진 구술.

레 웃으며 말했다. "이길주 씨의 전생은 나무에 앉아 노래만 하던 새였던 것 같아."

설거지는 화장실 세면기를 이용했다. 사무실을 주거지로 사용한다는 신고가 들어갈까봐 발소리가 나면 얼른 숨어야 했다. 잠은 바닥에서 자고 담배는 꽁초들을 모아 피웠다. 옷은 모아온 헌옷 중에서 아무거나 골라 입었다.

어려움 속에서도 서로 의지하며 즐거운 날들을 보냈다. 한인들 사이에선 윤한봉이 거지가 되었다는 소문이 돌았다. 동정심 많은 이들이 먹을거리를 갖다주어, 외롭고 힘든 시절을 견뎌 나갈 수 있었다.

고립

　윤한봉은 교민들을 찾아다니기 시작했다. 민족학교를 도와달라고 부탁했다. "민족학교는 재미동포 1, 2세 청년들을 대상으로 민족의식을 고취하는 곳입니다. 미국 사회에서 한국인의 긍지를 갖고 살아가게 하고 조국의 발전에 이바지할 수 있도록 가르치는 곳입니다. 한민족의 역사와 문화를 보급하고 동포 사회를 위한 봉사활동을 하려고 합니다. 도와주십시오."

　처음 반응은 대단히 호의적이었다. 그런데 시간이 지나면서 반응이 바뀌었다. 하나둘 등을 돌리기 시작했다. 방해공작 때문이었다.

"윤한봉이는 남한 독재정권의 앞잡이다. 미주 운동을 분열시키고 파괴하기 위해 독재정권이 보낸 프락치다."

"윤한봉이가 배를 타고 왔다는데 타고 내리는 걸 본 사람은 아무도 없다. 권력의 보호 없이 태평양을 밀항한다는 게 말이나 되는가?"

"광주에서 운동 경력이 있던 건 맞는 것 같다. 그런데 고문을 받고 변절한 게 틀림없다."*

윤한봉은 펄펄 뛰었지만 원로들의 여론몰이를 이겨낼 수는 없었다. 이런 모함을 독려한 곳은 다름 아닌 한국영사관이었다. 1980년 광주 시민들을 학살하고 권력을 잡은 전두환 군사정권은 영사관을 통해 요주의 인물들을 한인 사회에서 고립시키는 전략을 썼다. 영사관의 모함은 영향력이 컸다. 한인 단체들을 통해 조직적으로 윤한봉과 민족학교를 비난했다. 내용은 기상천외한 수준이었다.

"윤한봉은 북에서 밀봉교육을 받고 온 공작원이다."

"민족학교에는 김일성 사진이 걸려 있으며 인공기가 휘날린다."

"민족학교에서는 가끔 사람이 증발한다."**

굳세게 살자

윤한봉은 아이디어 상자였다. 언제나 기발한 아이디어를 쏟아
냈다. 민족학교가 고립되면서 이사들도 문을 닫는 것 아닌가 생각할
때였다. 윤한봉은 활로를 찾아 나섰다.

1983년 5월 하순, 로스앤젤레스 프레스클럽에서는 수백 명의 교
포가 모였다. 특이한 강연회였다. 광주항쟁 3주년 기념 강연이었고,
강사는 윤한봉이었다.

강사가 연단에 올랐을 때, 사람들은 의아해했다. 저 청년이 문제
의 윤한봉이라고? 지난 2년 동안 한인 사회에서 파문을 일으켜온 문

제의 인물. 어떤 이는 북한의 공작원이라 했고, 어떤 이는 안기부 요원이라고도 했던 문제의 젊은이. 그의 모습은 예상과 다르게 너무 소박했다. 두 눈은 매섭게 반짝였으나 입가의 미소는 수줍었고 옷차림은 허술했다. 연설은 우렁차지 않았다. 정치가의 선동적인 연설을 예상했던 기대와는 달리 그의 음성은 너무 여렸다.

최초의 대중연설이었다. 원고도 없었다. 방청객의 다수는 그에게 의심을 품은 사람들이었다. 강사는 깊숙이 고개 숙여 인사했다. 하지만 청중들은 여전히 굳은 표정이었다. 뭔가 말꼬투리를 잡아내겠다는 도전적인 태도였다.

팽팽한 긴장감 속에서 강연은 시작됐다. 시간이 가면서 흥미를 더해갔다. 윤한봉은 먼저 자신의 밀항 과정을 밝혔다. 현재 정치망명을 신청했고 아직 판결을 받지 못했다고 말했다. 이어 광주항쟁의 진상을 소상히 전했다. 마지막으로 전두환 정권의 타도를 위해 동포들이 적극적으로 나서줄 것을 주문했다.

이 강연으로 악소문은 조금 해소되었다. 이렇게 민족학교를 널리 알린 후 윤한봉은 그 특유의 수완을 발휘했다. 수익사업을 시작한 것이다. 여기저기서 동양화와 서양화, 붓글씨를 모았다. 1970년대 저항시인으로 유명했던 김지하가 난초 수묵화 수십 장을 보내주었다. 홍기완이 훌륭한 목공 솜씨로 표구를 했다.

또 윤한봉은 열정적으로 책을 모았다. 미국에서는 한국어 책을 찾기가 어려웠다. 어쩌다 살 만한 책이 나와도 살 돈이 없었다. 어렵사리 책을 구해도 겨우 한 권이었다. 민족학교 학생들은 학습을 하기 위해 필요한 부분을 복사했다. 어떤 책은 통째로 90부나 복사한 적도 있었다.

어려서부터 기발한 농담을 하기로 유명했던 윤한봉은 지옥에 갈 죄의 목록을 작성해 유포했다. '술을 강제로 권하는 죄' '소설책의 재미있는 부분을 찢어버린 죄', 여기에다가 책에 관한 죄를 신설했다. '책을 개인적으로 소유하는 죄'도 지옥에 갈 죄에 집어넣었다. 이런 농담을 하면서 좋은 책은 다 내놓으라고 협박을 하고 다녔다.

그러나 학생 모집이 큰 문제였다. 윤한봉은 역사 강좌를 전담했으나 학생이 없었다. 홍기완은 태권도 강좌를 열었고, 전지호는 문학 강좌를 열었다. 좀처럼 학생은 늘지 않았다. 강좌가 있는 날이면 윤한봉은 하루 종일 안절부절못했다. 강좌 시작 시간이 가까워지면 건물 앞에 나가 담배를 피우곤 했다. 조바심 때문이었다. 새 학생이 오지 않나 들어오는 차들을 유심히 살피기도 했다.

하루는 '우리 노래 부르기' 강좌를 열었다. 주최 측인 4명 외에는 단 한 명의 학생도 참가하지 않았다. 네 사람은 어색한 표정으로 둘러앉았다. 동요에서부터 민요와 가곡까지, 알고 있는 모든 노래를 목이 아프도록 불렀다.

창립 반년이 지나자 하나둘 청년들이 찾아오기 시작했다. 민족학교에 찾아온 청년들은 윤한봉에게 홀딱 빠졌다. 윤한봉은 숨기는 것이 없었다. 몇 시간이고 혼신을 다해 열변을 토했다. 소탈하고 수줍은 얼굴 그대로였다.

열댓 살 어린 후배가 오더라도 자기를 선생님이라 부르지 못하게 했다. 형이라 부르게 했다. 찾아온 청년들은 그의 이런 소탈한 모습에 반해버렸다. 청년들은 돌아가 자신의 친구를 데려오는 전도사가 되었다. 학생들이 늘어나면서, 고립되었던 민족학교는 한인 운동의 새로운 세력으로 성장하기 시작했다.

1983년 가을 윤한봉에게 조국으로부터 두 종류의 흙이 왔다. '잊지 말라'는 부탁과 함께 광주 동지들이 망월묘역의 흙을 보내왔고 이철용이 서울 빈민촌의 흙을 보내왔다. 한봉은 흙을 받은 날 밤 혼자서 조국을 떠나온 이후 처음 대하는 조국 땅을 만져보고 냄새를 맡으며 '그래, 잊지 말자'고 다짐을 했다. 윤한봉은 그 흙들을 유리그릇에 담아 민족학교 한쪽 선반에 모셔놓은 5월 영령 위패 앞에 나란히 놓아두었다. 그 후에는 한라산의 돌과 백두산의 돌을 구해 그 옆에 나란히 놓아두었다.

촌놈

민족학교가 고립에서 벗어나 막 자리를 잡아가던 1983년 10월, 윤한봉은 '한국청년연합Young Koreans United'을 추진했다. 불과 두 달 만에 한청련의 결성식을 열었다. 1984년 1월 1일의 일이었다. 샌프란시스코의 한 노동조합 건물에서 결성식을 가졌다. 수십 명의 청년들이 참석했다. 민족학교의 학생들 10여 명과 시애틀의 청년들이 주축이었고, 소문을 듣고 민족학교를 찾아온 뉴욕과 시카고의 청년들도 합세했다. 시애틀의 이종록이 전해주는 회고담은 윤한봉과 한청련의 실체로 우리를 안내해준다.

제가 윤한봉에 관한 얘기를 처음 들은 건 1984년경이었습니다. 80년 광주사태 때 활약한 운동가 한 명이 미국으로 밀항해왔다는 것이었습니다. 조금 신기했습니다. 밀항하면 으레 일본으로 가기 마련인데 미국으로 오다니. 그냥 무용담처럼 들렸습니다.

명문 예일대를 다니는 친구로부터 윤한봉의 이야기를 들었습니다. 그는 미국 보스턴에서 윤한봉을 만났다고 합니다. 1984년 그 무렵 윤한봉은 미국의 주요 도시를 헤집고 다닐 때였습니다. 처음 본 윤한봉은 꾀죄죄했고, 말도 아주 투박한 촌놈이었다고 합니다. 미국 아이비리그 대학에 다니는 학생들은 대단한 우월감을 가지고 있었지요.

어느 날 그는 윤한봉과 밤샘토론을 하게 되었답니다. 그들은 밤새 싸웠다고 합니다. 그의 진솔한 고백입니다. 처음 논쟁을 시작할 때 그는 엄청 기세등등했다고 합니다. 논쟁을 거듭할수록 윤한봉의 그 투박한 말투에 점점 수그러들어갔고, 이튿날 아침에는 완전히 굴복되었다고 합니다.

이후 친구는 보스턴 지역의 한청련을 결성하는 데 주도적 역할을 하게 되었습니다. 그때 그는 깨달았다고 합니다. 엘리트들은 사물을 지나치게 객관적으로 보고 있었던 것이었습니다. 남의 일처럼 본 것이죠. 반면 윤한봉은 현실을 나의 일로 보았습니다. 문제의 밖에서가 아니라 문제의 중심에서 행동하고 실천하는 민중적 사고를 가지고 있다는 것이죠. 그것이 다른 것이었습니다. 윤한봉은 미국의 주요 도시를 다니면서 아는 척하는 젊은이들의 의식을 깨부수고 설득하여 한청련 조직을 꾸려나가고 있었습니다.*

---

* 이종록의 회고.

시애틀에서 온 편지

　그 무렵 한청련은 미주 전역에 걸쳐 조직을 결성하고 있었다. 매년 한 차례 지역대표자회의를 뉴욕과 로스앤젤레스에서 열었다. 회의에서 참석자들은 모두 바짝 긴장하고 있어서 회의 분위기는 때로는 진지함을 넘어 살벌하기까지 할 때도 있었다.

　우선 각 지역이 돌아가면서 지역 조직의 현황을 보고하고, 지역조직의 사업 계획을 보고했다. 이후 사전에 지명을 받은 한 회원으로부터 국제정세와 국내정세에 관해 보고를 듣고, 질의와 토론에 들어갔다. 여기까지는 여타 다른 조직과 별 다를 바 없었다. 백미는 이어지는 윤한봉 지도위원의 평가 시간이다.

그는 메모를 하지 않았다. 그래도 그는 모든 것을 정확하게 기억하고 있었다. 그는 먼저 각 지역 보고에 대해 아주 세밀한 부분까지 지적하고 평가했다. 때로는 가혹하리만치 호된 질책을 가하기도 했다. 윤한봉은 화를 내지 않았다. 화를 낼 때 그의 얼굴은 그냥 진지할 뿐이었다.

토론할 때 윤한봉은 현학적 문자나 미사여구를 쓰지 않았다. 그저 일상적인 언어로 쉽게 이야기했다. 때로는 조금은 상스러운 비유를 들기도 하면서 정곡을 찔러 얘기하기도 했다. 야단맞으면서도 킥킥 소리를 내지 않을 수 없는 일이 벌어지곤 했다.

아무리 복잡하게 얽힌 국제관계의 실타래도 윤한봉의 손에 들어가면 간단히 풀렸다. 윤한봉은 말한다. '국제관계는 옳고 그름의 문제가 아니라 이해관계의 문제이다. 이해관계의 끈을 따라가다보면 쉽게 보인다.' 대부분의 정치평론가들이 쓴 글을 보면 사전 지식이 없이는 이해가 되지 않는다. 그런데 윤한봉의 평론은 이해하기가 아주 쉬웠다. 그의 언어가 쉽고 단순하기 때문이었다. 그가 유식한 문자를 몰라서가 아니었다. 그는 책상물림들의 현학적 어휘를 체질적으로 싫어했다.

1985년경 시애틀에서도 몇몇 젊은이들이 모임을 갖기 시작했다. 자신의 회고에 의하면 이종록 역시 적당히 자존심만 센 속물이었다. 처음 윤한봉을 직접 봤을 때 이종록은 몹시 혼란스러웠다고 한다. 윤한봉의 모습을 접한 순간 몹시 당황스러웠다. 그에게서 카리스마나 권위 같은 것은 전혀 읽을 수가 없었다. 시커멓고 꾀죄죄한 데다 목소리도 심한 탁음이고 옷차림새 또한 후줄근해서 머릿속

에 그리고 있던 지도자상과는 거리가 한참 멀었다. 영락없는 촌놈이
었다. 그런데 그 못생긴 얼굴을 보고 있노라니 순진하고 친근한 얼
굴이 또 그 안에 있는 것이다. 그리고 잠깐 대화하다보면 어느새 그
에게 포위되어 있는 자신을 발견하게 되었다고 했다. 그는 확실히
'합수'였다. 윤한봉은 이종록에게 네 살 아래였지만, 이종록에게 윤
한봉은 '합수 형'이었고, 존경하는 선각자였다.

미주 한청련 지부와 마당집

미국 도처에 한청련을 세우다

윤한봉의 설득력은 상당한 효과를 거두었다. 1986년 8월, 시애
틀과 시카고, 뉴욕과 필라델피아, 워싱턴 DC 등에 한청련 지부와 마
당집을 만들었다. 회원의 기준은 엄격했다. 정회원과 예비회원으로
구별했다. 합치면 300명에 이르렀다. 뉴잉글랜드와 댈러스, 덴버는
지부를 만들었으나 조직 관리의 어려움 때문에 해체시켰다.

한청련 활동가들에게 맨 먼저 부과된 과제는 마당집 건립이었다.
적으면 일고여덟 명만으로도 한청련의 지부 조직을 만들 수 있었으
나 그 힘만으로 사무실을 개설하고 운영하는 것은 힘든 일이었다.

필라델피아는 교민이 수천 명에 지나지 않고 유학생도 별로 없는 곳이었다. 세탁소를 운영하던 장광선과 목공으로 일하던 임용천이 몇몇 청년들과 함께 모여 한국의 월간지를 읽고 있었다. 여기에 윤한봉이 나타났다. 몇 달 동안 체류하면서 필라델피아의 청년들도 한청련을 조직한다.

필라델피아 한청련 조직 과정에는 장광선의 역할이 컸다. 윤한봉에 반해버린 그는 지역 선배들의 불신을 해소시켜 나갔다. 본인의 세 동생들부터 회원으로 만들었다. 장맹단, 임용천, 이종국, 신경희, 정승진 등과 함께 마당집 건립 자금을 모으기 위해 뛰어다녔다.

한청련 회원들에게 모금이란 개인들로부터 걷는 기부금이 아니었다. 스스로 일해 돈을 벌고, 번 돈을 아낌없이 내는 헌금이었다. 우선 중고품을 구해 장사를 했다. 전자제품부터 식기도구, 장난감, 가구, 의류, 신발까지 온갖 중고품들을 가져와 깨끗이 닦고 빨아서 길가에 늘어놓고 팔았다. 미국은 인스턴트 식품의 나라다. 빈 깡통이 널려 있다. 회원들은 시간만 나면 빈 깡통을 모아다 일일이 발로 밟아 납작하게 만든 다음 고물상에 내다 팔았다. 성탄절엔 크리스마스트리와 꽃을 만들어 팔았다.

이렇게 돈을 벌어 1년 반 만에 마당집을 만드는 데 성공했다. 필라델피아의 경우 마당집 이름을 '청년마당집'이라 붙였다. 필라델피아 마당집은 지역의 특성상 오래가지 않아 문을 닫을 수밖에 없었다. 장광선의 동생 장광민은 시카고로 갔고, 신경희는 로스앤젤레스로 갔다. 홍정화는 워싱턴 DC로 갔고, 정승진은 뉴욕으로 갔다.

뉴잉글랜드의 경우는 한인 이주민이 거의 없는 곳이어서 필라델피아보다도 더 열악했다. 대신 유학생들이 많았다. 이곳에도 정기열, 정민, 최관호, 서혁교, 이난희, 이지훈, 최관호, 김희상, 이성단, 유정애, 권혁범 등 의식 있는 청년 15명이 학습모임을 하고 있었다.

광주학살을 목격하고 피가 끓는 젊은이라면 손을 놓고 있을 수 없었다. 그들은 조국의 민주주의를 위해 뭔가 실천을 해야 한다고 생각했다. 그즈음 윤한봉이 나타났다. 2박 3일의 토론회를 하면서 이들은 쉽게 한청련으로 조직화되었다. 당시 대학을 갓 졸업하고 매사추세츠대학에서 직원으로 일하다가 참여하게 된 유정애는 이렇게 말한다.

> 그때 처음으로 합수 형을 만난 거죠. 충격적이었어요. 갑자기 시골 사람 같은 남자 하나가 나타나서 청산유수로 말을 하는 거예요. 굉장히 충격적이었어요. 그때까지 제가 접해온 사람과 다른 부류의 사람인 거죠, 모든 게.*

뉴잉글랜드의 경우 회원들이 각각 여러 도시로 옮겨 국제연대운동의 중요한 역할을 하게 된다.

뉴욕 한청련도 몇몇 유학생들이 윤한봉을 만나면서 조직된 경우였다. 고려대를 나와 뉴욕에서 공부하고 있던 강완모와 권혁범, 유니온 신학대를 다니고 있던 한호석, 김난원 등이 핵심 멤버였다. 강완모는 윤한봉과의 첫 만남을 이렇게 기록한다.

> 그때 나는 유학생이었어요. 나는 윤한봉을 뉴욕에서 처음 만났지요. 우

---

* 유정애 구술.

리는 그럴듯한 차림새의 점잖은 사람을 기대하고 있었어요. 그런데 차림새며 모습이 영 우리가 생각하던 사람이 아니었습니다. 서울역 앞의 지게꾼 아저씨 같은 사람이었어요. 뒤에 또 누가 들어오지 않나 하며 주위를 살피던 기억이 새롭습니다. 그렇게 처음 만난 한봉이 형님은 사정없이 우리를 뒤흔들어놓았습니다. 살아 있는 예수, 한국의 레닌이었어요! 그때 같이 만났던 사람들이 하던 말들입니다. 그 뒤 일 년도 안 되는 동안 우리는 뉴욕과 뉴잉글랜드에 한청련을 만들었고 그 후 10년 동안 천둥벌거숭이, 야생마가 되어 한봉이 형님과 시간을 함께했습니다.*

정신과 의사 김수곤 역시 윤한봉에게 반한 원로이다. 25년이나 뉴욕의 마당집 이사장을 하고 있는 어른이다. 그는 윤한봉에게서 동학의 지도자 최시형을 떠올린다. 운동화 신고 똥가방 메고 다니는 것이나 사람들을 감화시키는 힘을 가졌다는 점에서 짚신 신고 전국을 떠돌며 동학의 기초를 닦은 최시형**과 같았다고 그는 말한다. 한국인이 들을 수 있는 최고의 찬사일 것이다.

---

* 강완모 구술.
** 최시형은 동학의 2대 교주이다. 최시형은 평생 동안 관의 추격을 받으면서 신도들의 집을 떠돌며 살았다.

헌신하는 사람들

한청련은 자나 깨나 학습이었다. 학습 자료는 회원들이 내놓은 책들과 한국에서 들여온 신간들이었다. 회원들이 내놓은 책들은 수준 높은 것들이었다. 윤한봉도 학습에 참여해 머리를 맞대고 토론했다. 언제나 결론은 '우리가 무엇을 어떻게 할 것인가?' 하는 실천의 문제였다. 윤한봉은 철저한 실천가였다.

윤한봉은 선동가도 아니요, 웅변가는 더더욱 아니었다. 하지만 그는 말을 아주 잘했다. 그의 말에는 설득력이 있었다. 미주 한청련 총회에서 공식적으로 연설을 할 때이다. 처음 연단에 오르면 다소

쭈뼛거리듯 어색한 표정을 지었다. 행색 또한 농대 출신의 예비 농사꾼 그대로인 촌놈이었다. 그러나 그의 연설이 진행되면 청중은 그의 말 한마디 한마디에 빠져들었다. 그의 말은 청중으로 하여금 마음의 문을 열게 하는 묘한 설득력을 가지고 있었다.

윤한봉이 한청련 동료들에게 사랑을 받고 아직도 잊히지 않는 가장 큰 이유는 그들의 삶의 방식을 바꿔놓았기 때문이었다. 윤한봉은 늘 강조했다. 한청련 회원이라면 한 인간으로서 주변 사람들의 인정을 받아야 한다. 중요한 것은 운동가 자신이 올바로 살아가는 모습을 보여주는 것이라고 귀가 아프도록 강조했다. '운동가는 자신을 변화시키기 위해 끊임없이 노력해야 한다'고 그는 늘 강조했다.

변화를 위해 어떻게 노력할 것인가? 거창한 행동이 요구되는 것이 아니다. 화장실에 들어갔는데 화장지가 떨어졌다면 새 화장지를 끼워놓고 나오는 것이 새로운 삶이다. 식당에서 음식을 먹은 후 접시를 한쪽에 쌓아주는 것이 새로운 삶이다. 매우 사소한 것 같은데, 이런 구체적인 사례들은 청년들의 가슴에 감동을 불러일으키기에 충분했다.

김희숙에 의하면 '착하게 사는 것만이 최선이 아니다'라면서 윤한봉이 이렇게 말했다고 한다.

미스코리아를 보자. 왜 미인대회에서 미美가 3등일까? 아름다울 미美보다는 착할 선善이 훌륭한 미덕이고, 착할 선보다는 참 진眞이 더 훌륭한 미덕인 거여. 진실을 모를 경우, 선善은 악惡의 이용물이 돼. 그래서 착하게만 살아서는 안 되고 공부를 해야 하는 거여.*

학습을 한 후 놀라워하는 김희숙에게 윤한봉은 빙긋이 웃으면서 말하더라는 것이다. '어째? 모르면서 안 할 수는 있어도 알면서 안 할 수는 없겠제? 알면서 하지 않는 것은 죄를 짓는 거여!'라며 협박을 했다는 것이다. 또 이렇게 말했다고 한다.

자기 자신도 변화시키지 못하면서 어떻게 다른 사람을 변화시키고 사회를 변화시킬 수 있는가? 신뢰를 받기 위해선 역지사지易地思之와 언행일치言行一致, 책임감責任感과 성실성誠實性, 근면勤勉과 검소儉素, 겸손謙遜과 의분義憤을 가져야 한다. 설거지를 다한 뒤에는 뒤처리를 깨끗이 해야 한다. 수도 뒤의 안 보이는 부분이며 바닥에 떨어진 물까지 다 깨끗이 치워야 한다. 운동하는 사람이 앞에 보이는 것만 깨끗하게 하고 안 보이는 부분은 더럽게 하면 그건 운동하는 사람이 가져야 할 자세가 아니다.**

윤한봉의 미덕은 이 원칙들을 직접 실천한다는 데 있었다. 한번은 민족학교의 변기가 막힌 적이 있었다. 꽉 막힌 변기는 대변으로 넘실거렸다. 이때 윤한봉은 변기에 손을 집어넣어 똥덩이를 끄집어냈다.

한국이든 미국이든, 나이 든 운동가들 중에는 권위주의적인 이들이 많다. 단체에서의 직위 문제, 행사 때 인사하는 순서로 화를 내는 이들이 있다. 그들은 일상생활에서도 어른 대접 받는 것을 당연

---

*   김희숙 회고.

**   김희숙 회고.

시하고 잔심부름은 아랫사람에게 시키는 것을 당연시했다. 윤한봉은 확실히 그런 점에서 탈권위적이고 개방적이었다. 오랫동안 그와 함께한 신경희*의 증언이다.

> 권위가 있었으면 아마 내가 가까이 갈 수 없었겠죠. 마치 토끼가 호랑이 등을 타고 노는 것처럼 편했어요. 일할 때는 엄청나요. 무지하게 야단을 쳤어요. 회의 땐 인정사정없었어요. 상대방이 권위적이면서 삐딱하게 나온 꼴을 못 봤어요. 그렇지만 자기의 권위를 내세우는 일은 절대 없어요. 아무리 어린 상대라도 아주 마음 편하게 친구처럼 지냈죠.**

한청련 회원들은 절제와 헌신, 희생과 상부상조의 기풍으로 스스로를 훈련했다. 검소와 근면, 성실과 진실이 한청련의 미덕이었다. 물론 이런 덕목들은 교육과 훈련으로 키워져야 했다. 동시에 회원으로 끌어들일 사람에 대한 엄격한 검토가 필요했다.

인간에 대한 예의바른 행실도 중시했다. 나이 많은 어른이나 여성, 장애인, 흑인을 배려할 것을 누누이 강조했다. 윤한봉은 인디언을 원주민으로, 깜둥이로 불리던 흑인을 흑인 형제로 부르게 하는 등 약소 민족에 대한 존중을 일상화하도록 했다.

윤한봉이 버릇처럼 반복하여 강조한 것은 '날 좀 보소'가 되지 말라는 것이었다. 남에게 인정받고 싶어 하는 욕망처럼 뿌리 깊은 욕망이 있을까? 그런데 윤한봉은 '알아주기 바라는 마음'까지 버리

---

* 필라델피아 한청련에서 활동하다가 로스앤젤레스 한청련으로 옮겨 활동했다. 1994년 귀국해 윤한봉과 결혼했다.
** 신경희 구술.

2부 윤한봉의 망명 이야기 141

자고 했다.

윤한봉은 결벽증에 가까운 태도로 이를 경계했다. 그는 '날 좀 보소'식 운동은 안 된다는 말을 입에 달고 살았다. 마찬가지로 '게으르고 눈치만 보는 뺀질이가 되어서는 안 된다'는 말도 끊임없이 강조했다.

윤한봉은 사람을 설득하고 조직하는 데는 천부적인 능력을 갖고 있었다. 그의 추진력과 회원들의 헌신으로 한청련은 결성 2년 만에 미국 전역에서 열 군데 가까이 마당집을 세우는 데 성공했다.

명칭은 각기 다르게 붙었다. 산호세는 민족교육봉사원, 뉴욕은 민권센터, 필라델피아는 청년마당집, 시카고는 한인교육문화마당집, 워싱턴 DC는 코리아홍보교육원, 캐나다 토론토에서는 민족교육문화원이라 불렀다. 로스앤젤레스의 민족학교가 마당집들의 전국 연합 본부였다.

각 지역 마당집들은 미국 정부에 비영리 단체로 등록해 면세 허가를 받았다. 이를 위해서는 이사장과 이사진이 필요했다. 이사는 주로 지역의 원로 선배들에게 맡겼고, 한청련 회원들은 원장이나 총무, 실무자를 맡았다. 한청련 일반 회원들은 마당집의 자원봉사자 역할을 했다.

"우리가 가면 그들도 온다"

미국과 유럽에는 반전반핵을 위한 수많은 시민단체들이 활동하고 있었다. 또 세계 여러 약소국에서 온 정치 단체들이 자국의 문제를 국제사회에 호소하고 있었다. 한청련과 한겨레는 이들이 벌이는 국제적인 평화운동에 동참했다. "우리가 가면 그들도 온다." 한반도의 평화통일 염원을 널리 알리기 위한 국제연대활동의 일환이었다.

한청련은 '반전반핵을 위한 국제연대'를 조직하고 주도했다. 이 단체는 한국의 진보운동사에서 기념비적인 조직이었다. 일제강점기부터 적지 않은 한국인들이 해외로 망명했으나 다른 민족들과 연대해 공동투쟁을 한 경우는 없었다. 한청련은 처음부터 국제연대를 실천 목표의 하나로 설정했고, 또 이를 실천한 유일한 한인 단체였다.

윤한봉은 처음 시애틀에 왔을 때부터 여러 민족들의 활동을 목격했다. 로스앤젤레스에서도 마찬가지였다. 여러 민족들은 각자 조국의 민권을 위해서 활동하고 있었다. 또 미국에서 겪는 자기 민족의 부당한 처우를 개선하기 위해 활동하는 모습을 보면서 큰 감명을 받았다. 그는 말한다.

> 미국에 온 이후 나는 남아프리카공화국, 필리핀, 니카라과, 엘살바도르, 팔레스타인 등 제3세계 민족의 국제연대운동을 보았다. 또 미국인들이 벌이는 제3세계 연대운동에 대해서도 보고 듣게 되었다. 나는 미국 내의 좌파운동, 평화운동, 노동운동, 흑인들의 민권운동에 대해 보고, 듣고, 배우면서 국제연대운동의 중요성을 절실히 깨닫게 되었다.*

세상을 바꾸는 것은 곧 생각을 바꾸는 것이다. 또 생각을 바꾸는 것은 언어를 바꾸는 것이라고 윤한봉은 생각했다. 그는 국제연대에 관련해서도 새로운 단어를 만들어냈다. '국제외교 연대운동'이란 국어사전에도 없던 단어였다. 윤한봉은 '국제외교 연대운동'이라는 새 단어를 만들면서 '인류의 공존공영 및 각국의 특수한 과제를 해결하기 위해 다른 나라 운동과 상호 지원하고 협력해 투쟁하는 운동'**이라는 사전적 정의까지 붙였다.

---

*　윤한봉, 《운동화와 똥가방》, 162쪽.

**　같은 책, 163쪽.

윤한봉은 국제외교 연대운동을 위한 원칙과 자세를 다음과 같이 세웠다.

> 외교 연대활동을 할 때는 어느 때 어느 곳에서라도 민족의 존엄과 조국 운동의 명예를 손상시키는 일이 없도록 언행을 조심해야 한다.
> 외교활동은 구체적이고 명확한 과제와 목표를 갖고 당당하면서도 진실하게 해나가야 한다.
> 미국인 형제들과 단체들에 대해서는 조국과 미국의 대등한 관계 정립의 추구라는 사실을 밝히고 당당하나 정중하게 대해야 한다.*

윤한봉에게 국제연대는 그 자체가 운동의 목표였다. 늘 약자의 편에 서서 약자의 이익을 대변하고, 대동세상을 바라던 그에게 국제연대는 운동의 목표와 연관된 최상의 운동이었다.

윤한봉은 동시에 한국인이 해결해야 할 역사적 과제를 고심했다. 윤한봉은 한반도의 평화적 통일을 열정적으로 바랐다. 그런데 한반도의 평화적 통일은 미국과 중국이 관련된 문제이다. 휴전협정을 평화협정으로 바꾸기 위해선 휴전협정의 당사국인 미국과 중국의 공조가 필수적이다. 따라서 평화통일운동은 한반도 내에서만 국한되는 운동이 아니라 미국과 중국, 나아가 전 세계 시민들과 함께 진행해야 하는 운동이었다. 여느 문제와 달리 평화통일운동은 사안의 성격상 국제연대를 요구한다.

윤한봉은 이상주의자이자 동시에 현실주의자였다. 3억 5,000만

---

* 윤한봉, 《운동화와 똥가방》, 164쪽.

명이 모여 사는 미국에서 진보적 운동을 추동하기 위해 윤한봉은 타민족 형제들의 지원이 절실하게 필요함을 자각했다. 농부가 농사를 효과적으로 짓기 위해선 이웃 농부들과 품앗이하듯이, 약소 민족의 요구를 실현하기 위해선 약소 민족 운동가들 간의 긴밀한 협력체제가 필요했다.

한청련은 의욕적으로 국제연대운동을 시작했다. 한국의 운동권이 진출하지 않은 분야라서 황무지를 개척하는 것과 다름없었다. 우선 한국의 문제들을 홍보하기 위해 영어로 자료를 만드는 작업부터 시작했다. 또 한인들에게 나눠주기 위해 영어로 된 자료들을 한글로 번역했다. 초기에는 데이비드 이스터가 주도하고 있는 '신한정책위원회'에서 만든 몇 종의 전단을 손질해서 쓰는 수준이었으나 나중에는 핵 문제, 주한미군 문제, 분단 모순, 인권 상황, 노동 문제 등을 다룬 10여 종의 전단을 영문과 한글로 제작해 집회에서 나눠주었다. 구호를 적은 단추와 스티커도 각각 10여 종씩 만들어 배포했다.

좀더 전문적인 자료도 만들어나갔다. 핵 문제, 주한미군 문제를 다룬 슬라이드 〈파멸이냐 생존이냐〉를 직접 제작했다. 국내에서 나온 각종 비디오테이프와 시청각 자료들을 영어로 재녹음했다. 광주항쟁을 비롯한 여러 문제들을 대형 걸개그림과 각종 플래카드, 깃발로 제작해 국제적인 집회 때마다 사용했다.

또한 윤한봉은 한국의 군부독재를 지원하지 못하도록 미국 의회에 압력을 행사할 민간 차원의 로비가 필요하다고 보았다. 이를 위해 1986년 워싱턴 DC에 '한겨레미주홍보원'을 만들기로 했다. 그런데 워싱턴 DC는 교민이 거의 없는 도시여서 마당집을 만들 기반이 없었다. 다른 지역에서 회원들과 이사들이 후원금을 갹출하고 인원을 파견해 일종의 특별지부를 만들었다.

없는 돈에 값싸고 넓은 사무실을 찾다가 좋은 공간이 있어 덥석 얻고 보니 홍등가였다. 밤에는 분위기가 이상해서 나다니기도 어려운 곳이었다. 그래도 한국의 민간 단체가 얻은 최초의 로비 공간이었다.

미주홍보원은 미 의회에 찾아가서 독재정권의 인권 유린을 알려 나갔고, 백악관 앞에 가서 시위를 했다. 노태우가 대통령에 당선되어 방미했을 때는 백악관 앞에서 수십 명이 시위를 벌이기도 했다.

1988년에는 《코리아 리포트》라는 영문 기관지도 발행했다. 이 기관지를 모든 국제단체에 보급했다. 《코리아 리포트》는 민주화투쟁, 통일운동, 노동운동 등 다양한 국내 소식을 심도 있게 다루었다. 이후 7년이나 발간한다. 또 영문으로 된 자료집 《코리아 투데이》를 발간해 보급하기도 했다.

각 지역에서 파견되어온 회원들이 교대로 미주홍보원의 상근자로 일했다. 다른 마당집들과 마찬가지로 무보수 상근직이었다. 아니 상근자들이 운영비를 벌어오는 체제였다. 최양일, 이지훈, 이진숙, 서혁교, 홍정화, 서재정, 유정애, 이성옥, 정승은 등 참으로 많은 젊은이들이 자신의 청춘을 바쳤다.

핵무기를 반대하는 서명운동*

1988년 4월이 되자 한청련은 한국에 있는 미국 핵무기**를 철거하기 위한 서명운동을 하기로 결의했다. 조국의 평화와 통일을 위한 운동의 일환이었다.

회원들이 서명을 받기 위해 쏟은 노력은 실로 눈물겨운 것이었다. 서명을 요청하면 보통 네 명 중 한 명 정도가 해주었다. 총 11만

---

*   이 꼭지는 《운동화와 똥가방》에 의거해 재작성함.
**   1988년 당시 한반도 도처에는 미국의 전술 핵무기가 배치되어 있었다.

여 명의 서명을 받았는데 회원들은 14개월 동안 약 40만 명의 미국 시민들과 동포들을 접촉한 셈이었다.

미국에서는 사람들이 자동차로 다니고 밤에는 아예 보행하지 않는다. 때문에 직장 근무를 마친 회원들은 서명을 받을 수 있는 시간이 짧았다. 낮에 시간이 있는 회원들도 사람이 모이는 곳을 찾아다니며 받아야 했다. 서명운동은 생각보다 힘들었다.

회원들은 공연장, 식료품가게, 행사장, 대학 교정, 중고품시장, 공원, 해수욕장을 헤매고 다니며 서명을 받았다. 로스앤젤레스의 심인보 회원은 야간에 대학 교정에 들어갔다가 경찰에게 쫓겨나기도 했다. 그는 어두운 대학 입구에 서서 밤늦도록 서명을 받아냈다. 이를 악물고 뛰어 다니더니 혼자서 4,000명의 서명을 받아내 주위를 놀라게 하기도 했다.

한청련은 독특한 시위문화도 만들어갔다. 타민족 형제들과 함께하는 각 지역의 연합·연대시위 때마다 풍물패를 앞세웠다. 그 뒤를 하얀 고무신과 하얀 농민복에 하얀 머리띠를 두른 회원들이 다양한 색깔의 독특한 농기들을 들고 따라가면 모든 사람들의 눈길이 한청련의 시위대에 집중되었다. 타민족 형제들은 독특한 우리 시위대의 모습과 모든 잡소리를 제압해버리는 위력적인 풍물 소리에 찬사를 아끼지 않았다. 나중에는 모든 시위 때마다, 타민족 형제들의 독자적인 집회나 시위 때도 우리 풍물패는 빠지지 않고 초청을 받게 되었다. 그리고 한청련은 집회 시위가 끝나면 주위를 깨끗이 청소했다. 우리 시위대는 미국뿐만 아니라 호주, 캐나다에서도 급속도로 유명해져갔다.*

뉴욕 회원들은 사물놀이를 앞세웠다. 먼저 공원에 나가 한바탕 사물놀이를 벌인다. 다음 구경꾼들에게 서명지를 돌렸다. 다시 한바탕 사물놀이를 벌였고 그다음 서명의 필요성을 설명하면서 또다시 서명을 받았다.

영어를 잘 못하는 회원이 있었다. 그 회원은 해수욕장을 찾아갔다. 수영복을 입고 누워 있는 미국인에게 그림을 그려 보여주었다. 모래 위에 유선형의 미사일과 버섯구름을 그린 후 "쾅쾅" 하고 소리쳤다. 다시 미사일과 버섯구름 위에 힘차게 X표를 친 후 서명용지를 내밀었다. 이렇게 온갖 수단과 방법을 동원해서 기어코 목표를 초과 달성하고야 말았다.

14개월 동안의 고생 끝에 받은 약 11만 명의 서명지는 1989년 7월 미주평화행진 때 파란 보자기에 싸서 한청련 회원들이 등에 짊어지고 가 미국 의회에 전달했다. 조국의 평화와 통일을 기원하는 마음과 함께.

---

* 이종록 회고.

폭설 속의 크리스마스트리*

국제연대로 대표되는 한청련의 활동은 결코 편안하게 이뤄지지 않았다. 여느 단체에 비해 활동량이 많은 데다 사무실은 드넓은 미국 땅에 대여섯 군데나 되니 관리비만 해도 막대했다. 해마다 해외에서 열리는 국제 집회에 참가하는 비용도 만만치 않았다. 지역에 따라, 시기와 조건에 따라 갖가지 재정사업이 이뤄졌다.

크리스마스트리 판매도 그중 하나였다. 미국 북동부 해안지대

---

* 이 꼭지는 《운동화와 똥가방》에 의거해 재작성함.

의 겨울은 종잡을 수 없는 한파와 폭설의 연속이었다. 겨울이 오면 수십 명의 한청련 회원들이 뉴욕으로 모여들었다. 사람 키보다 훨씬 크고 무거운 나무를 전시하고 배달하고, 24시간 돌아가며 지켜야 하기 때문이었다.

회원들은 11월 말부터 한 달간, 혹독한 추위 속에서 제자리뛰기로 시린 발을 풀어가며, 대소변도 제대로 못 보면서 나무를 팔았다. 뉴욕에 거주하는 회원들은 주로 식사를 맡았다. 추위로 꽁꽁 언 회원들에게 차가운 빵과 음료수를 줄 수는 없었다. 매 끼니마다 따뜻한 국물이 있는 음식을 만들어 판매 장소마다 돌아다니며 배급했다.

트리용 전나무는 맨해튼 중심가의 야채가게 '델리' 앞 등 몇 곳에서 팔았는데 나무는 뉴욕 한청련 재정부장이자 '델리'의 주인인 강병호가 도매상에 가서 싣고 왔다. 전나무가 팔리면 회원들이 배달까지 해주었는데 파는 것도 문제지만 지키는 것도 문제였다. 밤이 되면 빌딩 사이로 몰아쳐 오는 영하의 칼바람이 코와 귀, 손가락을 잘라가버릴 듯 매서웠지만 회원들은 교대로 보초를 서며 나무를 지켰다. 그래도 훔쳐 달아나는 사람이 있으면 소리치며 쫓아가 빼앗아왔다.

고생의 성과는 있었다. 트리용 나무장사는 2년간 2만 달러의 순이익을 올렸다. 각 마당집들의 월세며 전화세, 복사비 등 운영비에 적지 않은 보탬이 되었다. 일부는 한국의 민주화운동 지원금으로도 썼다.

하지만 자금은 언제나 부족했다. 각 지역의 한청련 회원들은 온갖 희한한 일들을 해냈다. 한인들의 축제나 행사장에서 김치, 불고기 같은 고유 음식을 만들어 팔았다. 옷에 단춧구멍 뚫기, 전자부품 조립하기, 인쇄물 분류해주기 같은 가내수공업도 마다하지 않았다.

로스앤젤레스 회원들은 단체로 할리우드에 진출해 영화촬영장의 엑스트라로 나가기까지 했다.

한청련 회원 중에는 의사나 자영업자처럼 수입이 좋은 이도 있었지만 그들은 소수였다. 대다수는 저임금 단순노동으로 빈곤한 생활을 하고 있었다. 대학을 다니다가 때려치운 경우는 더 힘들었다. 이런 처지임에도 회원들은 어떻게든 매달 회비를 냈을 뿐 아니라 한 달에 두 끼니를 굶고, 그 두 끼니 식대를 기금으로 냈다.

이렇게 기금을 계속 내니 회원들은 점점 더 가난해질 수밖에 없었다. 좋은 자동차를 몰고 나타나던 회원의 차는 어느새 싸구려 중고로 바뀌었다. 질 좋은 가구나 전자제품 하나 제대로 갖추지 못하고 사는 이가 많았다. 철 따라 새 옷을 사 입던 시절은 잊어야 했다. 모든 회원들이 윤한봉처럼 되어갔던 것이다.

이렇게 살다보니 거지니 넝마주이니 하는 놀림을 받기도 했고, 신흥종교 교단 같다는 비아냥을 듣기도 했다. 하지만 쉴 새 없이 이어지는 반전평화 집회들과 내부 교육, 행사로 남들의 평가 따위에 신경 쓸 겨를이 없었다.

가장 극적인 연대활동은 1989년의 '한반도의 평화와 통일을 위한 국제평화대행진'이었다. 외국인들이 더 많이 참가한 이 행진은 남북의 통일운동을 넘어, 한청련과 한겨레가 이뤄온 국제연대운동의 정점이었다.

국제평화대행진*

한청련은 다른 나라 조직들에 비하면 숫자도 많지 않고, 가난한 민간 단체였지만 헌신적이고 열정적인 활동으로 공신력을 얻었다. 지적 수준이 높으며 진보적인 버클리 시를 상대로 외교를 벌여 1986년 5월에 '광주민중의 날'을 선포하게 만들기도 했다. 그중에서도 가장 극적인 연대활동은 1989년의 '한반도의 평화와 통일을 위한 국제평화대행진'이었다. 통일운동과 평화운동, 국제연대운동을 하나의 단

---

* 이 꼭지는 《운동화와 똥가방》에 의거해 재작성함.

일운동으로 결합시킨, 한국의 진보운동사의 기념비적인 사건이었다.

1989년 7월, 평양에서는 제13차 세계청년학생축전이 열렸다. 세계청년학생축전은 전 세계의 사회주의 청년들이 모여 치르는 축제인데, 올림픽처럼 장소를 옮겨가며 치르는 대회이다. 1988년 올림픽이 서울에서 개최되었듯이 1989년 제13차 세계청년학생축전은 평양에서 개최되었다.

그런데 평양 축전엔 평소와 달리 특별한 사람들이 참가하게 된다. 남한의 전대협에서 대표로 보낸 임수경이 참가했고, 미국의 한청련이 주도한 국제연대 소속의 멤버 200여 명이 참가했다. 두 조직은 사전 상의 없이 각각 사람을 보내게 되었다. 남한 언론의 초점이 임수경의 방북에 맞춰지는 바람에 한청련이 주도한 국제연대의 참가는 주목을 받지 못했다. 그러나 참가자의 규모와 의미에 있어서 국제연대의 참가야말로 큰 의의를 갖고 있었다.

반전반핵운동을 통해 국제적 연대망을 갖춘 한청련은 이 대회를 맞아 한반도의 문제를 전 세계에 알리는 계기로 삼기로 했다. 대부분의 미국인은 남한에 무려 4만 명의 미군이 주둔하고 있다는 사실을 모르고 있었다. 더욱이 남한에 핵무기가 배치되어 있다는 사실은 까마득히 모르고 있었다. 윤한봉은 한반도의 평화를 위해, 세계의 이목을 끌기 위한 방법으로 백두산에서 판문점까지 국제적인 행진을 계획했다.

한청련과 국제연대는 먼저 세계청년학생축전에 참가하고 축전이 끝나면 국제평화대행진이란 제목으로 백두산에서 판문점까지 행진하는 계획을 세웠다. 동시에 미국에서는 뉴욕에서 워싱턴 DC까지 미주평화행진을 하기로 했다. 이 무렵 한반도의 미군 핵무기 철거를 요청하는 10만 명 서명운동이 마무리되는 중이었다. 미주 행진단은 서명용지를 짊어지고 가서 워싱턴의 미국 의회에 제출하기로 했다.

북에서의 행진은 미국과 북한의 두 정부를 상대로 풀어야 할 숙제가 많았다. 한청련은 북한 단체방문에 대해 미국 재무부에 정식으로 서면질의서를 보내는 한편, 법적 규제를 피할 수 있도록 영국에 본부를 세웠다. 영국에 '코리아의 평화와 통일을 위한 국제평화대행진 준비위원회'(약칭 국제준비위)라는 이름의 위원회를 만든 다음 이를 통해 방문객을 모으는 형식을 취했다.

국제준비위는 영국인 휴스테픈스를 의장으로 추대하고 본부 사무실을 런던에 두었다. 아시아 지역 사무국은 필리핀의 마닐라시티에 두었고, 태평양 지역 사무국은 호주의 멜버른에 두었으며, 북미주 지역 사무국은 워싱턴 DC에 두었다. 물론 실질적인 모든 일은 미국의 한청련에서 진행했고 윤한봉이 총괄했다. 비용은 참가자 본인이 내는 걸 원칙으로 하되 가난한 제3세계 참석자의 여비는 국제준비위원회가 일부 부담키로 했다.

합수 형님은 북한에 대해 맹목적으로 추종하는 종북이 아니야. 제가 알고 있기로는 북한의 깃발을 들어달라 이런 요청이 많이 있었던 걸로 알아요. 합수 형님은 죽어도 그걸 받아들일 수 없었거든요. 어느 한 정권이나 한 이념 쪽에 치우쳐서 하면 운동의 생명력을 잃어버리고 끝난다고 보았어요.*

---

*   강완모 구술.

본격적인 행진 준비가 시작되었다. 남과 북 어느 쪽에도 치우지 지 않는다는 원칙에 따라 북한 정부가 주도하는 세계청년학생축전 과는 엄격히 구별하기로 했다. 북한 측으로부터 물품을 지원받는 일 은 사양했다. 북한 측과의 공동개최에 대해서도 윤한봉은 완강히 거 부했다.

몇 달간의 준비 끝에 출발 준비가 완료되자 윤한봉은 중요한 원 칙들을 재점검했다. 우선 행진 주최는 한청련이 아닌 국제준비위로 한다는 것, 한국인만의 행사가 되지 않고 국제연대임을 보여줄 것, 전대협 대표 임수경 씨가 국제평화대행진에 참가하는 문제는 본인 의 의사에 맡길 것, 국제평화대행진은 북한을 위한 행진이 아니고 한반도 전체의 평화와 통일을 위한 행진인 만큼 회원들은 정치적 긴 장을 유지하고 언동에 주의할 것을 확인했다.

국제평화대행진은 쟁쟁한 후원 단체들의 명단도 확보했다. 독일 의 녹색당을 비롯한 세계의 70개 진보 정당과 평화·여성 단체들이 후원자로 참가했다.

한청련은 마침내 1989년 7월 초 선발대 8명을 평양으로 보냈다. 그리고 지금까지의 기밀 유지를 풀어 런던, 워싱턴 DC, 마닐라시티, 멜버른, 평양 등에서 잇달아 국제평화대행진을 선포하는 기자회견 을 열었다.

막상 평양에 도착한 국제준비위 선발대는 북한 관리들과 심한 갈등을 빚었다. 국제준비위는 북이든 남이든 국가가 개입해서는 안 되며 민간 단체인 국제준비위의 독자 주최로 해야 한다고 맞섰으나 북한 관료체제의 경직성은 요지부동이었다. 자신들의 결정을 일방 적으로 통보하고는 만나주지도 않았다. 연락할 길도 없었다.

윤한봉도 강경했다. 계속해서 국제전화로 보고를 받으면서 행진을 포기하는 한이 있어도 북한 당국을 주최로 넣어서는 안 된다고 강력히 지시했다. 북쪽 관리들의 완강한 태도에 맞서 한청련은 협상하러 간 대표들은 아무 결과도 얻지 못하자 그들을 기다리며 숙소인 고려호텔에서 시위와 농성까지 하게 되었다.

백두산에서 판문점까지

　마침내 7월 21일, 백두산 정상에서 출발한 국제평화대행진단 수십 명은 한청련의 사물패를 앞세우고 판문점을 향해 7일간의 행진을 시작했다. 이때 백두산에서 판문점까지 행진에 참여한 시애틀의 이종록은 그날의 감격을 이렇게 회고한다.

　1989년 7월 1일부터 7월 8일까지 평양에서는 제13차 세계청년학생축전이 열렸습니다. 북한에서는 이 대회의 성공을 위해 엄청난 공을 들이면서, 세계 각국의 청년과 학생들을 대거 초청했습니다. 북한의 축전 계획을 들은 윤한봉은 실로 기상천외한 구상을 하게 됩니다. 전대협 대표를 앞장세워 세계 여러 나라의 청년 대표와 함께 백두산에서부터 판문점까지 한반도의 평화통일을 세계 만방에 외치는 평화대행진을 구상한 겁니다.*

이 무모하고 어처구니없는 구상이 현실로 이루어지기까지 윤한봉은 그 모든 것의 시작과 끝을 혼자서 비밀리에 실행했다. 행진단장 정민, 부단장 정기열도 나중에 임무를 받고 나서야 비로소 알았다.

윤한봉은 전체 대외적인 행진단장에 정기열, 부단장에 정민을 임명했다. 그러나 그 자신이 마치 현장에 있는 듯, 혀를 내두를 만큼 세세한 지침을 주었다. 그는 백두산에서부터 판문점에 이르는 전체 노정에 대해 구체적 지침을 주었을 뿐만 아니라, 한청련 회원들에게 아주 엄격한 행동 지침을 지시했다. 정민 단장을 통해 내린 그의 지침은 비록 문서화된 건 아니었지만 대강의 내용은 다음과 같은 것이었다.

행진의 주체는 한청련이다. 주인의식을 잊지 말도록.
이번 대행진은 조국통일을 위해 노둣돌 놓는 자세로 임해야 함.
이북 인민들 앞에서 자본주의 냄새를 풍겨서는 안 됨.
이북 인민들 앞에서 존경하는 마음과 겸허함을 잃지 말 것.
행진 대열에서 이탈하여 어떠한 개인행동도 해서는 안 됨.
행진 도중 행사 기록을 위해 지명된 비디오 촬영사 외의 개인 촬영은

---

* 이종록 회고.

금함.

한청련은 행진단 맨 뒤에 위치해야 하며, 선두에 나가서는 안 됨.

언론매체와의 공식적인 접촉은 단장을 통해야 함.

임수경과의 불필요한 접근은 금함.

세계청년학생축전이 끝나고 정기열은 부지런히 외국인 형제들의 숙소를 찾아다니며 행진단 참가자를 모집했는데, 7월 20일 발대식에는 30여 개국에서 약 400명이 참가했다. 행진에는 30개국의 외국인 85명이 참석했다. 해외 동포는 113명, 북한 동포는 70명, 그리고 임수경과 그녀를 데려오기 위해 방북한 문규현 신부까지 총 인원은 270여 명이었다.

백두산 삼지연에서 군중대회를 가진 행진단은 사리원, 신천, 개성을 거쳐 7월 27일 판문점에 도착했는데 이북 주민들의 환영은 상상 이상이었다. 한청련의 사물패를 앞세운 행진단이 지나가는 길목마다 수많은 주민들이 늘어서서 손을 흔들며 조국통일을 울부짖었다. 말 그대로 눈물의 바다였다.

북쪽 주민들의 순수한 염원은 행진단원들을 감격에 빠뜨렸다. 장마철이라 빗줄기가 오락가락하는 습한 무더위 속에서도 한청련 회원들은 지칠 줄도 모르고 함께 눈물 흘리고 함께 민족통일을 외쳤다. 너무 울어서 나중에는 눈물샘이 말라버릴 지경이었다. 행진단의 일원이던 뉴욕 한청련 회원 김갑송의 회고다.

이건 한국전쟁 이후에 최대의 사변이다. 또 다른 사변이 일어났다. 거기도 인제 그 남한의 땡전 뉴스처럼 뉴스 시간이 '땡' 하면 김일성 주석

께서 어쩌고 이렇게 항상 그러는데 그걸 싹 지워버리고 '땡' 하는 순간 오늘 행진은 어쩌고 이런 거지요. 거기에 주민들의 생활을 얼마나 숨기려고 하는데 행진대열이 지나가게 되니 이 행진이 얼마나 무시무시한 일인가. 한국전쟁 이후의 최대 사변이라고 표현하더라고요. 하여간에 모두가 만나는 사람들마다 눈물바다를 이뤘는데 눈물샘이 말라가고 눈물이 안 나오더라고요 끝날 때쯤은.*

　　백두산에서 판문점까지의 평화대행진은 당사자들뿐 아니라 북한 주민들에게 엄청난 문화적 충격을 안겨주었다. 남한의 뉴스가 매일 전두환의 동정으로 시작되듯이 북한 뉴스도 매일 김일성 주석이란 말로 시작되는데 행진 기간 동안은 김일성 소식이 뒤로 밀렸을 정도였다. 북한 주민들에게는 청바지를 입고 나타난 임수경이 등장하는 것만으로도 큰 화제가 되었다. 북한 관리들이 전쟁 이후의 최대 사변이라고 말할 정도였다.

　　7월 20일부터 28일까지 한청련의 주도로 이뤄진 '국제평화대행진'은 가히 윤한봉의 재미 활동의 최고 절정이라 할 수 있었다. 분단 45년 만에, 북쪽 정부나 남쪽 정부 어느 쪽의 지시나 지원도 받지 않고 순수한 민간 차원에서 자비로 통일 행사를 치른, 사실상 최초이자 마지막 행사였다. 한편 윤한봉은 자신의 '평화촌 구상'을 평양에 전했으나 안타깝게도 반응이 없었다. 윤한봉은 군사 긴장이 높은 조국에서 어떤 수단을 써서라도 평화와 군축이 이루어지도록 해야겠다고 생각했다. 세계 각지에서 활동하고 있는 평화운동가들과 의

---

* 　김갑송 구술.

식 있는 해외 동포 청년들이 뜻을 모아 비무장지대에 평화촌을 건설하는 게 필요하다고 생각했다. 평화운동을, 평화 공존의 새로운 문명체계를 인류에게 제시해줄 수 있는 수준으로 끌어올리자는 것이다. 그렇게 하기 위해서는 평화운동가들 중심의 '연구촌', '평화운동가들의 성지', 모든 인종, 민족, 종교, 문화, 언어, 사상, 철학이 한 곳에 모여 연구하고 생활하는 '소지구촌'을 만들어가자는 구상을 전했다.* 윤한봉의 국제평화촌 건설 구상에 대해 평양은 안타깝게도 반응하지 않았다.

그렇다. 국제평화촌은 윤한봉 특유의 낭만적 구상이라 하자. 하지만 국제평화촌과 함께 평양에 제시한 합동위령제는 남과 북의 평화를 염원하는 사람이라면 누구나 실천에 옮겨야 하는 제안이었다. 윤한봉은 정민 단장에게 지시했다. "6·25 때 돌아가신 남북 동포들과 미국, 영국, 중국 등의 군인들의 합동위령제를 지낼 수 있도록 하라. 그리고 그 자리에서 남측 대표 한 분과 북측 대표 한 분, 그리고 참전한 16개국의 대표 16명, 도합 18명의 대표들이 함께 분향, 재배, 묵념을 올리자."**

---

*   윤한봉, 《운동화와 똥가방》, 228쪽.
** 같은 책, 226쪽.

뉴욕에서 워싱턴까지*

같은 날 같은 시각, 미국에서도 행진이 시작됐다. 한청련 교육
부장 한호석을 단장으로 한 미국의 행진단은 40여 명에 불과했고 미
국인들의 무관심 속에 퍽 외로운 행진을 했다. "너희 나라로 돌아가
라!"며 욕하는 미국인도 만났다. 그래도 기죽지 않고 11만 명 분량의
핵무기 철거 서명용지를 초록색 보자기에 싸서 나눠 짊어지고 행진
을 계속했다.

———
*　이 꼭지는 《운동화와 똥가방》에 의거해 재작성함.

북한과 미국 양쪽에서 행진이 벌어지고 있었으나 윤한봉은 어디에도 참석하지 못했다. 뉴욕의 청년학교 사무실에서 먹고 자면서 상황을 총지휘하느라 일주일간 잠도 거의 못 잘 지경이었다. 준비과정의 복잡함은 말할 것도 없고, 행진이 시작되고도 마음 놓을 겨를이 없었다.

7월 27일, 북한의 행진단은 판문점에 도착했고, 미국의 행진단은 워싱턴 DC에 무사히 도착했다. 판문점의 행진단은 '코리아의 평화와 통일을 위한 국제연대위원회' 결성을 선포하고 2년마다 정기적으로 평화대행진을 하기로 결정했다.

> 필라델피아에서 워싱턴 DC까지 행진을 했어요. 이분들은 행진을 오래 해서 발이 아프잖아요. 부르트고. 안타까웠고 당일만이라도 저는 하고 싶었고. 제가 거기에 당일만이라도 참여한 게 뿌듯했죠.*

한편 행진단원 모두가 발바닥에 물집이 잡혀 걷기도 힘든 상황에서 어렵게 워싱턴 DC에 도착한 미주행진단은 국회의사당 앞에서 한반도 전쟁 종식을 위한 평화대회를 개최하고 11만 명의 서명지를 미 의회에 전달했다.

이때 예정에 없던 일이 벌어졌다. 해산식을 마친 북한의 행진단이 판문점을 도보로 통과해 군사분계선을 넘으려고 시도하다가 실패하자 그 자리에서 단식농성에 들어가버린 것이었다. 군사분계선 통과나 농성은 계획에 없던 돌발적인 상황이었으나 말릴 길도 없었

---

* 김남훈 구술.

다. 외국인 10명과 임수경, 또한 임수경을 안전히 데려오기 위해 방
북한 가톨릭교회 문규현 신부까지 65명이 6일이나 단식농성을 하게
되었다.

이 소식을 들은 뉴욕의 한청련 회원 10여 명도 청년학교에서 4
일간 단식농성을 벌였다. 임수경과 문규현 신부는 끝내 군사분계선
을 넘어 귀국한 후 구속되어 감옥살이를 하게 된다.

> 1989년 7월, 임수경을 데리고 오기 위해 2차 방북을 하기 전 윤한봉 선
> 생을 찾아갔습니다. 나는 다시 방북할 일에 심경이 복잡한데 합수는
> "그게 바로 신부님이 뉴욕에 오신 이유인가 봅니다" 하며 엄청나게 기
> 뻐하는 것이었습니다. 그러면서 "그나저나 신부님은 복도 많습니다. 가
> 보고 싶어도 못 가는 사람들이 많은데 신부님은 지난달에도 갔다 오시
> 고 이번에 또 가시게 되었으니……" 하는 것이었습니다. 민족의 화해와
> 통일을 위해서 무슨 일이든 간절히 하고 싶어 하던 사람이었으니 제가
> 부러웠을 법도 합니다.*

한편 국제준비위의 고문으로 참여했던 미국 연방 하원의원 로널
드 델럼스는 다음과 같은 지지 성명서를 발표했다.

> 본인은 1989년 7월 20일부터 27일까지의 국제평화대행진을 지지하
> 는 이 성명서를 발표하게 됨을 기쁘게 생각합니다. 이 역사적인 모임이
> Korea의 자주화와 핵무기 없는 평화적인 통일을 갈망하는 한국인들을

---

* 문규현 회고.

지지하기 위해 마련된 행사임을 확신하는 바입니다. 아시다시피 본인은 미 연방 하원의원으로서 최선을 다해 국제 갈등을 완화하는 데 이바지하고자 노력해왔습니다. 따라서 세계평화를 이룩하기 위해서는 우선 각국의 대화의 통로를 여는 것이 절실한 문제이며, 이에 관한 한 북한과 남한은 세계를 지도해나갈 수 있는 기회를 가지고 있습니다. 본인은 본 행진이 다음과 같은 사항을 요구하기 위한 것임을 알고 있습니다.

한국전쟁 이래 유지되어온 휴전협정을 평화협정으로 교체하라.
북한과 남한 간 불가침협정을 체결하라.
북한과 남한의 군사력을 감축하라.
남한으로부터 미군과 핵무기를 철수하라.
미국과 남한의 팀스피리트 합동 군사훈련을 중지하라.

본인은 평화를 위해 일하고자 하는 사람이면 어떠한 방법으로든 계속 몸부림을 쳐야 한다고 믿고 있습니다. Korea의 평화와 통일을 위해 행진하고 있는 모든 형제자매들에게 무조건적인 연대를 보내며, 여러분의 Korea의 평화를 위한, 더 나아가 세계의 평화를 위한 행진에 함께할 것을 약속드립니다.*

---

* 　윤한봉, 《운동화와 똥가방》, 233쪽.

해방의 소리

1987년부터 '재미 한청련'은 미국 이외의 지역에 '해외 한국청년운동연합체(해외 한청련)'의 건설을 위한 노력을 시작했다. 청년운동의 불모지인 캐나다에는 권혁범 회원을 파견하고 유럽과 호주에는 윤한봉이 직접 갔다. 1987년과 1988년의 8월 대회에도 세 지역의 청년들을 초청하는 노력을 기울였다. 그러한 노력의 결과 1987년에 캐나다에 '디딤돌'이라는 청년운동체가 만들어졌다. '디딤돌'은 재미 한청련과 연대활동을 해오다가 1990년 3월에 '재캐나다 한국청년연합(재가 한청련)'으로 발전했다. 1987년부터 독자적으로 한국민족자료실을 설립해 운영해오던 호주 청년들도 90년 3월에 '재호주 한국청년연합(재호 한청련)'을 결성했다.

개인적 차원에서 운동에 참여했던 서독의 청년들도 1990년 10월에 '재유럽 한국청년회(재유 한청)'를 결성했다. 그렇게 해외 각 지역에 청년운동체가 결성되자 미국을 포함한 4개 지역 청년운동체 대표들은 1990년 10월에 뉴욕에서 열린 '조국의 평화와 자주통일을 위한 해외동포대회'에서 재미 한청련, 재호 한청련, 재가 한청련, 재유 한청련을 회원 단체로 하는, 해외 운동 사상 최초의 청년운동 연합체인 '해외 한청련'(공동의장: 정민, 최문현, 김나경, 박희원)을 결성하게 되었다. 마침내 일본을 제외한 해외의 청년운동 단체들을 하나로 묶는 결실을 보게 된 것이다.*

　"흘러라, 네 온갖 서러움, 더러운 네 굴욕과 수모……"

공연은 가슴을 에는 듯 애절한 독창으로 시작되었다. 키 크고 잘생긴 얼굴에 시원스런 음색을 가진 뉴욕 한청련 회원 정승진의 노래였다. 웬만한 가수보다 뛰어난 정승진의 가창력이 유럽인 청중들을 감탄시키는 동안, 최용탁 회원은 준비한 슬라이드를 무대로 쏘았다. 광주학살의 참상과 봉기한 시민군의 모습이 담긴 사진들이 한 장씩 스쳐갈 때마다 유럽인들은 낮은 신음소리를 냈다.

이어지는 마당극의 분위기는 또 달랐다. 미국에 대한 해학과 풍자는 관객들을 폭소에 빠뜨렸다. 마지막의 박력 넘치는 사물놀이와 함께 "반전반핵, 양키 고 홈"의 구호를 외치며 풍물패가 무대를 뛰

---

*　윤한봉, 《운동화와 똥가방》, 268쪽.

어 돌자 다들 박수를 치며 '브라보'를 외쳤다.

1991년 10월, 북아일랜드 벨파스트의 한 강당에서 공연이 열렸다. 주최는 IRA, 곧 아일랜드공화국군이었다. 강당 바깥에는 무장한 영국군이 삼엄한 경계를 펼치고 있었다. 공연자는 정승진을 단장으로 한 한청련 문화선전대 10명이었다. IRA 측은 선전대의 작은 규모에 걱정했다. 하지만 눈물과 웃음, 감격으로 가득한 한청련 문화선전대의 공연은 20년 넘게 내전의 고통을 겪어온 북아일랜드인들을 열광시키기에 충분했다.

한청련 문화선전대의 유럽 순회공연은 제2차 국제평화대행진의 일환으로 추진되었다. 한청련은 1989년 제1차 평화대행진을 마치면서 2년에 한 번씩 행진을 하겠다고 선포한 바 있었다. 1991년 한청련은 문화선전대를 꾸려 유럽 순회공연을 하도록 했다.

국제연대를 담당한 한청련 회원은 이성옥과 정승은이었다. 이들은 문화선전대의 유럽 일정을 아주 꼼꼼하게 세웠다. 많은 유럽인들의 도움을 얻어 한청련 문화선전대는 50일간 유럽 6개국을 순방하며 17회의 공연을 했다. 호주의 멜버른과 시드니까지 건너가 네 차례 공연을 했다.

프랑스공산당 기관지 《위마니테》가 주최하는 파리 축제 때였다. 흥분과 감격의 공연을 마치고 저녁 준비를 할 참이었다. 북한 《로동신문》 직원 한 사람이 김치를 싸가지고 왔다. 하지만 북한과 접촉하거나 북한으로부터 지원을 받는 것은 문선대원의 금기였다. 마침 문선대를 찾아온 망명객 홍세화는 같은 민족의 인정으로 생각하고 받아야 한다고 했다. 대원들은 망설였다.

"홍세화 선생은 정으로 가져온 음식이니 고맙게 받는 게 좋겠다고 했어요. 하지만 우리는 논의 끝에 돌려보내기로 했어요. 그런데 며칠째 김치 맛을 보지 못했던 우리가 몰래 김치의 일부를 섭취했음을 이제는 고백해야겠네요." 문화선전대의 짐꾼 최용탁의 회고다. 그는 1990년에 처음 만난 당시의 윤한봉을 이렇게 회고한다.

한청련에 가입하고 두어 달쯤 지났을까요. 나는 뉴욕에서 처음으로 윤한봉 선생을 만났어요. 만나자마자 깊이 빠져들었어요. 윤한봉 선생은 호치민이었어요. 삶의 모든 순간을 조국의 운명과 함께하는 혁명의 화신이었지요. 이 세상에서 가장 눈부신 사람, 지금도 내 가슴을 설레게 하는 사람, 그분이 합수 형님이지요.*

스물다섯 섬세한 감성을 가진 문학청년의 눈에 비친 윤한봉의 한 장면이다. 그때가 1990년이었으니 윤한봉이 마흔두 살 때의 모습이었다. 미국에 건너간 지 10년째, 윤한봉은 좌우 양극단에 선 인사들의 비방과 견제에도 불구하고 줄곧 200~300여 명의 탄탄한 정예 회원을 유지하고 있는 한청련의 지도자였다. 한국의 진보운동 사상 최초로 수십 개국의 진보운동가들을 결합시켜 국제평화대행진을 성사시킨 국제적 지도자이기도 했다. 광주에서는 후배들의 사랑을 받는 선배였다면, 미국에서는 선배를 넘어 존경받는 지도자가 되어 있었다. 윤한봉의 한평생을 도표로 그린다면 미국에서 펼친 활동이 정점이 될 것이다.

그러나 윤한봉의 마음은 항상 조국을 향해 열려 있었다. 10년이

---

* 　최용탁 구술.

되도록 그는 여전히 침대를 거부하고 수배자임을 잊지 않기 위해 옷을 벗지 않고 혁대도 풀지 않고 잤다. 술도, 맛있는 음식도, 편한 잠자리도, 여성도 없이 오로지 24시간 운동만 생각하는 자신에게 허락한 유일한 오락은 담배뿐이었다. 도청에서 일어난 비극이 벌써 10년이 흘렀음에도 그는 여전히 구석에 쪼그려 앉아 등을 잔뜩 구부린 채 담배를 피우며 광주민중항쟁의 윤상원과 후배들을 생각했다.

새로운 노선

윤한봉은 한청련 운동 10년 만에 중대한 노선 변경을 고민한다. 1992년 10월 한청련은 '해외 운동 강화와 발전을 위한 해외동포대회'라는 주제로 10월 대회를 개최했다. 10월 대회에는 150여 명이 참석했다. 윤한봉은 변화된 내외 정세를 보고했다.

혁명의 시대는 갔다. 북부 조국이 UN에 가입한 것은 통일보다는 체제 유지가 급선무라는 것을 인정한 것이다. 이제 통일은 장기적 과제가 되었다. 통일운동은 이제 평화군축운동으로 바뀌어야 한다.*

1989년 베를린 장벽이 무너지면서 자본주의 미국과 공산주의 소련이 대결하던 냉전시대는 끝났다. 윤한봉은 지금까지 주력해온 민족통일운동에서 벗어나 이제는 미국 내 동포들의 권익을 옹호하는 일에 힘을 쏟자고 역설했다. 그는 10월 대회에서 회원들에게 다음과 같이 부탁했다.

> 장기적 안목을 갖자. 운동과 생활을 통일시켜 나가자. 모든 회원은 생활 속에서 장기적이고 구체적인 목표를 세워 살아가야 한다.**

사업을 하는 사람은 큰 사업가로 성장하고, 전문가는 해당 분야에서 뛰어난 전문가가 되자. 학업을 중단했던 사람들은 학교로 돌아가 다시 공부를 하자. 지금까지 운동을 위해 가족을 떠났다면, 앞으로는 가족에게 돌아가 성실한 생활인이 되자고 주문했다. 이를 위해선 운동가의 원칙과 학습 태도는 반드시 유지해야 한다고 덧붙였다.

운동의 생활화와 꾸준한 학습은 늘 강조해온 한청련의 지침이었다. 그런데 이제 집으로 돌아가고, 학교와 직장으로 돌아가, 일상의 삶을 사는 조건에선 예전보다 더 치열한 학습이 필요하다는 것이었다.

가장 중요한 노선의 변화는 한청련 활동의 축을 '동포의 권익을 옹호하는 운동'으로 옮기자는 것이었다. 각 지역의 마당집을 거점으로 동포의 권익을 옹호하는 활동을 통해 동포 사회에 더 깊고 넓게 뿌리를 내리자고 윤한봉은 호소했다.

---

* 윤한봉, 《운동화와 똥가방》, 296쪽.

** 같은 책, 297쪽.

새로운 노선에 따라, 회원들은 학교로 돌아가 학업을 재개하거나 나빠진 건강을 돌보게 되었다. 강완모는 한청련의 핵심 인물이었다. 그도 대학으로 돌아가 법학을 공부해 국제변호사가 된다. 그는 증언한다.

새로운 노선은 회원들에게 새로운 길을 열어줬습니다. '통일운동을 포기했다. 이것은 배신이다'라며 분개한 회원들도 있었습니다. 제가 보기에는 신노선은 후배들에게 새로운 길을 열어준 선견지명이었습니다. 학업을 중단했던 사람은 학교로 돌아갔고, 건강을 해쳤던 사람은 건강을 돌보게 되었으며, 부모형제와 관계가 소원해졌던 사람은 집에 돌아가 화해를 했습니다. 그것은 새로운 운동의 시작이었지 운동의 끝이 아니었습니다.*

---

* 강완모 구술.

귀국

　윤한봉의 귀국 문제는 김영삼의 당선으로 더욱 현실화되고 있었다. 김영삼은 김대중과 함께 한국의 민주주의를 위해 투쟁한 1980년대의 대표적인 정치가였다. 1993년 제14대 대통령으로 취임한 김영삼은 이전의 정권과 달리 윤한봉의 귀국에 대해 호의적 조치를 취할 가능성이 높았다. 고국의 어머님을 뵙고 싶은 윤한봉의 심정은 간절했다. 하지만 이를 위한 행동은 할 수 없었다. 그 가운데 광주에서 그의 귀국을 추진하는 운동이 일어났다.

선배님!

언제나 그랬듯이 겨울의 무등산은 하얀 눈의 빛으로 빛고을의 마음을
품어주고 있습니다만, 12년 이 기나긴 세월을 고국에의 그리움으로 살
아오셨을 선배님을 광주는 아직 품지 못하고 있습니다. 돌아오십시오.
이곳의 정부가 선배님에게 줄 선물은 쇠고랑뿐이겠지만, 이곳의 민중
은 선배님에게 뜨거운 환호를 보낼 것입니다.*

　　윤한봉의 귀국 추진에 나선 것은 한국에 있는 윤한봉의 몇몇 동
료들이었다. 나는 윤한봉의 귀국 허가와 수배 해제를 요구하는 10만
인 서명을 제안했다. 1992년 3월부터 서명운동이 시작되었다. 나와
나의 동료들의 추진력은 대단했다. 7만여 명의 서명을 받아 국회에
제출했던 것이다.

　　1993년 5월 12일, 윤한봉은 언제나처럼 로스앤젤레스 민족학교
에서 바쁜 하루를 보내고 있었다. 오후 늦은 시각이었다. 한국의 한
신문사에서 전화가 왔다. 김영삼 대통령의 특별담화에 윤한봉의 수
배 해제와 귀국 허용 조치가 들어 있다는 것이었다.

　　윤한봉은 한동안 멍하니 앉아 있었다. 이렇게 갑자기 연락이 올
줄은 몰랐다. 전화는 생각할 겨를도 주지 않고 계속 울리기 시작했
다. 축하 전화, 인터뷰 요청 전화, 내일 당장 귀국하라는 광주 지인
들로부터의 독촉 전화, 가족들 전화가 밤새 계속되었다. 한청련 회
원들의 전화도 끊이질 않았다.

　　윤한봉은 귀국 문제를 상의하기 위해 지부를 돌아다닐 여유가

----

* 　황광우, 《잎새에 이는 바람에도 나는 괴로워했다》, 거름, 1992, 260쪽.

없었다. 각 지부에 자신의 귀국에 대한 의견을 제시해달라고 연락했다. 지역별로 토론을 해서 그 내용을 팩시밀리로 로스앤젤레스 민족학교에 보내달라고 했다. 윤한봉은 임시 귀국을 생각했다. 광주에 다녀온 후 최종 결정을 하자는 것이었다.

그는 마지막으로 민족학교 뒷마당에 나가보았다. 로스앤젤레스 민족학교의 뒷마당에는 상추, 고추, 호박, 시금치, 부추, 오이, 쪽파 등 채소들과 분꽃, 봉선화, 코스모스, 채송화 같은 꽃들이 심어져 있었다. 마음 아프고 괴로운 일이 생기면 윤한봉은 뒷마당에 나가 채소와 꽃을 가꾸곤 했다. 말없이 쪼그려 앉아 잡초를 뽑고 퇴비와 물을 주어 키웠다. 고추는 지지대를 세워 말뚝을 박아주고, 오이와 호박에는 그물망을 해주어 마음껏 자라게 했다. 이제 그가 떠나면 채소와 꽃을 가꿀 사람이 없었다.

1993년 5월 19일 아침이었다. 밤새 한숨도 자지 못한 윤한봉은 애써 눈물을 감추며 공항으로 출발했다. 최진환 박사와 강완모가 광주까지 동행하기로 했다. 공항까지 배웅나온 회원들은 하염없이 울고 있었다. 본인의 회고다.

> 샘솟듯 눈물이 솟구쳤지만 애써 눈물을 감추며 LA국제공항 검색대를 통과했다. 망명생활을 하는 동안 조국에서 오신 손님들을 배웅할 때마다 '나는 언제나 저곳을 통과해서 비행기를 타고 조국으로 돌아갈까' 하고 생각했던 검색대였다. 수없이 부러운 눈길로 바라보았던 그 검색대를 통과해서 떨어지지 않는 발걸음을 내딛으며 나는 탑승구를 지났다.*

만 12년의 세월이었다. 서른네 살의 젊은이로 왔다가 마흔여섯 살의 중년이 되어 돌아가는 길이었다. 비행기에 오른 윤한봉은 하염없이 눈물을 흘렸다. 귀국길에 오르고서야 한청련 회원들과 얼마나 깊이 정이 들었는가를 실감했다. 그는 이렇게 표현한다. "추억 속에 명멸하는 수많은 얼굴들이 비행기가 이륙하고도 두 시간 동안이나 나를 붙잡고 놓아주지를 않았다. 두 시간 정도가 지난 후에야 나는 현실로 돌아왔다. 꿈에 그리던 조국으로 나는 돌아가고 있었다. 온갖 생각이 나를 사로잡기 시작했다."

---

* 윤한봉, 《운동화와 똥가방》, 18쪽.

3부.
시대와 더불어 살다

12년 만의 귀국

비행기가 고국 땅 위에 들어섰다. 광대하고 거친 땅, 미국의 대
지와는 전혀 다른 아늑하고 부드러운 땅, 늘 푸르른 땅이었다. 자꾸
만 눈물이 나왔다.

김포공항에 도착하자 승무원이 윤한봉 일행만 먼저 내리게 했
다. 순간 또 체포되는구나 싶었다. 각오한 일이었다. 담담하게 입국
장에 들어섰다. 여기저기서 섬광이 터지기 시작했다. 헤아릴 수도
없이 많은 기자들과 환영객들이 기다리고 있었다.

"두 팔을 번쩍 들어 만세를 해주세요!"

기자들이 소리를 질렀다. 윤한봉은 고개를 숙였다. 기자회견장에 서자 이번에는 성명서를 발표해달라고 요청했다. 성명서 같은 것은 없었다.

나는 도망자다. 오월 광주는 명예가 아닌 멍에다. 퇴비처럼 짐꾼처럼 살아가겠다.

더 이상 할 말이 없었다. 그는 자신을 부끄러운 도망자라고 생각했다. 버스를 타고 광주에 내려간 그는 다음날 아침 망월동 묘지에 찾아갔다. 윤상원, 박관현의 묘지 앞에서 무릎을 꿇고 앉아 흐느껴 울었다.

한국은 놀랍도록 바뀌어 있었다. 승용차가 거리를 가득 메웠고 도시마다 아파트와 빌딩이 즐비했다. 학생운동은 급속히 약화된 대신 노동운동이 비약적으로 성장해 있었다. 민주화는 사회 전반으로 퍼져나가고 있었다. 다양한 부문에 여러 단체들이 우후죽순처럼 세워지고 있었다. 돌아온 한국은 윤한봉이 그토록 꿈꾸며 그리워하던 나라가 아니었다. 본인의 회고다.

조국의 하늘은 변함이 없었고 고향산천도 여전히 아늑했다. 그러나 수많은 아파트들이 서 있었고, 차량들이 내뿜는 혼탁한 공기로 숨이 막힐 지경이었다. 세속에 물든 옛 동지들의 얼굴에서 나는 세월의 무상함을 느꼈다.*

일주일 만에 다시 로스앤젤레스로 돌아갔다. 윤한봉은 멀리 여행을 다녀온 사람처럼 로스앤젤레스가 편안했다고 고백한다. 다시 못 볼 줄 알았던 회원들을 만나보니 그렇게 반가울 수가 없었고, 민족학교에 들어가 앉으니 그렇게 마음이 편할 수가 없었다. 로스앤젤레스는 윤한봉에게 제2의 고향이었다.

석달 후 8월 18일, 영구 귀국할 때 그는 민족학교의 채소밭을 자기 손으로 다 뒤집어엎었다. 힘이 들거나 울고 싶을 때면 혼자서 조용히 풀을 뽑고 물을 주며 쪼그려 앉아 담배를 피우던 텃밭이었다. 정들었던 텃밭을 남김없이 다 뒤집어엎었다. 돌볼 사람이 없었기 때문이다. 망명 허가를 해주었던 미 국무성 앞으로 감사의 말과 함께 영주권 탈퇴서도 제출했다.

하지만 한청련을 잊을 수는 없었다. 지역별로 열린 환송식에서, 눈물 흘리는 회원들을 향해 윤한봉은 다짐했다.

해외 운동이 나를 조국에 파견한 것으로 생각하고 항시 여러분을 생각하며 열심히 일하겠습니다.**

지난 12년 동안 한국의 동지들을 생각하며 살았다면, 이제 미국의 동지들을 생각하며 살겠다는 이야기였다.

---

*   윤한봉, 《운동화와 똥가방》, 24쪽.
** 같은 책, 326쪽.

변함없이 살다*

　귀국한 윤한봉은 제일 먼저 영문 모를 에너지가 온 사회에 꽉 차 있음을 느꼈다. 윤한봉의 순결한 영혼에는 그 기운이 어지럽고 답답했다. 숨이 막혔다. 이것은 무엇인가? 그는 오랫동안 생각했다. 그것은 탐욕과 경쟁에서 방출되는 에너지였다.

　1970년대의 광주는 소박한 사람들이 사는 조용하고 평화로운 도시였다. 돌아온 광주는 예전의 광주가 아니었다. 사람들의 눈빛에

＊　　이 꼭지는 《운동화와 똥가방》에 의거해 재작성함.

서 탐욕의 기운이 뿜어나오고 있었다. 모두가 강남의 졸부를 닮아가고 있었다. 졸부들의 그 천박한 문화를 광주도 따라가고 있었다.* 가랑비에 옷이 젖듯 모두들 탐욕과 경쟁의 문화에 조금씩 적응해나가고 있었지만, 불쑥 돌아온 윤한봉에게는 그것이 충격이었다. 사람의 생명이 별것 아닌 사회가 되어 있었다. 그는 절망했다.

돌아온 나의 조국은 정신도 혼도 없는 나라, 원칙도 질서도 없는 나라, 꿈도 감동도 없는 나라, 악독하고 살벌한 나라, 약자와 가난한 자를 돕는 나라가 아니라 도리어 짓밟아버리는, 무서운 나라로 변질되어 있었다.**

한국은 무서운 경쟁사회가 되어버렸다. 문화와 정신은 도외시한 채 부와 권력과 명예를 서로 차지하기 위해 한도 끝도 없이 경쟁하는 사회, 그것도 최고와 일류와 일등을 목표로 한 무한경쟁을 시도하는 사회가 되어버렸다. 더불어 살 줄도 모르고 자족할 줄도 모르고 참다운 긍지도 모르는 사회가 되어버렸다.

악독한 사회, 살벌한 사회가 되어버렸다. 약한 사람, 가난한 사람을 동정하기는커녕 도리어 짓밟아버리는 소름끼치는 사회가 되어버렸다. 돈 좀 벌어보려고 온 가난한 타민족 노동자들에게 하는 짓들을 볼 때마다, 피눈물 속에서 이를 갈며 살아가는 그분들, 한을 품고 진저리를 치며 돌아가는 그분들 입장에 서서 생각해볼 때마다 윤

---

* 　1977년 한국의 1인당 GDP는 1,000달러였다. 1995년 전후 한국의 1인당 GDP는 1만 달러였다. 서울의 강남 지역엔 부자들이 많이 살고 있었다. 골프를 치고, 룸살롱에서 폭탄주를 마시는 따위의 부자들의 천박한 문화가 어느새 광주에까지 퍼지고 있었다.
** 　윤한봉, 《운동화와 똥가방》, 332쪽.

한봉은 부끄럽고 괴로웠다. 일본이나 미국에서 돈을 벌기 위해 불법 체류하고 있는 우리 동포들도 이렇게까지 악독한 취급은 당하지 않는데……

꿈과 감동이 없어져버렸다. 꿈과 감동이 많아야 할 청소년들에게도 그것은 찾아보기가 힘들었다. 학교와 학원에서 공부에 시달리고 있는 청소년들에게 꿈이나 감동이 있을 턱이 없다.

거의 모두가 들떠 있고 조급해하고 있었다. 장기적 안목과 안정, 여유는 찾아보기 힘들었다. 모두들 오줌 맞은 개미떼같이 갈피를 못 잡고 동분서주하고 있었다.

거의 모두가 '날 좀 보소' 체질로 변해버렸다. 사치와 허영, 허세와 과시가 구역질이 나올 정도로 심해져버렸다. 모두가 '돈만 벌어' 체질로 변해버렸다. 가난은 경멸과 혐오의 대상이 되어버렸다. 모두가 이기적이고 자기중심적으로 변해버렸다. 우직하면서도 성실하고 신의 있는, 그래서 남 괴롭힐 줄 모르는 '곰바우'는 만나보기가 어려웠다.

어떻게 이렇게 타락해버렸을까? 영구 귀국할 목적으로 조국에 나갔다가 못 살고 다시 나와버린 재미동포들이 고개를 절레절레 흔들며 했던 말들을 윤한봉은 그제야 이해하게 되었다.

"무서운 사회가 되었어."
"사람들의 눈빛이 달라져버렸어."

귀국 후 처음 맞은 봄, 윤한봉은 그렇게도 보고 싶었던 진달래를 보기 위해 시골로 찾아갔다. 진달래마저 옛 진달래가 아니었다.

그가 그리던 진달래는 초동들의 낫에 잘려 다보록한 진달래, 앉아서 꽃잎을 만지고 향기를 맡았던 진달래, 소박한 시골 처녀 같은 진달래였다. 그러나 그가 본 진달래는 부잣집 정원에 있는 화사한 꽃나무 같은 진달래, 세련된 도시 아가씨 같은 진달래로 변해 있었다.

12년 망명생활 동안 그는 외롭고 힘들 때마다 5월 영령들을 생각하며 이겨내곤 했다. 그런데 돌아와보니 5월 영령들은 모든 영광과 명예를 자신의 것으로 생각하는 일부 인사들에 의해 앞이 가려진 채 말없이 누워 계시고 옛 동지들은 진달래처럼 다 변해 있었다. 변했다는 소리를 듣지 않기 위해, 미국화되었다는 소리를 듣지 않기 위해, 변함 없는 전라도 촌놈 합수로 살다가 돌아가자고, 부끄럽지 않게 열심히 운동하다가 돌아가자고 그렇게 무수히 다짐하며 살다가 돌아와보니 윤한봉은 '박물관에서 방금 나온 사람' '깡통 안 찬 거지' '상처 안 받은 사람' '꿈을 먹고 사는 사람'이 되어 있었다.[*]

그는 12평짜리 아파트에 살았다. 가난한 사람들에게 정부가 공급하는 영구임대아파트였다. 미국에 가기 전이나, 미국에서 돌아온 후나 그의 생활은 똑같았다.

돌아온 윤한봉, 그는 일체의 직책을 거부했다. 동료들은 김대중에게 인사하러 가자고 권했다. 그 시절 김대중의 집에 간다는 것은 금뱃지를 다는 것을 뜻했다. 1994년 김남주의 장례식에 김대중이 조문하러 왔다. 윤한봉은 김대중과 맞절을 하며 인간적인 화해를 했다.[**] 하지만 더 이상 아무 관계도 맺지 않았다.

---

[*]   윤한봉, 《운동화와 똥가방》, 358쪽.
[**]   그 당시 한국 정치판에서 김대중의 집을 방문한다는 것은 국회의원이 되는 것을 의미했다. 윤한봉은 그 기회를 거부했다.

인자 박석무 선배가 국회의원인데 김대중 씨 모시고 온다니까 나는 저
짝으로 숨어부렸어. 근데 박석무 선배가 '야 한봉아, 김대중 씨 오셨다
인사드려' 하는 거야. 할 수 없이 넙죽 인사를 했지. "그동안 미국에서
불미스러운 점 있었지만 이해하시라고. 나도 마찬가지라고"라고 말했
어. 김대중 씨가 꼭 집에 한번 오라고 글더라고. 그러고 안 가버렸지.(웃
음) 다들 그랬다고. 내가 김대중 씨 찾아가면 무조건 공천, 그럼 무조건
국회의원 된다는 거지. 내 가까운 초등학교 깨복쟁이 친구들이 그래.
'저 모지리, 굴러온 것을 왜 버리냐.'*

---

* 윤한봉 구술.

형제나 다름없는 김남주가 가다

1994년 2월 13일은 슬픈 날이었다. 벗이자 동지인 시인 김남주
가 눈을 감았다. 긴 감옥살이 때문이었을까? 김남주는 췌장암에 걸
렸다. 윤한봉에게 김남주는 형제나 다름없었다. 김남주는 여동생 윤
경자의 집에 오면 늘 숯처럼 더러워진 속옷을 벗어놓았다.

남주 오빠가 우리 집 올 때는 속옷이 숯검댕이가 되었지. '경자야, 팬티
런닝구 새로 주라' 해서 갈아입고 가요. 세상에 내일 장가가신다는 분
이 목욕을 안 해요. 우리 집에서 장가를 가셨거든요. "오빠 목욕했소?"

그러니까 "장가가믄 목욕해야 되냐?" 묻는 거예요. 세상에 장가가면서 목욕도 안 해요. 그래서 목욕시키고 속옷 입혀서 장가도 보냈죠. 틈나면 나한테 와서 용돈 달라 해요. 나한테 진짜 동생처럼 했어요. 우리 집 와서 가져간 게 주로 속옷이야. 근디 오빠가 내놓은 옷은 빨아서 입을 수가 없었어요. 재활용할 수가 없었당께.*

석방된 김남주는 옥바라지를 해온 박광숙과 결혼식을 올렸다. 김남주는 진심으로 윤한봉을 존중했다. 박광숙은 남편에게 묻는다. "윤한봉이란 분은 어떤 분이세요?" "우리나라에서 가장 순결한 사람이야. 백 퍼센트 순결한 사람, 추호의 거짓이나 허황됨이 없는 철저한 사람이지."

'가장 순결한 사람'이라는 시인의 찬사는 허언이 아니었다. 윤한봉은 곧바로 '김남주기념사업회' 건립을 추진했다. 시비 건립을 위한 모금운동에 들어갔다. 기금이 다 모이자 김남주 시비 건립에 들어갔다. 1996년의 일이다. 시청 공무원들을 설득해 광주시 중외공원 양지바른 곳에 김남주의 시비를 세웠다.

나는 윤한봉 선배가 작고하기 몇 해 전, 김남주 시인에 대한 선배의 회고를 들은 적이 있었다. 다행히 선배의 육성을 녹취해 보관한 글이 아직까지 남아 있다. 김남주 시인이 출소 후 겪었던 아픔을 여기에 그대로 내놓는다.

---

*   윤경자 구술.

남주는 한마디로 '기인'이다. 남주는 진지함을 속에다 감춰버리곤 했다. 그 진지함을 못 읽은 사람은 그를 괴물이라고 생각한다. 남주의 일화는 무지하게 많다. 남주를 모르는 사람은 "뭐 그런 새끼가 있냐?"고 할 정도이다.

남주가 전남대 원서 내러 갔다 영문과에 여학생이 제일 많아 영문과로 써버렸다. 완전히 소년이지. 영문과 이경순 교수를 짝사랑했다. 수업시간에 영어 교수가 뭐라고 떠드니까 뒤에서 '허허허' 웃어. 갑자기 교실이 찬물 끼얹은 듯 조용해졌다. 교수가 당황해서 쳐다보니 남주가 "웃기지 마슈" 하며 씨익 웃고 나와버렸다. 실력도 없는 것이 아는 체한다는 거였지. 매일 책 도둑질이나 하고 다니고 카투사 다니던 친구 이강한테 책 빌려오라고 하고, 영어 실력이 뛰어나니까 번역해서 돌려보고 그랬다.

후배들에게 '파리코뮌' 가르치다 수배 상태가 된다. 도피하면서 목포 결핵요양원에 숨어 있다 서울로 올라갔다. 서울에 있는 동안 석륜이가 꼬드겨 남민전에 가입한다. 78년 7월 여름 때쯤이다. 내가 서울 남주 도피처에 찾아갔더니 남주가 이런 말을 했다. "형님이 깃발을 드시면 내가 프로파간다를 맡겠다." 지하조직을 만들어 참가하자는 이야기였다.

내가 미국에 있을 때 남주가 전화를 했다. 후배들이 엄청 몰아친다는 거였다. 자신을 재교육 대상으로 취급한다는 하소연이었다. 당시 강○○ 교수 같은 방방 뛰는 친구들이 많았다. 이 친구들은 10분 정도 이야기해보고 '저거 재교육 대상'이라고 낙인찍고 그랬다는 거다. 남주가 많이 당했다. 이 과정에서 남주 상처 무지하게 받았다.

한번은 남주의 강연 다니는 문제에 대해 내가 비판한 적이 있다. "남주 씨, 강연 그만 댕겨." 남주가 그랬다. "형 먹고살아야 하는데 어쩌겠어요?" 강의 끝나고 뒤풀이 할즈음, 몇몇 후배들이 그랬다. '천하의 김남주도 물 건너갔구나.' 그런 말들을 아무렇지 않게 했다. 그런 말 한마디 한마디가 남주에게는 상처였다.

내가 귀국하고 망월동을 찾았다. 추모사를 한 적이 있다. 그날 따라 날씨가 무지하게 좋더라. '사상의 거처' 이야기하면서 내가 그랬다. 오늘 날씨를 보니 남주가 '사상의 거처'를 찾은 것 같다고 했던 적이 있다.*

윤한봉은 미국에 있을 때부터 허리가 아팠다. 늘 가슴이 답답했다. 윤한봉이 자신에게 불치병이 있음을 발견한 것은 김남주의 장례식 때였다. 묘를 쓰기 위해 산길을 오르는데 숨이 차서 걷지를 못했다. 검진을 맡아보니 폐기종이었다. 폐가 조금씩 죽어가는 병이었다. 현대의학으로는 치료가 불가능한 병이었다.

건강이 나빠졌다. 서양 의술로는 못 고친다는 무서운 불치병이라는 폐기종에 걸렸다. 대기오염이 심한 도시생활은 피해야 한다는 고약한 병이다. 악화된 건강은 나의 의욕과 열정을 많이 빼앗아갔을 뿐 아니라 내가 귀국 후 세운 중장기 계획까지 변경시키고 말았다. 나는 이 글을 쓰고 나면 만사를 제쳐두고 숨은 명의들을 찾아다니며 본격적인 치료를 할 작정이다. 나는 건강을 다시 회복할 것이다. 그리고 다시 새로운 수평선을 향해 달려갈 것이다.**

---

*   윤한봉 회고.

**   윤한봉, 《운동화와 똥가방》, 359쪽.

그래도 담배를 끊고 운동을 하면 더 나빠지지는 않으리라는 희망을 가졌다. 장례식을 치르고 윤한봉은 조그만 공간을 확보했다. 낡은 건물의 3층을 얻었다. '민족미래연구소'의 현판을 건 것은 1995년 3월이었다.

윤한봉은 광주 수창초등학교 뒷골목에 있는 3층짜리 건물의 맨 위쪽 공간을 얻어서 서서히 자신의 귀국생활과 활동을 구상하기 시작했다. 민족미래연구소라는 간판은 사무실을 얻어 단장을 시작한 뒤 거의 1년여가 지나서 주변 사람들과 함께 상의해 결정한 이름이었다. 조진태는 회고한다.

민족미래연구소는 그의 민족적 관점과 민중적 자세, 태도를 엿볼 수 있는 명칭이었다. 변화한 정세와 상황을 분석하고 연구해 민족의 미래와 민중의 삶을 바꿀 수 있는 활동을 펼치겠다는 자신의 뜻과 의지가 담긴 명칭이었다. 민족미래연구소의 개소식에는 70년대 민주화운동의 기라성 같은 인사들이 전국 각지에서 오셔서 축하했다. 윤한봉이 건강상의 이유로 문을 닫기 전까지 민족미래연구소는 혼돈의 시대를 가늠하는 나침반이었다. 자신의 위치에서 최선을 다해 살고자 하는 이들의 의지처였으며 극렬한 상품 세상의 타성에 젖은 사람들에게 회초리의 상징이었다. 그곳엔 항상 따뜻한 차가 있고 정갈하기 짝이 없으면서도 포근한 촌사람이 앉아 있었다. 낡은 건물의 3층은 아늑해서 사람들의 발길이 끊이지 않았다. 때로는 형형한 눈빛으로, 때로는 한없이 촌스러운 합수로 변함없었던 선배님과 민족미래연구소였다.
회의는 철저히 준비해야 한다. 연락을 제대로 취하는 것은 기본. 회비를 걷은 내역은 물론, 사용처까지도 10원짜리 하나 틀려서는 안 될 것.

한번은 해맞이 모임 때 소식지에 칼럼 형식의 글을 허락도 맡지 않고 회원들에게 발송했다가 단단히 혼난 적이 있었다. 눈물이 쏙 빠지게 혼을 내셨다. 한동안 먹먹해서 사무실에서 점심을 먹을 수 없어 핑계를 대고 따로 밖으로 돌면서 해결한 기억이 난다.*

---

*   조진태 회고.

아내를 맞이하다

95년 4월에 팔순이 넘으신 어머님의 집요한 하소연에 굴복해서 결혼을
했다. 만 47세의 늙은 총각이었던 나는 한청련 회원으로 민족학교 총무
로 활동하면서 나를 정성으로 뒷바라지해주었던, 그리고 작은 것에 만
족할 줄 아는 34세의 신경희 씨에게 국제전화로 청혼해서 결혼한 후 내
생애에서 가장 넓고 좋은 주거공간인 12평짜리 영구임대아파트에 살림
을 꾸렸다. 연구소도 운영하고 있다. 고마운 몇몇 후배들의 도움을 받
아 95년 3월, '민족의 위대한 미래상을 마련하고 중장기적인 진로를 제
시하며 그 진로를 개척해나갈 인재와 세력을 양성한다'는 목적을 가진

민족미래연구소를 광주에 설립해서 소장으로 활동하고 있다.*

　민족미래연구소의 개소식에는 전국에서 많은 운동권 인사들이 찾아와 축하해주었다. 방문하는 사람들로 조용할 날이 없었다. 연구소는 언제나 깨끗하게 청소가 되어 있었다. 가면 언제든 따뜻한 차를 대접받을 수 있었고, 욕설과 사투리가 뒤섞인 촌놈의 달변을 하염없이 들을 수 있었다. 찾아오는 사람의 발길이 끊이지 않았다.

　민족미래연구소를 열고, 이어 결혼식을 올렸다. 민족미래연구소가 돌아온 윤한봉의 둥지였다면, 이 둥지에 함께 머물 짝이 필요했던가? 아들의 결혼은 팔순 노모의 간절한 소원이었다.

　"어머니! 어머니의 원대로 결혼을 하겠는데, 내가 어떤 배우자를 데려와도 받아들일 수 있지요?"

　윤한봉은 곧장 국제전화를 걸었다. 로스앤젤레스의 민족학교에서 오랫동안 함께 일해온 총무 신경희가 전화를 받았다. 윤한봉은 신경희에게 다짜고짜 한국에 들어오라고 했다. 참으로 무뚝뚝한 청혼이었다. 신경희는 생각 좀 해보고 다시 통화하자고 답했다. 일주일 후 윤한봉으로부터 다시 전화가 왔다.

　"생각해봤어?"

　"형님, 나 먹여 살릴 수 있어요?"

　윤한봉은 태연하게 답했다.

　"내가 어떻게 먹여 살리나?"

　"알았어요. 들어갈게요."

---

* 　윤한봉, 《운동화와 똥가방》, 358쪽.

1995년 4월 17일은 광주의 하늘이 푸르른 날이었다. 광주의 염주체육관에서는 흔히 볼 수 없는 전통 혼례가 치러졌다. '신랑 신부, 맞절!' 축하객들은 모두 싱글벙글했다. '오매, 합수가 장가가는 날도 있네. 오래 살고 볼 일이여!'

신경희는 필라델피아 한청련 출신이었다. 한청련 회원이 된 후, 민족학교 상근자로 젊음을 보낸 여성이었다. 그리고 '작은 것에 만족할 줄 아는 여성'이었다.

아들이 미국에 있을 때는 얼굴만 보면 소원이 없겠다던 어머니였다. 귀국하니까 장가만 들면 소원이 없겠다던 어머니였다. 이제는 아이만 낳으면 소원이 없겠다고 했다. 그것이 부모의 마음이었다. 그러나 아이를 낳으라는 소원은 들어줄 수가 없었다.

아이는 없어도 행복한 부부였다. 윤한봉은 술은 마시지 않았지만 노래는 곧잘 불렀다. "두어라 가자"로 시작되는 〈공장의 불빛〉이 윤한봉의 애창곡이었다. 〈옛 동산에 올라〉와 같은 서정적인 가곡도 좋아했다. 벙어리 여인의 슬픈 이야기인 〈백치 아다다〉도 좋아했는데, 윤한봉은 이 노래만큼은 아내 신경희에게 불러달라고 했다. 그가 마지막으로 배우던 노래는 〈봄날은 간다〉였다. 오늘날까지 한국인들의 사랑을 듬뿍 받고 있는 이 노래는 "연분홍 치마가 봄바람에 휘날리더라"로 시작되어 "얄궂은 그 노래에 봄날은 간다"로 끝난다.

5·18기념재단

　1994년 영구 귀국한 윤한봉이 맨 먼저 추진한 일은 '5·18기념
재단'*의 설립이었다. 그해 8월에 창립하고 11월에 재단 설립인가증
을 받았다. 참으로 짧은 기간이었다. 기간만 보면 일이 수월했을 것
으로 보인다. 하지만 이 일은 윤한봉의 생애 전체에 걸쳐 가장 복잡
하고 가장 힘든 일이었다. 윤한봉은 5·18기념재단을 만들면서 경계

---

*　5·18기념재단은 5·18민주화운동의 정신을 계승하고 발전시키려는 목적으로 세워
진 비영리 재단법인이다.

와 의심, 비방과 음해, 말로 다 표현할 수 없는 인격 모독까지 견뎌
야 했다.

나는 재단을 건강하게 만들기 위해선 5월과 관련되지 않는 사람들을
집어넣어야 한다고 봤어. 5월 관련자들만 모아놓으면 자기들만의 잔치
를 벌이게 되지. 배가 산으로 올라가고. '한국이 이렇게 변했구나.' 그
런 것을 준비해가는 과정에서 뼈저리게 느꼈어.*

윤한봉은 기념재단을 만들기 위해 날마다 바쁘게 움직였다. 협
박전화가 걸려오기도 했다. 어이없는 일이었다. 온갖 협박과 음해를
뚫고 8월 30일 창립총회를 개최했다.

설립인가를 받은 5·18기념재단의 사무실 현판식을 앞두고 5월
영령들께 보고를 드리기 위해 설립 추진위원들과 함께 망월동에 찾
아갔다. 그곳에서 재단 설립 과정에 불만을 가진 일부 관련자들로
부터 횡포를 당했다. "XXX 팔아서 돈과 명예를 챙기는 놈들"이라는
욕설을 듣고 모두들 분향도 묵념도 못하고 쫓기듯 돌아왔다.

나는 80년 이후 오늘까지 5월 영령들을 가슴에 고이 모시고 살아왔는
데, 5월 정신을 가슴에 안고 해외에서나마 내 나름대로 열심히 실천해
왔는데, 보상금도 받지 않았고, 5월에 관련된 어떠한 명예도 챙긴 적이
없는데 이렇게 영령들께 참배도 못하고…….'**

---

* 윤한봉 구술.
** 윤한봉, 《운동화와 똥가방》, 356쪽.

그해 12월에 설립허가증이 나왔다. '그 어떤 고난이 닥쳐도 굳게 딛고 일어서리라. 내 기어이 살아 돌아가 5월 영령들에 대한 죗값을 갚으리라.' 망명생활 12년 동안 가슴에 깊게 묻어온 다짐이 마침내 그 약속을 지킨 날이었다. '가신 임들이 환하게 웃고 계십니다.' 윤한 봉도 이날만은 천진난만하면서 해맑은 웃음을 지었다. 함께 5·18기 념재단의 창립 선언문을 읽어보자.

광주가 다시 섰습니다. 5월이 다시 섰습니다. 위대한 항쟁 정신과 숭고 한 대동 정신을 계승하고 발전시켜 조국과 사회의 발전에 이바지하기 위한 5·18기념재단이 창립되었습니다. 어려운 준비 과정을 거쳐 마침 내 창립되었습니다.

5월은 명예가 아니고 멍에이며, 채권이 아니고 채무입니다. 5월은 광주 의 것도 아니고, 구속자, 부상자, 유가족의 것도 아닙니다. 지난날의 잘 못을 뉘우치고 80년 5월의 정신과 자세로 되돌아갈 것을 다짐하며 가 신 임들 앞에 옷깃을 여미고 섰습니다. 5·18기념재단이 창립되었습니 다. 가신 임들이 환하고 웃고 계십니다.*

'5월은 명예가 아니고 멍에'라는 구절 속에 윤한봉의 아픈 진실 이 묻어 있다. 윤한봉에게 5월은 무덤까지 지고 가야 하는 저주스런 멍에였다. 그 5월은 광주의 것도 아니요, 구속자, 부상자, 유가족의 것도 아니다. 제발 5월을 사유하지 말자. 선언문은 이것을 호소하고 있다.

---

* 5·18기념재단 창립선언문. 원문을 윤문한 글임.

재단을 설립하고 바로 뛰어든 일은 극단 '토박이'를 돕는 일이었다. 극단 '토박이'를 이끈 박효선은 1980년 5월 광주민중항쟁 당시 도청 앞 분수대에서 열린 시민궐기대회를 이끈 투사요, 항쟁지도부의 홍보부장이었다. 박효선은 〈금희의 오월〉 〈모란꽃〉 〈청실홍실〉 등 20여 편의 희곡을 집필한 위대한 극작가이자 연출가였다.

윤한봉은 5월 광주를 세계화하기 위해 극단 토박이 단원들을 미국으로 초청했다. 1994년 오수성 교수의 도움을 받아 탄생한 5월 심리극 〈모란꽃〉을 미국의 주요 도시에서 상연했다. 1996년엔 광주민중항쟁의 서사시 〈금희의 오월〉을 미국의 주요 도시에서 상연했다. 토박이 단원들에겐 지옥훈련보다 더 혹독한 과정이었다. 물론 가는 곳마다 교민들과 타민족 형제들의 열렬한 기립박수를 받았다. 한청련 회원들의 보이지 않는 헌신이 있었다. 잠시 박효선의 미국 방문기에 귀를 기울여보자.

윤한봉 형의 주선으로 토박이는 팔자에도 없던 미국 공연을 가게 됐다. 합수란 말은 전라도 말로 똥통이란 뜻이다. 합수 형과 나와의 인연은 참 기구한 관계다. 70년대 말에 만난 우리는 처음엔 다른 선배들과 마찬가지로 문화운동의 기능에 대해 억수로 다퉜고 문화운동이 얼마나 한심한 방식인가를 귀에 닳도록 얻어들어야 했다. 그러던 중 당시 사회 문제가 됐던 고구마보상투쟁과 돼지파동을 극화한 〈함평고구마〉(78년), 〈돼지풀이 마당굿〉(80년 초)을 보고서야 문화운동의 효능을 이해하게 되었다. 합수 형은 일단 불이 붙으면 발바닥에 연기가 나도록 뛰는 진짜 운동가이다. 그 두 작품을 공연할 때 온몸으로 문화운동의 기반 마련을 위해 뛰어다녔다.

기막힌 사연은 5·18 직후부터 비롯된다. 나는 항쟁 후 여기저기 도망을 다니다가 80년도 말쯤에 서울의 모 도피처 두어 군데에서 합수 형과 함께 생활하게 되었다. 그 당시를 생각하면 지금도 입 안에 쓴 물이 솟구친다. 나는 어쨌든 예술물을 먹은 낭만주의자였고 합수 형은 지독한 원칙주의자였다. 얼마나 도피생활을 철저히 하는지 기상시간, 취침시간은 물론이고 똥 싸는 시간까지 정해져 있었다. TV도 못 보게 했고 밤에 불도 켜지 못하게 하는 거였다. 오로지 책과 소근거리는 대화가 전부였다. 그때의 도피생활 경험을 나는 후에 〈그들은 잠수함을 탔다〉라는 희곡으로 써냈다.

아무튼 극단 토박이는 북미주 7개 도시를 건너뛰어 다니며 5월극 〈모란꽃〉을 공연했다. 뉴욕, 필라델피아, 워싱턴 DC, 시카고, 캐나다 토론토, 로스앤젤레스, 산호세 등이었다. 10일 동안 그 널따란 아메리카 대륙 7개 도시를 강행군하며 공연한다는 것은 기적과 같은 일이었다. 지옥훈련이 따로 없었다.

동포들과 제3세계 민족들이 우리 공연을 보러 왔다. 그들은 조국의, 그것도 광주라는 지방 도시에서 온 이 조그만 극단의 공연에서 눈물과 흐느낌의 감동을 얻었고 열광적인 기립박수를 보내주었다.

〈모란꽃〉 북미주 순회공연은 5월항쟁의 세계화라는 과제 수행의 한 성과였다. 오수성 교수의 얘기처럼 5월 광주는 광주만의 것이 아닌 한반도, 아니 세계 속의 5월이 되어야 했다. 토박이는 그 한 역할을 해낸 것이다. 또한 우리나라 진보적 연극운동의 국제적 진출이라는 면에서도 의의를 찾을 수 있다. 우리 민족극의 수준이 세계 어느 나라에 비교해서 절대 뒤지지 않는다는 사실을 난 그 공연에서 확인했다. 북미주 동포들의 5월항쟁에 대한 자부심과 열의는 국내 못지않았다. 무엇보다 척박한 조건의 낯선 해외에서 조국과 민족 문제에 깊은 애정을 갖고 헌신적으로 일하고 있는 재미 한국청년연합 회원들의 활동에 우리는 감동받았다.

지금도 공연이 끝난 후 샌프란시스코의 미숀이란 한 추레한 동네를 방문했을 때의 충격이 가시질 않는다. 제3세계 민중벽화로 온통 장식된 100미터의 골목 한 그림 밑에 쓰여진 글귀를 잊지 않는다.

—Culture contains the seed of resistance which blossoms into the flower of liberation. (문화는 저항의 씨앗을 잉태해 해방의 꽃을 피웁니다)*

---

* 황광우 엮음, 《박효선 전집》 3권, 연극과인간, 2016.

그런데 극단 토박이가 사무실의 임대료조차 해결하지 못해 문을 닫아야 하는 지경으로 내몰리고 있었다. 윤한봉은 또 팔을 걷어붙였다. 사람들을 조직하고 기금을 모으기 시작한 것이다. 모금활동을 펼쳤다. 이듬해 1995년, 토박이는 아담한 소극장을 다시 꾸리게 된다.

윤한봉은 해마다 치르는 5·18 행사에 나가지 않았다. 도청 앞 기념행사에도 나가지 않았고, 망월동 참배에도 나가지 않았다. 하지만 5월에 관한 강연에는 나갔다. 가끔 미국에서 한청련 회원들이 오면 그들과 함께 망월동에 참배하러 갔다.

어느 날 참배를 마친 한 여자 회원이 비닐봉지에 묘역의 흙을 하도 많이 퍼 담기에 물었다. "미국의 마당집마다 다 있는데 또 어디다 쓸려고 그렇게 많이 담지?" 여자 회원이 이렇게 대답했다. "회원들 결혼 선물로도 주고 아기를 낳을 때마다 축하 선물로 주려고 그래요."

윤한봉은 돌아오는 길에 생각했다. "그래, 5월은 광주만의 것은 아니지. 5월 정신을 광주에서만 계승하는 것은 아니지. 그래, 너무 절망하지 말자."*

---

* 윤한봉, 《운동화와 똥가방》, 356쪽

들불야학 이야기

1884년 5월 1일 미국의 방직공장 노동자들은 8시간 노동제를 요구하며 쟁의를 시작했다. 8만 명의 노동자들이 8시간 노동제를 요구하는 총파업을 전개했다. 5월 4일 파업은 전국으로 확산됐고 노동자 30만 명이 시카고 헤이마켓 광장에서 집회를 열었다. 그곳에서 200여 명의 노동자들이 죽거나 다쳤다. 8명이 폭동죄로 체포되어 5명이 처형당했다. 오거스트 스파이즈는 법정의 최후 진술에서 이렇게 말했다. '만약 그대가 우리를 처형함으로써 노동운동을 쓸어 없앨 수 있다고 생각한다면 우리의 목을 가져가라. 하지만 불꽃은 들불처럼 타오르고 있다. 앞에서

뒤에서 사방에서 타오르고 있다. 누구도 이 들불을 끌 수 없으리라!'*

광주민중항쟁의 서사와 윤한봉의 이야기를 들려주는 마당에서 '들불야학'을 빠뜨릴 수 없다. 야학은 학비가 없어 학교를 다니지 못하는 가난한 청소년들에게 배움의 기회를 제공하는 비공인 학교였다. 대부분의 야학은 일부 헌신적인 대학생들의 자발적인 봉사에 의존해 운영되었다. 박기순이라는 여성 활동가가 있었다. 그녀는 1978년 여름 공장에서 일하는 노동자들을 위한 야학을 개설했다. 야학의 이름을 '들불'이라 했다. 박기순은 예언가는 아니었으나, 이후 한국의 역사는 그녀가 정한 야학의 이름 그대로 '들불'처럼 타오르기 시작했다.

1978년 12월 크리스마스 날, 야학 학생들의 잔치를 위해 박기순은 고된 작업을 했다. 온종일 인근 야산에 올라가 솔방울을 주웠다. 피곤에 지친 그녀의 몸은 집으로 새어들어오는 연탄가스를 감지하지 못했다. 여러 강학들이 그녀의 죽음 앞에서 굵은 눈물을 흘렸다.

1980년 5월 광주민중항쟁 당시, 마지막까지 도청을 사수하다 죽은 윤상원과 박용준은 들불야학의 강학이었다. 그때 상무대에 잡혀 끌려가 고문을 받던 중 머리를 벽에 들이받고 정신병자가 된 김영철도 들불야학의 강학이었다.

1980년 5월 16일 횃불시위를 이끌며 사자후를 토했던 전남대 총학생회장이자 이후 투옥되어 옥중 단식투쟁 끝에 유명을 달리한 박

*   리처드 O. 보이어·허버트 M. 모레이스, 《미국노동운동 비사》, 박순식 옮김, 도서출판 인간, 1981, 124쪽.

관현도 들불야학의 강학이었다. 이후 청년운동 단체를 조직하고 이끌며 젊음을 민주화운동에 바친 신영일도 들불야학의 강학이었다.

1994년과 1996년 두 차례나 단원들을 데리고 미국에 건너가 5월 광주를 연극으로 증거한 극단 토박이의 대표 박효선도 들불야학의 강학이었다. 잠시 박기순과 들불야학에 관한 속이야기를 열어보겠다.

들불야학을 제안하고 조직한 이는 박기순이다. 1978년 6월 전남대학교의 교수들이 국민교육헌장을 비판하는 성명서를 읽고 연행되었다. 노준현을 비롯한 전남대 학생들은 교수의 연행에 항의해 시위를 했다. 박기순은 이 사건에 연루되었다. 쫓기는 신세가 되었고, 학교를 그만두었다.

내가 박기순을 처음 만난 것은 1977년 12월 어느 날이었다. 1977년 가을과 겨울은 정국이 어수선했던 시기였다. 박기순은 친구 전혜경의 자취방에 놀러왔고, 나는 그 자취방에서 박기순의 걸걸한 음성을 처음 들었다. 전혜경은 오빠 전복길과 함께 신림동 비지구에서 빈민 야학을 하고 있었다. 박기순은 이즈음 친구 혜경이를 통해 수도권의 노동운동 상황과 빈민 야학의 이야기를 들었다.

내가 박기순을 두 번째 만난 것은 1978년 7월 어느 날이었다. 양림동 소재 어느 한옥집이었다. 철따라 꽃이 피고 새가 우는, 예쁘고 아담한 집이었다. 그 집의 상아방에서 전혜경의 모친이 기거하고 있었다. 전혜경의 모친이 기거하던 방은 박기순의 도피처였다. 그곳에서 기순은 장차 역사의 들불이 될 야학을 준비했다. 서울 신림동의 겨레터야학을 운영한 경험이 있던 전복길과 최기혁이 기순의 야학을 도와주었다. 철필로 글을 쓰고 가리방으로 인쇄해 교재를 만들었다.

많은 젊은이들이 혜경 씨 모친의 밥을 얻어먹고 다녔는데, 총각이건 처녀건 부엌에 들어가 어머니의 일을 돕는 사람이 없었으나, 기순은 달랐다. 어머니보다 먼저 부엌에 들어가 어머니보다 먼저 밥상을 차려 나오는 아가씨가 기순이었다.

내가 박기순을 마지막으로 만난 것은 1979년 7월 어느 날이었다. 나는 7월 20일 김해교도소에서 출소하자마자 기순을 만나러 갔다. 하지만 기순은 망월동의 공동묘지에 누워 있었다. 그때 함께 간 분들은 윤상원과 박관현이었다.

기순을 땅에 묻던 날 밤 상원은 눈물로 얼룩진 일기장을 남겼다고 한다. "불꽃처럼 살다 간 누이야. 왜 말없이 눈을 감고 있는가? 두 볼에 흐르는 장밋빛 서럽디 서럽도록 아름답고……" 윤상원의 가슴엔 박기순을 향한 연모의 정이 있었다.

다시 전혜경으로부터 기순의 추억을 들어보자.

대학 시절에 만났던 기순은 말 그대로 소탈하고, 정의심 많고, 순수하고, 따뜻한 여자였습니다. 누구라도 살면서 그런 사람 만나기 쉽지 않을 거라 생각합니다. 기순이는 어머님을 무척 좋아했어요. 어머니가 한번 오셨는데 어머니를 보고 아이처럼 좋아하더군요. 기순이의 맑은 성품은 어머님에 의해 형성되었을 거라는 생각이 들어요.*

이제 윤상원과 박기순의 만남에 대해 알아보자. 박효선이 남긴 희곡 〈시민군 윤상원〉은 이렇게 그 시절의 이야기를 전한다.

---

* 전혜경 회고.

박기순: 안녕하세요. 박기순입니다. 우리 야학에선 교사라는 말을 쓰지 않고 강학이라는 말을 씁니다. 강학! 말 그대로 가르치면서 배운다는 뜻이죠. 오늘 새로 오신 강학 분들을 환영하면서 먼저 각자 인사와 소개를 하도록 하죠. 나이순으로 할까요? (상원을 보며) 선배님부터 하시죠.

윤상원: (일어서서) 방년 29세 윤상원이올시다. 지금 현재 광천동에 있는 한남플라스틱 공장에 다니고 있습니다.

신영일: 어떻게 우리 들불야학에 들어오시게 됐습니까?

윤상원: 에, 그것은…… (손가락으로 기순 쪽을 가리키며) 무엇보다도 여기 계신 박기순 양이 그냥 얼마나 끈덕지게 결사적으로 저에게 설득공세를 퍼붓던지, 제가 그만 나가떨어졌습니다. (모두들 야단이다. 상원, 더욱 흥을 내어) 박기순 양이 저에게 온몸으로 헤딩을 해부렀습니다. (폭소) 오늘 여러분들을 만나게 되어서 정말 기쁘고 반갑습니다. (모두 박수)*

윤상원은 1980년 5월 26일 도청 앞 기자회견에서 "우리는 최후의 일인까지 투쟁할 것입니다"라고 밝혔다. 그는 이미 죽음을 각오하고 있었다. 그는 먼저 간 광주 시민들의 죽음을 헛되게 하지 않기 위해선 자신도 그들의 뒤를 따라가야 한다고 다짐했다. 하지만 윤상원은 죽음의 굿판을 선동하는 그런 무책임한 지도자는 아니었다. 그는 어린 고등학생들을 모두 집으로 돌려보냈다. 그러면서 "돌아가 역사의 진실을 증언하라"고 말했다. 1980년 5월 27일 새벽, 윤상원은 뱃속을 뚫고 들어오는 총탄에 목숨을 놓았다.

"사랑도 명예도 이름도 남김없이"로 시작되는 〈임을 위한 행진

---

* 황광우 엮음, 〈시민군 윤상원〉, 《박효선 전집》 1권, 연극과인간, 2016.

곡〉은 꽃봉오리도 피우지 못하고 먼저 간 박기순과 그녀를 연모한 청년 윤상원의 영혼결혼식을 위해 만들어진 노래다.

네 사람이 있었다. 두 사람은 죽고, 한 사람은 미쳤고, 한 사람은 살아남았다. 죽은 사람은 윤상원, 박용준이고, 미친 사람은 김영철이다.*

그리고 살아남은 이가 박효선이었다. 자수를 하고 일상으로 돌아온 효선이 자주 들렀던 곳은 영철의 집이었다. 죽는 것보다 더 고통스런 삶을 이고 가는 영철을 보는 효선의 심정은 무엇이었을까? 일기는 기록한다. "나는 가슴이 터질 것만 같다. 살아 있는 자가 이렇게 부끄러울 수가 있을까?"**

윤상원은 항쟁지도부의 대변인을 맡았고, 박효선은 홍보부장을 맡았다.

난 목숨을 부지하기 위해서 그 야심한 밤 숨막힐 듯한 정적 속에 총을 든 채로 도청 부근을 빠져나와 집으로 돌아갔다. 고불고불한 골목길을 달그림자 속에 몸을 감추며 집으로 향했다. 집으로 들어갔을 때부터 총소리는 점점 시내 외곽에서 중심가 쪽으로 옮겨지고 있었다. 도청이 가까운 우리 집 지붕 위로 총탄이 나르고 튀기는 소리가 새벽녘까지 이어졌다. 난 골방 속에 숨어서 총소리가 멈출 때까지 오들오들 떨며 앉아

---

*   황광우 엮음, 《박효선 전집》 3권.
**   같은 책.

있었다. 총소리가 점점 가까이 들려왔다. 한 여인의 처절한 가두방송 목소리가 온 광주 시가지를 울리고 있었다. "광주 시민 여러분! 지금 계엄군들이 쳐들어오고 있습니다. 우리 모두 도청 앞으로 나와 광주를 지킵시다……" 그날 밤 상원 형도 죽었고 용준이도 YMCA에서 M16 소총에 맞아 죽었다.* 고아였던 용준이는 그렇게 고아로 죽어갔다. 난 어쩌면 살인자다."**

1980년 오월 이후 살아남은 모든 사람들은 '그날 함께 있지 못한 자책'에 시달리게 되었다. 이 자책을 그 어느 누구보다도 가장 혹독하게 겪은 이가 바로 박효선이었다. 1년 7개월 동안 잠행을 하고 자수를 했으나 새로운 삶은 쉽지 않았다. 1982년은 말 그대로 '어두운 죽음의 시대'였다. 칠흑처럼 어두운 길, 박효선은 미로를 더듬었다. 박효선은 그 시절의 절망을 이렇게 적었다.

새해다. 나는 거리고 산길이고 아무 데나 마구 걷고 싶다. 바람과 먼지에 뒤범벅이 되어 낡아 해진 어느 골목 귀퉁머리에서 픽 쓰러져버리고 싶다. 나는 숨고 싶다. 간밤에 나는 바람이 되었다. 나는 나 자신을 알 수 없다.***

---

* 박용준의 유서. "하느님 우리의 피를 원하신다면 하느님, 이 조그만 한 몸의 희생으로 자유를 얻을 수 있다면…… 심心이 그 무엇이기에 이토록 고통스럽습니까? 이런 시련을 겪어야만 세상을 평온하게 할 수 있나요? 그렇다면…… 하렵니다. 하느님, 도와주소서……"
** 황광우 엮음, 《박효선 전집》 3권.
*** 같은 책.

1979년 12월 크리스마스 날 연탄가스로 먼저 간 박기순을 포함한 이들 7인의 열사를 기리기 위한 기념사업회 역시 윤한봉을 기다리고 있었다. 2001년도의 일이다.

그다음 귀국해가지고 5·18재단 만드는 것까지 엄청나게 욕 먹었지. 아마 나처럼 욕 많이 먹은 사람 없을 거야. 5월 관련 단체들이 많잖아. 그 사람들 입장에서는 나 같은 놈을 죽이고 싶었을 거야. 하여튼 5·18기념재단 만들면서 욕 무지하게 먹었어. 들불열사기념사업 추모비를 5·18자유공원에 세웠는데 봤죠? 대한민국에서 제일 멋진 거여 그게. 내 평가가 아니라 타지역 사람들이 와서 그렇게 말해주더라고. 내가 초대 이사장 맡았는데, 들불상 제정해가지고 일 년에 천만 원씩 상 주는데, 우리나라에서 운동 관련 상으로는 제일 큰 거여. 천만 원짜리라.*

윤한봉은 뜻있는 이들과 힘을 합쳐 1년여의 홍보와 모금활동을 통해서 들불 추모비를 세우는 데 성공했다. 많은 사람들로부터 '세상에서 찾아보기 힘든, 아름다우면서 의미가 깊은 추모비'라는 칭송을 듣는 조형물로, 붉은 타일 벽에 일곱 열사의 얼굴이 북두칠성 모양으로 새겨져 있다.

윤한봉은 헌신적이고 열정적인 활동가에게 주는 '들불상'을 제정했다. 윤한봉은 이 일에 생애 마지막 열정을 쏟아부었다.

---

* 윤한봉 구술.

합수 정신은 무엇인가

로스앤젤레스에서 윤한봉이 연 최초의 마당집이 민족학교였다. 뉴욕 민권센터엔 전봉준과 김구와 장준하의 영정이 걸려 있었다. 이 두 가지 사실은 윤한봉의 이념이 민족주의였음을 증거하기에 충분하다. 또 북한을 북부조국, 남한을 남부조국이라 부르면서, 통일운동에 앞장선 것을 보아도 그의 심장에 민족의 피가 뜨겁게 흐르고 있었음을 충분히 짐작할 수 있다.

그렇다면 윤한봉은 민족주의자였나? 나는 이 물음에 대해 긍정도 할 수 없고 부정도 할 수 없다. 귀국해 광주에 연 연구소의 이름도 민족미래연구소였다. 따라서 윤한봉이 민족주의자였음을 부정할 수 없다는 얘기다. 그런데 희한하게도 그 어느 민족주의자보다도 아니 그 어느 사회주의자보다도 국제연대활동을 열렬히 추구한 이도 윤한봉이었다. 그래서 윤한봉이 민족주의자였다고 단정할 수는 없다는 얘기다. 정승진의 구술은 합수 정신의 실체에 한 발 더 다가선다.

사람들이 착각을 하는데 합수 형님은 통일운동가가 아니라니까요. 그 분은 소수와 약자를 위해서 일하시는 분이에요. '우리는 어디를 가더라 도 거기에 있는 소수와 약자를 위해서 일을 해야 한다. 만약 미국에서 코리안이 다수가 되고 백인이 소수가 되면, 여기서 백인을 위해서 일을 해야 된다'고 했어요.*

합수 정신이 무엇이냐? 윤한봉은 자꾸만 빠져나간다. 당신의 실체는 뭐요? 이것이 아니요, 물으면 윤한봉은 삐긋이 웃으며 아니라고 한다. 당신의 실체는 저것이 아니요, 물으면 또 윤한봉은 삐긋이 웃으며 아니라고 한다. 그렇다면 이제 우리의 시각으로 합수 정신을 규정하는 시도를 그만두고, 거꾸로 그의 실천이 어떤 생각을 담고 있었는지 추적해보는 것도 재미있을 것 같다. 그의 삶을 관통한 광주민중항쟁에 대해서 합수는 어떻게 생각했는가 조사해보자.

2004년 5월 18일, 윤한봉은 '5·18아카데미 특강'에서 '5월 정신'이라는 제목으로 강연을 했다. 생전에 행한 많은 강연들 중에서, 윤한봉의 사유를 잘 드러내주는 강연이었다. 시애틀에 도착한 1981년,

---

* 정승진 구술.

216

고개를 숙이고 담배를 피우며 고민했던 것도 다 이 '5월 정신'을 정식화하기 위한 숙려가 아니었을까? 그는 이렇게 서두를 꺼냈다.

"5·18항쟁을 기념하는 사람들은 5·18항쟁의 정신을 정확히 정립해야 합니다. 이 정신이 제대로 정립되지 않으면 한 차례 기념행사를 치르고 할 일이 없는 거지요. 무엇을 계승 발전시켜야 하는가요? 올바른 계승을 위해서도 5·18 정신이 무엇인지 정확한 정립이 필요합니다. 흔히 5·18항쟁의 정신을 '민주, 인권, 평화'라고 하는데요, '민주, 인권, 평화'는 보편적 가치입니다. 보편적 가치를 가지고 5·18 정신을 규정하면 사실은 아무것도 규정하지 않는 것과 같습니다. 5·18 정신이 '민주, 인권, 평화'라고 이야기하는 것은 5·18 정신이 없다는 것을 반증하는 것입니다."*

아무나 생각하지 못한 날카로운 지적이었다. 누구나 빠지기 쉬운 사유의 게으름을 윤한봉은 죽비로 후려치듯 우리를 내리쳤다. 우리 모두 '민주, 인권, 평화'라는 좋은 말에 취해 있을 때, 윤한봉은 '5·18 정신'이 무엇인지, 정면으로 묻고 깊이 사색했던 것이다. 그리고 그는 '5·18 정신'은 항쟁 정신과 대동 정신이라고 강연의 서두를 열었다. "학살 만행은 분노를 촉발시켰고 분노는 저항의 정신, 항쟁의 정신으로 이어졌습니다. 저는 정신적 뒷받침 없이는 위대한 항쟁을 할 수 없었다고 봅니다."

---

* 5·18아카데미특강 '5월 정신', 구술자: 윤한봉, 주제: '5월 정신', 일자: 2004년 5월 18일.

이어 그는 "무엇이 그토록 도덕적인 항쟁을 하도록 만들었을까요?"라고 물으면서 또 하나의 정신은 대동 정신이라고 제시했다. "'먼저 가신 님들과 같이 우리 모두 다 죽읍시다.' 이런 비장한 구호를 외쳤어요. '같이 죽자'고 울면서 싸우는 거예요. 서로 음식을 나누고, 솥을 걸고, 피를 나누었죠. 이 정신이 대동 정신이었습니다. 대동 정신은 세상 사람을 다 한 가족처럼 생각하는 정신이 대동 정신입니다." 그날 광주 시민들의 마음에 전류처럼 흐르고 있었던 이 '항쟁 정신'과 '대동 정신'에 대해 나는 한참을 두고 생각했다. 윤한봉의 정신은 기존의 '민주, 인권, 평화'처럼 입에 발린 말이 아니었다. 그런데 윤한봉의 정신이, 과연 그날 광주 시민들의 마음을 온전하게 대변하고 있는 것인지에 대해, 나는 조심스런 탐색이 필요하다고 본다.

어느 날이었다. 항쟁 정신과 대동 정신을 생각하던 어느 날, 나는 보았다. 항쟁 정신과 대동 정신은 광주민중항쟁의 정신이기 이전에, 윤한봉이 평생을 걸쳐 따라간 정신이지 않았던가? 유신 쿠데타의 소식을 듣고 윤한봉은 결의했다. '국민을 버러지 취급하는 저 독재자, 나는 싸운다.' 백주대로에서 벌어진 공수부대의 몽둥이질을 용납하지 않은 광주 시민들처럼 윤한봉은 박정희의 유신 쿠데타를 용납하지 않았다. 그것이 투쟁에 나선 윤한봉의 첫 출발이었다. 광주민중의 항쟁은 돌이켜보면 윤한봉의 저항, 그것의 확대판이었다.

대동 정신이라……'세상 사람을 다 한 가족처럼 생각하는 정신'은 이미 꼬마 윤한봉이 실천하던 정신 아니던가? 합수의 동료, 임경규의 회고에 귀를 기울여보자.

합수 형님이 양심 있는 해외 청년들의 공동체, 대동 세계를 만든 것 같아요. 해외에 살면서 '양심 있게 살자. 바르게 살자. 우리뿐만 아니라 양심 있는 타민족하고도 한 형제가 되어서 살자.' 매일 그렇게 말씀하셨거든요. 우리의 공동체 대동 세계를 만들고, 양심 있는 타민족과 한 형제가 되자. 그렇게 활동하셨어요.*

그러던 어느 날 나는 또 보았다. 정승진은 말하고 있었다. "합수 정신은 결국엔 광주 정신이에요. 감히 외람된 말씀을 드립니다만 5·18 정신을 제대로 계승하려면 합수 정신을 제대로 계승해야 돼요." 나는 그제야 시카고 마당집에서 본 구호의 비밀을 알게 되었다. '바르게 살자'와 '굳세게 살자'는 다름 아닌 항쟁 정신의 표어였다. 그리고 '더불어 살자'는 대동 정신의 표어였다.

---

*   임경규 구술.

진보 정당 만들기

우리는 분단 냉전 특수 상황 때문에 우주에서 유일하게 진보 정당이 없
는 나라요. 대한민국 야당은 진보 특수를 누려. 대중들은 진보 정당을
갈망하는 거여. 자신들의 권익을 대변해줄 정당이 없으니까 야당을 진
보 정당으로 알고 밀어주는 거여. 가짜지. 선거 때마다 재미를 본 것이
우리나라 한국의 야당사야. 선거 때마다 언제든지 진보 표를 얻어묵어.
김대중 씨가 톡톡히 이득을 봤지. 그래서 진보 정당을 만들자는 움직임
에 대해선 여당보다 항시 야당이 더 박해를 가했다고. 훼방부리고. 왜,
있는데 또 뭐 만들라 하냐고.*

윤한봉은 귀국한 뒤 진보 정당의 필요성을 역설했다. 윤한봉은 그가 꿈꾸는 민중 세상, 대동 세상을 실현하기 위해선 강력한 진보 정당의 육성이 필수적이라고 보았다. 한국은 분단의 특수 상황 때문에 우주에 유일하게 진보 정당이 없는 나라임을 자주 역설했다. 그의 꿈은 야무졌다.

확고한 정책 정당, 투명한 민주 정당, 분명한 책임 정당, 진실한 도덕 정당, 기본적인 운영비를 당원들의 당비로 해결하는 튼튼한 자립 정당, 지역주의를 배격하고 20·30대와 여성노동자, 농민이 절반씩을 차지하고 장애인들이 10%를 차지하는 각계각층의 국민 정당, 노동자, 농민의 권익을 옹호하고 창조적인 사회보장제도를 실시하며 노동조합, 공무원, 언론인의 정치활동을 보장하고 평화 군축을 추진하는 진보 정당, 모든 국민들이 쾌적하고 안전한 환경 속에서 정신적 문화적 안정과 여유를 즐길 수 있게 하는 녹색문화 정당, 민족의 위대한 미래상을 마련하고 진로를 제시하며 냉전잔재 청산을 위해 적대적인 대북관계를 협력과 공존의 관계로 바꿔 평화통일을 준비해나가고 불평등한 대미관계를 대등한 우방관계로 정상화시켜 민족의 존엄을 되찾을 뿐만 아니라 치열한 국제경쟁과 동북아 주도권을 둘러싼 미·중·일의 대결에서 지혜롭게 대처해 나가는 민족 정당, 모든 민족과 국가들이 평화롭게 더불어 살아가는 세계를 만들기 위해 적극 노력하고 세계 각지의 울부짖음에 민감하게 대응하는 국제 정당이 이 땅에 창립되어 꿈과 감동이 사라져가고 있는 이 나라, 이 겨레와 국제 사회에 은하수 같은 꿈과 아지랑

---

*   윤한봉 구술.

이 같은 감동을 선물로 줄 수 있기를 기대하는 것은 헛된 꿈이런가?*

윤한봉은 마음을 먹으면 실천에 옮기는 사람이다.** '해맞이'를 결성해 진보 정당 건설의 징검다리를 놓고자 했다. 물론 해맞이는 오래가지 못했다. 윤한봉은 정치인의 길을 피했다. 한평생 헌신하는 운동가로 남고자 했다. 하지만 진보 정당에 대한 그의 애정은 늘 따뜻했다.

2000년 1월 윤한봉이 바라던 진보 정당은 창당의 기치를 올렸다. 이후 윤한봉은 민주노동당에 큰 기대를 걸었다. 그리고 2004년 민주노동당이 10명의 국회의원을 당선시키며 원내 진출을 이뤄냈다. 윤한봉은 '살아생전에 이런 기쁜 일도 보는구나'라며 누구보다 더 기뻐했다.

그런데 윤한봉은 절망한다. 2004년 10명의 국회의원을 당선시키자, 일부 집단이 민주노동당에 조직적으로 입당해 계획대로 민주노동당의 지도부를 장악해나갔다. 윤한봉은 민주노동당의 고문직을 내려놓았다.

한국의 진보 정당 운동은 넘어서야 할 큰 장벽에 또 직면했다. 윤한봉은 이 고난의 행군에 동참하지 못했다. 건강 때문이었다. 꿈꾸던 진보 정당은 역사에 맡기고, 윤한봉은 무대에서 내려왔다.

---

*   윤한봉, 《운동화와 똥가방》, 329쪽.
**   정상용 구술.

반성할 줄 아는 실천가

지금 내가 정상인의 호흡에 5분의 1밖에 못해. 긍께 5분의 1 가지고 사는 거지. 산소호흡기로. 그러니까 계단, 육교 같은 데 올라가면 한참 숨을 헐떡거리고 고르고 나서 내려오고. 그러니까 아침에 3층에 있는 연구소 출근하다가 올라가면 바로 문을 못 열어. 한참 숨 고르고 나서 열고. 저항력이 약해지니까 겨울 되면 감기가 나한테 저승사자지.*

---

*   윤한봉 구술.

윤한봉이 삶을 정리하기 시작한 것은 2005년 무렵이었다. 육교를 건너기 힘들었다. 목포에 칩거하면서 산소호흡기에 의존하며 삶을 연명했다. 마지막으로 미국에 건너가 한청련 동료들을 만난 것은 2006년도였다. 이 만남에서 윤한봉이 행한 자기반성은 무척 인상적이었다.

그는 세 가지를 반성했다. 첫째, 북의 핵 보유가 사실임을 인정했다. 북한을 평화세력이라고 보았던 이전의 견해를 정정했다. 둘째, '남침이냐 북침이냐' 한국전쟁의 발발 책임을 둘러싼 논쟁에 대해서도 윤한봉은 이전의 견해를 정정했다. 최근 입수된 소련 측 자료에 의거해 한국전쟁은 남침이었음을, 부끄럽지만 자신의 잘못된 견해를 정정했다. 셋째, 1987년 KAL기 폭파의 주범 김현희에 대해서도 윤한봉은 이전의 견해를 정정했다. 윤한봉은 오류를 반성할 줄 아는 정직한 실천가였다. 마지막 모임이 있던 날, 밤에 무슨 일이 있었을까? 정승진의 회고를 들어보자.

모임이 끝난 다음 제가 차로 모시고 호텔에 모셔다드렸어요. 그 분이 말하길 '이후로 여기 올 수가 없다'고 하시더군요. 호텔 앞에 내려드리고 보고 있는데, 엘리베이터 앞에서 어깨가 들썩들썩하면서 쓰러지는 거요.*

그날 밤은 윤한봉이 미국에 머문 마지막 날이었다. 최후의 만찬이었을까? 엘리베이터 앞에서 윤한봉은 쓰러졌다. 강인했던 한 사

---

*   정승진 구술.

나이가 무너지는 순간이었다. 얼마나 많은 상념들이 그의 마음을 출렁거리며 스쳤을까?

그리운 사람

　윤한봉은 귀국 이후 자신의 뜻을 이루지 못했다. 진보 정당은 아직도 갈 길이 멀고, 고대했던 대동 세상은 문턱도 밟지 못했다. 뜻은 변함이 없으나 뜻을 이룰 힘이 더 이상 없다. 어이할 것인가?
　윤한봉의 오열 속에는 이역만리 건너와 고생했던 젊은 시절과 뜻을 이루지 못한 귀국 후의 아픈 현실이 스쳐지나갔을 것이다. 꿈을 안고 귀국했으나 기다리고 있는 것은 의심과 경계, 비방과 중상, 무고와 음해였다.

많은 사람들이 합수 형에게 조언을 했어요. 지금 판이 복잡하니까 1년 만 지켜보십시오. 이 얘기를 내가 간곡하게 했어요. 솔직히 말해 DJ가 형의 귀국을 굉장히 싫어했어요. "정 형, 윤한봉 선생이 들어오면 우리한테 도움이 안 된다"고 말하더라고요. 정말 한봉 형은 청장년을 아울러 존경받는 유일한 선배였는데……

뜻을 이루지 못하고 숨을 거두었으니 윤한봉의 삶은 실패했다고도 볼 수 있을 것이다. 윤한봉의 삶이 실패했다고 치자. 하지만 그의 벗들이 촌놈 합수를 진실로 그리워하고 있음은 무엇을 의미할까? 다음은 윤한봉을 알고 있는 사람들이 그를 기억하며 한 말이다.

홍희담: 그를 마지막 본 것은 무균실에서였다. 들고 나는 숨이 끝난 그의 얼굴은 투명하고 평화로웠다. 모포 밖으로 그의 손이 삐죽이 나와 있었다. 육체가 영혼이 되어 우리에게 말을 걸어오는 듯한 형상이었다. 이런 사람들이 걸은 적이 있었기에 이 행성은 여전히 아름답다는 생각이 들었다.

최권행: 그 사람 안에는 시인이 있다. 시적 열정과 구수한 달변, 역사에 대한 통찰은 그의 전생이 아마도 호메로스 비슷한 음유시인이지 않았을까 생각케 한다.

김희택: 나는 그를 만나서 청년운동으로 방향을 선회하게 되었으니 30년이 지난 지금 돌이켜보면 그를 만난 것은 나의 운명을 좌우하는 사건이었다. 지금도 눈에 선하다. 그의 눈에서 뿜어나오던

광채. 그것은 진실 그 자체였다.

최동현: 1981년 4월 27일 밀항 출정식 참가자들이 마침내 마산에 모였다. 윤한봉은 죽을 각오로 투쟁하겠다고 했다. "미국 망명이 국내 현실을 전 세계에 알리고 한국 민주주의를 앞당기는 데 작은 밀알이 될 수 있다면 온몸을 바쳐 투쟁하겠다"며 결의를 밝혔다.

문규현: 결코 가식이라곤 찾아볼 수 없는, 가슴과 행위가 투명하게 일치하는 사람, 조국과 민족에 대한 사랑으로 똘똘 뭉친 사람, 자신을 남김없이 불태울 만큼 열정으로 넘쳐나던 사람. 자신이 꾸리던 '민족학교' 뒤편에 텃밭을 일궈 상추, 고추, 무, 호박 등 채소를 직접 키워 먹던 윤한봉. 광주 망월동의 흙을 모셔두고 있던 윤한봉의 모습을 오래도록 잊지 못할 것 같습니다.

이길주: "그놈의 담배!" 이 말은 지금도 어느 구석에 쭈그리고 앉아 담배꽁초를 숨기듯 잡고 있을 그를 만나면 내가 할 소리다. 그는 역시 여전히 고개를 이리로 저리로 틀며 비시시 웃기만 할 거다. 그 사람은 누구인가? 그는 언젠가 내 인생을 뒤돌아볼 때 부끄럼 없는 미소 지으며 눈감을 수 있게 해준 사람이다.

김수곤: 합수 선생은 해월 최시형 선생 같은 분이었다. 두 분 다 쫓기는 몸이 되어 떠돌며 숨어 살았다. 여차하면 뛰어야 했던 해월 선생의 소지품이 '보따리와 짚신 꾸러미'였듯이 합수 윤한봉이 지닌 유일한 재산은 '운동화와 똥가방'이었다.

최용탁: 한청련은 실로 놀라운 단체였다. 한마디로 표현하자면 그것은 헌신성이었다. 그들은 늘 '조국에서 피를 흘릴 때 우리는 열 배 스무 배로 땀을 흘리자' '뺀들바우가 아닌 곰바우가 되자'는 말을 하며 힘들고 어려운 일일수록 다투어 몸을 던졌다.

조진태: 선배님의 재단 설립에 대한 마음가짐은 고스란히 설립 선언문에 담겨 있다. 지금 읽어보아도 그 과정이 얼마나 치열했고 비장했는지 짐작된다. "5월은 명예가 아니고 멍에이며, 채권이 아니고 채무이며, 희생이고 봉사입니다."

이강: 1998년 내 막내아들이 서울대에 합격했다. 합수는 "엄마 도 없는 어려운 조건에서 착실하게 성장하고 공부도 잘했구나!" 하 고 말하면서, 등록금에 보태라고 무려 100만 원을 주면서 아이의 사 기를 살려주었다.

강완모: 살아 있는 예수, 한국의 레닌. 그는 우리에게 그런 사람 이었다.

평생 사익이라곤 추구하지 않은 사람, 오직 헌신하길 즐거워했 던 사람, 촌놈의 순결한 영혼을 간직한 이 사람은 지금도 우리 곁에 있다. 못다 이룬 윤한봉의 꿈, 이제 살아남은 자들이 맡자. 김남주의 〈전사 2〉는 선배의 영정에 드린 만사輓詞였나보다.

오늘 밤

또 하나의 별이

인간의 대지 위에 떨어졌다

그는 알고 있었다 해방 투쟁의 과정에서

자기 또한 죽어갈 것이라는 것을

그는 알고 있었다

자기의 죽음이 헛되이 끝나지는 않을 것이라는 것을

그렇다, 그가 흘린 한 방울 한 방울의 피는

어머니인 대지에 스며들어 언젠가

어느 날엔가

자유의 나무는 결실을 맺게 될 것이며

해방된 미래의 자식들은 그 열매를 따먹으면서

그가 흘린 피에 대해서 눈물에 대해서 이야기할 것이다

후기

묘한 후회

나는 좀체 후회하지 않는다. 먼저, 후회할 일을 하지 않으며 후회해봤자 돌이킬 수 없는 일에 대해선 뒤돌아보지 않기 때문이다. 후회한다는 것은 욕망한다는 것이다. 무엇하러 후회하는가. 그냥 잊는다. 그런데 살다보니(이 구절은 윤한봉 선배가 좋아하는 표현이다) 후회스런 일도 있음을 알게 되었다. '내가 무엇을 잘못했나' 꼼꼼하게 따져본다. 내가 잘못한 것이 없음에도 불구하고, 새록새록 안타까움이 밀려오는 묘한 후회도 있음을 알게 되었다.

나는 광주민중항쟁의 마지막 수배자, 윤한봉의 귀국촉구운동을 전개한 적이 있다. 1992년 14대 총선에서 광주 동구의 민중당 후보로 출마해 나는 연설했다. 중앙초등학교였던 것으로 기억난다. '광주가 김대중 이후 시대를 준비하려면 시민 여러분, 윤한봉 선배를 불러주셔야 합니다'라며 호소했다. 선거가 끝나자마자 나와 동료들은 '윤한봉귀국촉구서명운동'을 벌였다.

당시만 해도 용기 있는 자만이 서명용지에 자신의 이름을 기입

할 수 있는 시절이었다. 서명운동의 의의는 동의를 구한 서명자들의 수의 많고 적음에 있지 않다. 우리는 충장로 우체국 앞에서부터 증심사 입구까지 광주를 갈고 다녔다. 곳곳에서 외쳤다. '시민 여러분, 광주민중항쟁의 최후의 수배자, 윤한봉 선생의 귀국을 여러분이 촉구해주십시오.' 서명운동의 의의는 알리는 데 있다. 쭈뼛쭈뼛하며 서명하기를 주저하는 시민들도 마음속으로 우리의 대의에 공감했으리라. 서명자가 10만 명에 육박하니, 시민들 사이에서 '윤한봉'의 이름이 회자되고 있었다.

약속이나 했던 것처럼 선배는 1년 후 우리의 품으로 돌아왔다. 교도소에서 출소한 죄수들은 교도소에 입소할 때 입었던 몇 년 전의 옷을 그대로 입고 나온다. 꼭 그렇듯이 선배는 광주를 떠날 때 입었던 잠바 차림에 꾀죄죄한 행색 그대로 김포공항에 도착했다. 운동화를 신고, 똥가방 하나를 멘, 영락없는 시골 농사꾼으로 돌아왔다. 그 맑고 순진한 웃음도 같이 돌아왔다. 이제 그의 몸이 보이지 않은 지가 어언 10년째로 접어든다. 형을 생각하면서 나는 예전에 갖지 않았던 묘한 후회에 잠긴다.

과연 윤한봉 선배가 귀국한 것이 현명한 선택이었을까? 그냥 미국에 계셨으면 어땠을까? 그곳에서 더 큰일을 하실 분을 왜 이 저주받은 땅, 한국으로 들어오도록 했을까? 열목어는 맑은 물에서 살아야 한다. 붕어, 메기들이 서식하는 흙탕물에 열목어를 집어넣으면 살 수 없다. 시인 김남주가 출옥해 몇 년 못 가 이곳을 떠난 것이나, 합수 윤한봉 선배가 만 60년을 넘기지 못하고 이곳을 떠난 것이나, 이 탐욕의 땅에 도저히 적응할 수 없었던 탓이 아니었던가?

그것은 지난 1월 미국을 방문하고 나서부터 갖게 된 후회이다.

로스앤젤레스와 시애틀, 시카고와 뉴저지, 워싱턴과 뉴욕, 가는 곳마다 한청련 회원들이 우리를 마중나와주었다. 지금은 친구를 집에 데려와 잠을 재워주는 일조차 낯선 풍습이 되어버린 이 지독한 각자도생의 나라에서 살다가, 공항까지 차를 몰고와 안내해주고, 호텔까지 잡아주고, 밤늦도록 함께 이야기꽃을 피우는 한청련 회원들의 환대를 받으며, 변해버린 것은 한국 사람들이고, 변치 않고 순수를 지키고 있는 이들은 오히려 미국 시민들임을, 합수와 함께 젊음을 불사른 한청련 회원들임을 나는 보았다.

로스앤젤레스의 이길주 여사는 나이 칠십을 헤아리는 고령의 여인임에도 불구하고, 여전히 젊은 시절의 쾌활함을 보여주었다. 그녀는 할머니가 아니었다. 합수가 미국에서 처음으로 연 민족학교를 지금까지 지키고 있는 젊은이였다. 젊은 활동가, 풍물의 장인 김준은 우리를 로스앤젤레스의 해변까지 데려다주었다. 합수는 고향이 그리우면 이곳 산타모니카 해변에 와서 태평양 저 너머를 바라보곤 했다고 한다. 우리의 술자리는 밤늦게까지 이어졌는데, 나는 이 세상에 '합수의 없음'을 놓고 저렇게 슬퍼하는 사람이 있다는 것에 놀랐다. 준이와 동현이는 왜 선생이 우리 곁을 떠났는지 모르겠다며, 투정도 아니고 원망도 아닌, 비탄의 울음을 그치지 못했다.

시애틀에서도 마찬가지였다. 시애틀의 이교준은 공항까지 차를 몰고 와 우리를 맞아주었다. 식당에 가니 이미 여러 회원들이 한 시간이 넘도록 우리를 기다리고 있었다. 생면부지의 우리를 뭐하러 보러 왔겠는가? 그들은 신소하 씨가 왜 동행하지 않았는가 못내 섭섭해했다. 시애틀의 한청련 회원들은 윤한봉과 함께 조국의 민주주의와 통일을 논하던 깊은 산속 공원의 심야 토론을 잊지 못했다.

이종록의 회고는 인상적이었다. "나는 가장 행복한 젊은 시절을 보냈다. 조국의 민주주의와 통일을 위해 내 젊음을 바칠 수 있도록 안내해준 것은 윤한봉 선생이었다." 분명 이종록 회원의 입에선 '윤한봉 선생'이라는 호칭이 나왔다. 나이로는 윤한봉보다 연장자인데 말이다. 동시에 이종록은 우리에게 당부했다. "윤한봉을 영웅화하지 말라. 그것이 윤한봉의 뜻이다. 윤한봉은 단 한 번도 사익을 챙기지 않았고, 직책에 연연하지 않았다. 선생은 오직 헌신만 했을 뿐이다." 나는 또 놀랐다. 이렇게 합수의 마음을 직관하는 분이 있다니!

시카고에서도 마찬가지였다. 장광민, 이재구, 김남훈은 가장 젊은 한청련 회원들이었다. 그들이 이끄는 마당집은 젊은 기운으로 넘쳐났다. 이재구는 보관하고 있던 한청련 보고자료들을 집의 창고에서 꺼내와 몽땅 우리에게 보여주었다. 보물처럼 소중하게 보관해온 자료를 타인에게 양도하는 일은 쉽지 않은 일이다. 그는 시카고대학의 박물관을 보여주었다. 온종일 낯선 이의 길안내를 하는 일이 쉽지 않은 일임을 나는 안다. 시카고의 한청련 회원들은 미국에 처음 온 이 낯선 일행에게 시카고의 모든 것을 보여주고자 최선을 다하고 있었다. 그들의 변치 않은 저 순수한 마음씨가 어디에서 왔을까? 나는 시카고 마당집에 걸려 있는 벽걸이 플래카드에서 그 답을 찾았다. 그 플래카드엔 예쁜 그림과 함께 네 개의 구호가 적혀 있었다. 이것이 윤한봉이 미국에 와서 심은 정신의 묘목이었다.

"바르게 살자"
"뿌리를 알자"
"굳세게 살자"

뉴저지에서도 마찬가지였다. 지금은 법조인으로 활동하고 있는 강완모는 윤한봉과 함께 고락을 나눈 한청련 핵심 간부였다. 그의 회고는 새벽이 되도록 이어졌다. 1992년 한청련은 새로운 정세에 맞는 새로운 노선을 채택한다. '일상의 삶 속으로 들어가자'로 압축되는 신노선이 있었기에 강완모는 오늘의 자신이 있다며, 윤한봉의 예지를 칭송했다.

뉴저지는 프린스턴대학과 아인슈타인의 연구실로 유명하다. 강완모가 우리를 프린스턴대학으로 안내한 것은 대학의 강의실 벽에 걸린 이승만의 기념 동판을 보여주고자 함이 아니었다. 그는 지금 동포 2세의 정체성 문제로 고민 중이었다. 그러면서 그는 'KCCP'라는 팻말이 박혀 있는 널따란 공지로 우리를 안내했다. 동포 2세들을 위한 민족문화 교육센터를 설립할 계획이라고 했다. 'Korean Community Center of Princeton', 나는 부지의 광활한 크기에 놀라 버렸다.

뉴욕에서도 마찬가지였다. 차주범과 임용천이 우리를 마중해 주었다. 값싼 호텔을 미리 예약해준 것만도 고마운데, 차주범은 매일 호텔에 와서 우리에게 뉴욕을 구경시켜주는 것이다. 덕분에 맨해튼도 보고, 브로드웨이도 걸어보았으며, 자유의 여신상 옆에도 가볼 수 있었다. 촌놈이 뉴욕 나들이를 한 셈이다. 로스앤젤레스의 민족학교는 한청련의 종가집마냥 고풍스러웠고, 시애틀은 그곳의 장광선이 최연소 한청련 회원이었듯이 젊은 패기가 느껴졌는데, 나는 뉴욕의 민권센터를 보고 한청련에 대한 경이로움을 느꼈다.

민권센터는 뉴욕으로 이주한 아시아계 이주민들의 모든 '법률 관련 사무'를 무료로 돌봐주는 곳이었다. 윤한봉과 함께 고락을 함께한 임용천 회원이 우리를 자택으로 초대해주었다. 나는 자택의 한 모퉁이에 걸린 사진 한 장을 보았다. 100여 명이 넘는 사람들이 함께 찍은 기념사진이었다. 이게 뭐냐고 물었더니, 해마다 연말이면 민권센터를 도와주는 후원자들에게 감사의 잔치를 벌이고 찍는 기념사진이란다. 윤한봉은 그들의 곁을 떠났지만 윤한봉이 뉴욕에 심은 묘목은 뉴욕에 사는 교민들을 돌봐주는 당산나무로 무럭무럭 자라고 있었다. 오히려 내가 부끄러웠다. 나는 오늘까지 무엇을 했나?

마지막 날이었다. 그냥 보면 영락없는 목회자 같은 점잖은 분이 호텔을 방문했다. 정승진이다. 정승진과 함께 식당에 갔는데, 그곳 교민들이 모두 정승진을 알아보았다. 차주범의 설명을 듣고서야 민권센터의 실체를 알게 되었다. "지금 정승진은 뉴욕 하원에 출마할 준비를 하고 있다."

돌아오는 비행기에서 나는 1992년 우리들이 추진한 윤한봉귀국 추진운동이 그다지 슬기로운 운동이 아니었음을 알고 후회했다. 그것은 단견이었다. 합수는 국제연대운동의 지도자로 남았어야 했다.

합수 윤한봉을 추모하며*

5년 전, 그러니까 2007년 2월 어느 날이었습니다. 느닷없이 합수 형은 저에게 술을 조심하라고 말했습니다. "다른 것은 다 좋은데, 광우는 술을 좋아해서 탈이야!" 저는 이 주문이 저에게 남긴 고인의 유언이 될 줄 몰랐습니다. 저는 형의 예언 그대로 그해 4월에 쓰러졌고, 형은 그해 6월에 저희들 곁을 떠났습니다.

큰 산은 그 모습의 전부를 쉽게 보여주지 않습니다. 무등산은 산수동에서 보면 웅크리고 있는 야산에 불과합니다. 상무대나 송정리처럼 먼 곳에서 봐야 무등의 웅대한 전경이 저희들의 시야에 온전히 비춰집니다. 큰 인물도 가까이에서 보면 그 인물의 위대함이 온전하게 보이지 않는 것 같습니다. 광주는 아직 윤한봉의 깊이를 알지 못하고 있으며, 한국의 현대사는 더더욱 그러합니다. 아니 가까이에서 지냈던 저희들도 윤한봉의 실체를 온전하게 이해하고 있지 못하다고 보아야 할 것입니다.

1989년 임수경 평양 방북으로 고초를 겪었던 문규현 신부는 고

---

* 2012년 6월 망월동 5·18 국립묘지에서 열린 합수 윤한봉 추모식에서 읽은 글이다.

인에 대해 이렇게 말했습니다.

정열적이고 활발했던 망명객 윤한봉의 모습은 정말로 인상적이었습니다. 다들 영어 배우기에 급급하던 그 시절, 윤한봉은 일절 영어를 사용하지 않았습니다. 참 많은 이들이 힘들고 고된 자리를 벗어나 마른 자리와 빛나는 위치에 서려고 부산하던 시절에 그걸 마다했으니 그 강직함은 말해 무엇하겠습니까? 결코 가식이라곤 찾아볼 수 없는 올곧음, 가슴과 행위가 투명하게 일치하는 사람, 자신을 남김없이 불태울 만큼 저돌적이고 열정으로 넘쳐나던 사람, 그랬기에 오랜 망명생활에서도 한결같음을 유지할 수 있었을 것입니다.

고인의 동지였던 시인 김남주의 육음을 옮겨 보겠습니다. "이 나라에서 가장 원칙에 철저한 사람이 윤한봉이야. 윤한봉은 가장 순결한 사람이자, 자기 자신에 아주 철저한 사람이지."

그러니까 김남주가 시에서 묘사했던 전사의 원형은 바로 윤한봉이었던 것입니다. 〈전사 2〉에서 "그러나 보아다오 동지여! 자기 시대를 열정적으로 노래하고 자기 시대와 격정적으로 싸우고 자기 시대와 더불어 사라지는 데 기꺼이 동의했던 사람"은 바로 고인이었던 것입니다.

지금으로부터 2,500년 전 고대 그리스의 정치가 페리클레스는 아테네의 자유를 지키다 죽어간 전사들의 추모식에서 이렇게 연설했습니다. "우리들은 아름다움을 사랑하되 검소함을 잃지 않고 앎을 사랑하되 유약하지 않습니다." 이어 그는 수백 개가 넘는 폴리스들 중 아테네야말로 그리스의 학교라면서 아테네인들의 긍지를 한껏 추켜세웠습니다. 이제 우리 광주 역시 자신이 수행한 역사적 위업을 한껏 추켜세워야 합니다.

이제 광주는 '민주 성지'니 '해방 광주'니 하는 화려한 용어로 자신을 자랑하는 기존의 관행에서 한 발 더 나아가야 합니다. 광주가 윤상원을 낳았고, 김남주를 키웠고, 윤한봉을 세웠다면, 이제 그 전사들의 인격으로 광주를 표현할 때가 되었습니다.

저는 빛고을의 아들로 태어난 것을 자랑스럽게 생각합니다. 무등산을 보며 성장한 것을 뿌듯하게 생각합니다. 무엇보다도 윤한봉과 함께 민주주의를 위한 투쟁의 일선에 섰던 저의 젊은 시절을 영예로 생각합니다.

윤한봉은 소크라테스가 그토록 실현하고자 했던 '진실한 인간이었고, 정의로운 인간'이었습니다. 한봉이 형이 그의 삶으로 우리에게 보여준 진실됨과 정의로움을 한결 더 투명하게 밝힐 필요가 있으며, 그 진실됨과 정의로움으로 광주의 인격이 더 깊어져야 할 때라고 생각합니다.

윤한봉 약력

1948년 2월 1일	전남 강진군 칠량면 동백리 675번지에서 아버지 윤옥현과 어머니 김병순의 3남으로 출생.
1954년	강진 칠량초등학교 입학.
1960년	조선대학교부속중학교 입학.
1963년	광주제일고등학교 입학.
1966년	광주제일고등학교 11회 졸업.
1968년	보병 12사단 52연대 지원입대.
1971년	전남대 농과대학 축산학과 입학.
1972년 10월 17일	유신헌법 선포, 반독재투쟁 결의.
1974년 4월 9일	민청학련 전남북 책임자로서 유신헌법 반대시위 주동하다 체포, 1심에서 무기징역, 2심에서 15년 징역형 선고. 죄명은 '국가보안법위반' '내란예비음모' '긴급조치 1·4호 위반'. 전남대에서 제적됨.
1975년 2월 16일	형집행정지로 대전교도소에서 출소. 석방 열흘 전 부친 별세.
1975년 4월	'전남민주회복구속자협의회' 조직해 회장으로 활

동. 종교, 재야운동과 연대해 청년운동의 기초를
다짐.

1976년 4월	부활절 예배사건에 연루되어 대구교도소 복역. 죄명은 '긴급조치 9호 위반'. 징역 1년 6월에 자격 정지 1년 6월 선고 받음.
1977년 12월 9일	대구교도소에서 만기 출소.
1978년 4월	함평고구마사건 단식투쟁 지원.
1978년 11월	전국 농민쌀생산자대회에서 800명 농민들의 숙식지원.
1978년 12월	송백회 결성해 양심수 옥바라지 지원.
1979년 6월 4일	'현대문화연구소' 설립 초대 소장 취임.
1979년 10월 23일	부산·마산 민중항쟁 발발 직후 광주 서부경찰서에 연행되어 물고문당하고 구속됨. 죄명은 '긴급조치 9호 위반' 등.
1979년 12년 9일	긴급조치 9호 해제 후 석방.
1980년 1월	'전남민주회복구속자협의회'를 '전남민주청년협의회'로 전환, 민주청년협의회 전남 책임자로 활동. 극단 '광대'의 문화운동 창립과 운영을 지원함.
1980년 5월 15일	민중항쟁 발발을 예견하고 산중 모임에서 도청 장악투쟁 역설.
1980년 5월 27일	광주항쟁의 주동인물로 현상수배됨. 죄명은 '내란음모죄'.
1981년 4월 29일	표범호에 승선해 밀항. 35일 만인 6월 3일 시애틀

에 도착.

1981년 6월 12일　　김일민이란 가명으로 시애틀 동양식품점에서 일
　　　　　　　　하며 미국에 정치망명 신청. 미 행정부에 의해 망
　　　　　　　　명이 계속 보류됨.

1981년 10월 10일　　노동허가서 발급 받은 후 로스앤젤레스로 이동.

1982년 6월　　　　'광주수난자돕기회' 결성. 1988년 6월 해체할 때
　　　　　　　　까지 3만 달러 이상을 광주로 송금.

1982년 10월　　　　박관현 열사 옥사에 항의해 10일간 단식농성.

1983년 2월 5일　　로스앤젤레스에 '민족학교' 설립.

1983년 5월　　　　로스앤젤레스 프레스클럽에서 기자회견. 5·18민
　　　　　　　　중항쟁의 진상과 밀항 탈출 과정을 밝힘.

1984년 1월 1일　　'한청련' 결성. 이후 샌프란시스코, 시애틀, 시카
　　　　　　　　고, 덴버, 댈러스, 뉴잉글랜드, 뉴욕, 필라델피아,
　　　　　　　　워싱턴 DC 등 10개 지역에 지부를 결성하고 캐
　　　　　　　　나다, 호주, 유럽에도 지부 결성.

1985년 11월　　　　뉴욕문화패 '비나리' 결성. 로스앤젤레스 '한누
　　　　　　　　리', 시카고 '일과 놀이', 산호세 '새누리' 등으로
　　　　　　　　확대함.

1987년 4월 17일　　미국 정부로부터 정치망명 허가받음.

1988년 5월　　　　핵무기 철거 요청 10만 명 서명운동 시작. 이듬해
　　　　　　　　7월까지 11만 명 서명받아 미국 의회에 전달.

1989년 7월 20일　　백두산에서 판문점까지 7일에 걸쳐 국제평화대행
　　　　　　　　진을 주도함.

1990년 10월　　　　캐나다, 호주, 유럽, 미주 한청련이 결합해 해외

한청련 결성.

1991년 9월	문화선전대 '해방의 소리' 유럽, 호주, 미주 순회 공연.
1993년 5월 19일	일시 귀국 후 다시 3개월 후인 8월 18일 영구귀국.
1994년 8월	'5·18기념재단' 창립 주도.
1994년 11월	'민들레 소극장' 확장 이전 추진위원장.
1995년 3월	'민족미래연구소' 설립.
1997년 12월 29일	김영철 투병생활 지원을 위한 모금.
2000년 7월	'박정희기념관' 건립 반대투쟁.
2001년 6월 28일	'들불열사기념사업회' 결성.
2002년 5월	'들불7열사추모비' 건립.
2004년 6월	'5·18기념재단' 주최, '5·18아카데미' 교장 취임.
2005년 12월	'민족미래연구소' 문을 닫음. 이후 무안과 목포의 자택에서 요양.
2007년 6월 27일	폐기종 투병 중 폐 이식 수술 후 영면. 향년 61세.
2007년 6월 30일	국립5·18민주묘지 제6묘역에 안장. 국민훈장 동백장 추서.

참고문헌

1차 자료

윤한봉, 《운동화와 똥가방》, 한마당, 1996.
문규현·임재경·유홍준 《합수 윤한봉 선생 추모문집》, 한마당, 2010.
5·18기념재단, 《5·18 항쟁사 정리를 위한 인물사 연구: 윤한봉 구술》, 5·18기념재단, 2006.
윤한봉의 '김남주 회고' 구술 녹취록.

2차 자료

2010년 녹취한 구술 자료

전홍준 구술 녹취록.
이홍길 구술 녹취록.
이강 구술 녹취록.
김상윤 구술 녹취록.
나상기 구술 녹취록.
이학영 구술 녹취록.
조계선 구술 녹취록.
최철 구술 녹취록.

정용화 구술 녹취록.
박형선 구술 녹취록.
윤경자 구술 녹취록.
윤영배 구술 녹취록.
신소하 구술 녹취록.
김상호 구술 녹취록.
전혜경 회고기.
조진태 회고기.

2016년 1월 미국에서 녹취한 구술 자료

김갑송 구술 녹취록.
김수곤 구술 녹취록.
이종국 구술 녹취록.
임용천 구술 녹취록.
정승진 구술 녹취록.
김진숙 구술 녹취록.
이재구 구술 녹취록.
장광민 구술 녹취록.
김남훈 구술 녹취록.
서혁교 구술 녹취록.
강완모 구술 녹취록.
이종록 회고기.
김희숙 회고기.

2016년 집담회 과정에서 녹취한 구술 자료

윤광장 회고기.
조광흠 구술 녹취록.
정상용 구술 녹취록.
정해직 구술 녹취록.

유정애 구술 녹취록.
임경규 구술 녹취록.
정철웅 구술 녹취록.
조진태 구술 녹취록.
최동현 구술 녹취록.
최용탁 구술 녹취록 .

참고 서적

노준현추모문집발간위, 《남녘의 노둣돌 노준현》, 미디어민, 2006.
안재성, 《윤한봉》, 창비, 2017.
이기홍, 《내가 사랑한 민족, 나를 외면한 나라》, 도서출판 선인, 2016.
담양향토문화연구회, 《담양 창평 한말 의병사료집》, 광명문화사. 1997.
문승훈, 〈6·27 '우리의 교육지표' 선언과 민주화운동 개요〉
E. H. 카, 《역사란 무엇인가?》, 시사영어사, 2005.
리처드 O. 보이어·허버트. M. 모레이스, 《미국노동운동 비사》, 박순식 옮김, 도
　서출판 인간, 1981.
황광우 엮음, 《박효선 전집》, 연극과인간, 2016.
황광우, 《레즈》, 실천문학사, 2007.
황광우, 《잎새에 이는 바람에도 나는 괴로워했다》, 거름, 1992.

A Biography of Yoon Han-bong for Korean Americans and Non-Korean brothers and sisters

March for May's Martyrs

Hwang Kwang-woo and Choi Hedgie co-author

Contents

Prologue

The 1970's had some notable dictators - Pahlevi in Iran, Marcos in the Philippines, and Pinochet in Chile. In this "club" of third-world dictators supported by the U.S., there was Park Chung-hee, who seized power over Korea through a military coup d'état in 1961 and ruled for 18 years.

Park and his military group used the possibility of war with North Korea as an excuse to trample the rights of citizens. They made military training mandatory for students in schools. Children had to sing praises for Park, with songs such as "Our President, Our Competent President." Policemen monitored the smallest and most personal choices – for example, they walked around measuring the hair lengths of male students and the skirt lengths of female students. At 5 p.m. every day, people had to stop what they were doing to face and salute the flag. In the movie theaters, everyone was required to stand when the national anthem played.

In April of 1974, Park arrested over a thousand students who were critical of his regime. This arrest occurred without a warrant. Students who had gave impassioned speeches for democracy in bars near campus were branded as members of the National Federation of Democratic Youths and Students, regardless of whether or not the students had even heard of such an organization. For this "crime" Park had 180 of these students tortured and jailed, and many were given heavy sentences of over 10 years.

Park and his stooges did not stop there. They claimed that the National Federation of Democratic Youths and Students was controlled by anti-establishment radicals. They coerced false confessions from eight youths: Do Ye-jong, Yeo Jeong-nam, Kim Yong-won, Lee Su-byeong, Ha Jae-won, Seo Do-won, Song Sang-jin, and Woo Hong-seon. They were forced to claim that they were a part of the People's Revolutionary Party, a party with strong communist ties. The Supreme Court sentenced them to death on April 8, 1974. Within 18 hours of the sentence, they were executed. The country was in shock. A student of Seoul University, Kim Sang-jin, protested the injustice by disemboweling himself.

In theory, the constitution protected the rights of workers – workers were free to hold assembly and take action together. But these rights were not protected in reality. In 1970, a young laborer protested his working conditions by pouring paint thinner on himself, causing severe chemical burns. After the Yushin Constitution was implemented in 1972, the working conditions of laborers in Korea were straight out of Dante's Inferno.

Whenever workers tried to assemble to protest against their inhumane work hours and low wages, the police arrested them and tortured them. They demanded to know which "intellectual" was leading the rabble-rousing. These intellectuals were sent to prison for the crime of "interfering." Factories were free to treat workers like disposable livestock.

Despite the brutal oppression, students continued to protest against the regime. In 1979, more than a thousand protestors were jailed. All the jails in the country – about 30 in total – were packed full of students. At this point, even the American government could not endorse Park's tyranny. Jimmy Carter visited Korea and urged Park to release the students in jail.

But it was not the protests that ended Park's rule. On October 26, 1979, Park attended a party with his most trusted confidante, Kim Jae-gyu. Kim shot Park, who died instantly.

Korea celebrated Park's death. Protestors swept through the streets the next May, celebrating "Seoul's Spring." Unfortunately, the "spring" was cut short. Chun Doo-hwan, the military general, had been looking for a chance to seize power. At midnight of May 17, 1980, Chun and his military group imposed emergency martial law. It was a declaration of war against the people. Now Chun was free to arrest and imprison anyone he wanted, ignoring the judicial process.

Gwangju was a special city. During the Japanese occupation, the students of Gwangju had led one of the most important large-scale movements for independence – the Gwangju Student Independence Movement. Gwangju was also the city to most actively condemn Park's dictatorship. When the hopes for democracy were extinguished by Chun's military dictatorship, when other areas fell silently into hopelessness, the chanting of "Out with the tyrant!" could still be heard in Gwangju.

It was Gwangju that raised the protagonist of this story – Yoon

Han-bong. He had been a student when Park declared the Yushin Constitution, in October, 1972. The Yushin Constitution violated the basic rights of citizens and increased the president's power immensely. It also allowed Park to stay in power indefinitely, turning his presidency into a dictatorship. It was at this point that Yoon Han-bong began his career as an activist. When, eight years later, Chun seized power in May of 1980, it was Yoon Han-bong who headed the struggle against him.

Chun was determined to trample out any resistance. The soldiers who were sent to Gwangju fired on unarmed demonstrators as well as random civilians. Yoon had to escape Gwangju – had he been arrested, there was no doubt he would have been executed. Yoon knew that the way to continue fighting against the tyrant was to move to a different country. He plotted every detail of his escape with painstaking care. Smuggling oneself out of the country by ship was risky business – if the sailors found out, it was common practice for them to throw the stowaway straight into the ocean.

Yoon was not well known or well connected. He was just a nameless young man, an exile who received no support. He went from one city to another in worn out sneakers, carrying nothing but a small bag of personal belongings. He had been a country boy in Korea, and he remained a country boy in America – just an exiled one. And yet he managed to found a Korean youth organization of national scale in America, comprised of the many Korean immigrants who still cared deeply about what was happening in their home country. This organization eventually founded branches in Canada, Australia, and Europe.

Yoon and his comrades collected 110,000 signatures to support the denuclearization of Korea. They then went on to organize a peace march from Baekdoo Mountain to the DMZ and from New York to

Washington D.C. to promote their cause.

But despite all that Yoon had done with so few resources, he was not one to boast. When he returned home in 1993, after 12 years of exile, reporters asked him for a statement at the airport. He told them he was merely a fugitive, a shameful fugitive.

Yoon passed away on June 27, 2007. His friends agreed to write a biography of his tumultuous life, but no one took up the task for nine years. Who among us could adequately describe the slaughter of May 20, 1980? Who could convey the shame of the protestors who fled? Who understood the guilt of the refugee who survived?

In 1975, I met Yoon for the first time. He was bony – his ribs were showing. He had alarmingly few possessions. When he died, I spent five years retracing his steps, trying to untangle the legacy he had left us.

This English language biography of Yoon is based on the work of writer Ahn Jae-sung.* I have translated a condensed version into English so that it may reach my dear Korean Americans.

---

*   Ahn Jae-sung is a famous writer who completed the task of writing Yoon Han-bong's biography in 2016.

Acknowledgements

Here we must thank those who participated in the creation of Yoon Han-bong's English biography.

We believed it was important and necessary to raise awareness about Yoon Han-bong among second-generation Korean-Americans and non-Korean brothers and sisters, but this was not a simple task.

Writers who are skilled in one language are bound to be clumsy in another. As we begun the task of translation, this limitation seemed to present an insurmountable challenge.

This book was able to take shape thanks to Choi Hedgie, a bilingual university student in Korea. Choi Hedgie spent her elementary and middle school years in the U.S., and her high school years in Korea.

This book was completed through the dedication of Korean-Americans; Michelle Jae-eun Chang, Albert H. Pak, Clara Choi, Eugene Kim, Sae-hee Chun, Cliff Lee and Hyun-woo Kang Their comments and suggestions were indispensable to the final product. We express our gratitude to them for their participation in this process.

March 6, 2017

Oh Su-sung (Chairman of the Habsoo Yoon Han-bong Memorial Committee)

Comments of Korean Americans joining in review of biography of Yoon Han-bong

1. Albert H. Pak

This was a very rewarding experience. I was reminded how many of the freedoms in Korea were won through the heart and mettle of its citizens. The book provides a very behind-the-scenes look at how things happened on the ground, a perspective that is important in truly recognizing the heroes of history.

Albert H. Pak was born in the US, currently studying at the University of Pennsylvania Law School and Princeton University Woodrow Wilson School of Public Administration for their Joint Degree (JD & MPA).

2. Jae-eun Michelle Chang

Thank you again for giving me the opportunity to be a part of reviewing the book. I learned a lot from the few chapters that I was given, and it led me to look more into Yoon Han-bong during my personal time. I enjoyed reading them and I especially enjoyed reading the small details about Yoon, such as descriptions of his personality, examples of things he would say, and the small anecdotes that made the book more fun to read. I look forward to reading the entire biography when the book comes out and learning more about Yoon. It is great to learn and read about a Korean activist that I may not have learned about otherwise.

Jae-eun Michelle Chang is a second generation Korean-American. She got her MPH (master of public health) degree from Columbia University's Mailman School of Public Health, and now working for the New York City Department of Health and Mental Hygiene.

3. Clara Choi

I enjoyed reading about his life and learning about such a passionate time in Korean history. It was my honor to be a part of making the biography of Yoon Han-bong who made a significant contribution to democratization of Korea.

Clara Choi is a second generation Korean-American and received her M.S. degree in Environmental Engineering from University of California, Berkeley. She plans to study law at University of California, Berkeley Law School from September 2017.

Section 1:

Exile in America – 1980 to 1993

May in Gwangju - the city of light

The army had come not to disperse the demonstrators but to terminate them. Even demonstrators who were running away were chased down, into the dead-ends of alleyways, the interiors of private homes. No civilian was safe. Everyone was a target, regardless of age and sex. The soldiers slaughtered indiscriminately. The beaten and bloodied had their hands tied behind their backs with wires. Wearing nothing but underwear, they were loaded onto military trucks. No one knew where the trucks were going.

But the citizens of Gwangju refused to retreat. The demonstrators held together, woven like a net of iron chain mail. When the soldiers advanced, fitting their bayonets onto their rifles, the citizens would disperse – but only momentarily, before they flooded the streets again.

When darkness fell, the demonstrators multiplied. Everyone except infants and the elderly poured out into the streets. The streets were littered with broken pieces of pavement and gasoline bombs, and speckled with blackish red blood. The soldiers continued their ruthless hunt. The city became a battle ground, ringing with the sound of machine guns and the noise of helicopters. The vehicles burning on the streets poured out an endless cloud of black smoke.

Yoon Han-bong's sister, Yoon Kyung-ja, paced nervously in her house, carrying her son on her back. It was May 20, 1980 -- the demonstrators were waging a fierce battle against the soldiers in a street not far from her house. She listened to the sound of gunshots ringing out over the cries of demonstrators. Her heart was clamoring to burst its way out of her chest.

Her husband, Park Hyung-seon, had been arrested and dragged away by policemen last night. She had heard nothing from her brother for the past few days. The police had already come to her several times to threaten her – Did she know where her brother was? Was she hiding him? She was too terrified to sleep. She wanted to go out into the streets and see what was happening for herself but she couldn't make her baby inhale tear gas. Standing on tip toes, she peered out of her window into the darkness.

"Soldiers are coming. Run!"

There was a loud moment of panic, and then the protestors began to flee. Adrenaline pumped them over fences that would have been too tall for them to jump otherwise. But one man was walking slowly. He was a next-door neighbor, an aged pharmacist with four daughters. He thought he would be safe – after all, he had not been a part of the protest. He wore only his undershirt, a white one that caught the eyes of the soldiers. He went into his own house and locked the gate.

Yoon Kyung-ja watched as the soldiers ran after him, and broke down the gate of his house with their bayonets. They filed into the house. The pharmacist, alarmed, ran into his room. He tried to hold off the soldiers by holding the door rings closed, but the soldiers tore down the door. The pharmacist rolled out, screaming. The soldiers attacked him. The pharmacist's wife and daughters came out and wailed, begging the police to leave him alone – Can't you see? He's just an old man! He was just coming home from an errand! The soldiers turned on their heels and filed out of the house, leaving the pharmacist bleeding.

Yoon Kyung-ja looked toward the streets again, where the demonstrators were gathering once more. They fought through the night. At 9 p.m., the demonstrators set the building of a TV company on fire. At 4 a.m., another building of the company was burning, too. As Yoon Kyung-ja watched the flames go up, a low and cautious voice called to her.

"Chan!* Chan!"

She could identify the voice instantly. When she opened the door of her house, a man was standing there, his face masked. He held a long screwdriver and a wooden club. The moment he saw her, he crumpled on the ground.

"My brother!"

Yoon Kyung-ja gasped. Then she shoved him away, turning him back toward the streets.

"Did you come here to die? Do you know how many times the police came to arrest you?"

Yoon** had been protesting till dawn, and his strength was failing him. Every last muscle was starting to give. He was too exhausted to speak. Seeing that he didn't have the strength to flee, his sister dragged him inside and shut the door.

---

*   Chan is Kyung-ja's son's name. It was common to call mothers by their son's name.

**   Yoon is the family name and Han-bong is the first name. In Korea, the family name is placed before the first name. This book will use the Korean notation method. Also, recurring full names will be shortened to the family name.

"You have to get out of this city now," she pleaded. "If you stay here, you'll die a dog's death. They're out to get you!"

Three days prior, May 17, 1980, martial law had been proclaimed by Chun Doo-hwanj*. Most organizers of student movements were arrested overnight.

Yoon was a known leader of Gwangju's student movement. He had predicted that the military would come down to Gwangju and had tried to prepare for such an attack. But no one had listened. He himself had only narrowly escaped immediate arrest.

Though he had avoided arrest, he now had no comrades that could help him lead an organized protest. He joined the ranks of the demonstrators as a lonely citizen. He shouted slogans, threw stones, and ran, going whichever way the crowd was going. He felt helpless, and fatigue engulfed him. And now, finally, he had come to his sister's house, resigned.

"Please, you have to go. All your comrades have already escaped to the countryside."

Yoon refused to listen to his sister's pleas. He was resolved to remain and fight alongside the demonstrators. Yoon Kyung-ja had no choice but to hide him in the closet. She gave him a bedpan and some food, and locked the closet door.

About two hours later, the elder brother, Yoon Kwang-jang, burst into the house. He had been looking for his brother all night, terrified that the police had gotten to him already. He woke up Yoon Han-bong, who had been sleeping in the closet.

"Han-bong, you have to leave this city immediately. If they arrest

---

* After Park Chung-hee was assassinated, Chun Doo-hwan took over through a military coup'detat in 1979.

you, you'll never return alive. Leave quickly."

Yoon Kwang-jang had been a mentor to Yoon Han-bong. Stubborn as he was, Yoon Han-bong couldn't defy his older brother.

"I'll go."

Yoon Han-bong and Yoon Kyung-ja walked through the streets together, tensing at every gunshot they heard. They parted at the outskirts of the city. Yoon Kyung-ja stuffed her brother into a taxi – "Drop him off somewhere far, far away from here."

On May 27, 1980, Yoon heard that all surviving leaders of the resistance had been arrested, and Yoon Sang-won, the last of them, had been shot dead by soldiers. Yoon Han-bong and Yoon Sang-won were the two leaders of the Gwangju Uprising. Yoon Han-bong had been an activist for longer – he had been arrested in 1974 for participating in the National Federation of Democratic Youths and Students, and had led the movement since his release from prison the next year. He was well-known, and wanted by the police. Yoon Sang-won had more recently joined the movement, and the police had not been following him as doggedly. And yet, he was dead. At the news of his comrade's death, Yoon Han-bong stared at the ground, filled with shame and remorse.

Escape

When Yoon fled from Gwangju, where did he go? What was his life as a refugee like? It's hard to say, because he left no records around this time, not even a notebook of scribbles. We can only piece his life together from Park Hyo-seon's work. Park Hyo-seon was a playwright, a refugee alongside Yoon. Their lives were as such:

A disciplined life.
Get up at 5 a.m.
A sincere life.
At intervals when the family sleeps
use the toilet.
A quick bowel movement, and then
wash my face and brush my teeth.
Wipe down the floor
and tidy the room.
Read the newspaper quickly

and put it back in its place.

A disciplined life.
Eat quickly.
Smoke less.
Lock the gate all the time.
Do not turn the light on at night.
Read books under sunlight.
Sleep under moonlight.
Hand-wash laundry.
Do some household chores.
A compact life.
For the sake of the movement.
For the victory of the movement.

Jeong Yong-hwa was Yoon's close comrade. Jeong took care of Yoon while Yoon was in exile, tending to every detail. One day, Jeong visited Yoon without warning.

"You have to go down to Masan harbor right now. Board the ship there. We don't have time. It is dangerous for you to get on the bus by yourself. Have Eun-kyung accompany you."

Eun-kyung, a devoted minister, was in charge of putting Yoon in contact with others. As promised, she came in an hour. Yoon, who had spent all his time shut up in his room, looked pale and sickly. With Eun-kyung pretending to be Yoon's sister, the two of them got on the bus to Masan.

Two men were waiting for them in Masan – Jung Chan-dae and Choi Dong-hyun, an engineer and a navigator on a cargo ship called the Leopard. They took on the daring task of providing Yoon a secret passage out of Korea. Upon Yoon's arrival, all of them went to an inn to review the plans for the smuggling operation.

According to Jung Chan-dae and Choi Dong-hyun, the ship was a merchant vessel of 35 thousand tons and a crew of 27 sailors. On April 30th, it was scheduled to leave the harbor in ballast. In Australia, the ship would pick up aluminum, and then sail towards America. In total, a 40 day trip.

There were three major hurdles. First, Yoon had to steal into the cargo. Second, he had to pass through customs in Australia. Third, he also had to pass through customs in America.

They reviewed the plan:

To get on the boat: Yoon dresses like a sailor. Jung Chan-dae and Choi Dong-hyun put their arms around him, and the three of them stagger through the gates pretending to be drunk.

To get off the boat: Someone has promised to help when the boat reaches its destination. He'll get on the ship, pretending to be a minister. He'll identify himself through code: He'll ask Jung Chan-dae, "What flower do you like?" Jung Chan-dae will reply, "I like garden balsams. You?" The helper will reply, "I like azaleas." If all goes according to plan, Jung Chan-dae will deliver Yoon to the helper.

Yoon successfully boarded the Leopard the day before the ship set sail and hid in a toilet stall. On the day the Leopard left the harbor, Jung Chan-dae and Choi Dong-hyun brought Yoon some money and emergency provisions – dried anchovies, dried shrimps, bread, jam, a towel, and some toothpaste. Later, in the evening, Choi Dong-hyun came down to inform Yoon that the ship had just left the territorial waters of Korea. He was really, truly leaving behind his homeland. Yoon leaned against the wall and wept himself to sleep. "Martyrs of the

Gwangju Uprising, may you forgive me for fleeing. Please guide me so that one day I might return and finish the work you left behind."

For 35 days, Yoon hid in the toilet stall of the patient's room. Since there were no patients on board, no one used the bathroom there, but Yoon hung an "out of order" sign on the door just in case. The toilet stall shared a wall with the corridor where the sailors slept, so he had to be extremely careful not to make any sound.

The men who were helping Yoon leave the country offered to sneak in food for him, but Yoon thought this was too big a risk. During the trip, he only ate the food he had brought with him. Every day, he allowed himself to eat three pine nuts, one dried anchovy, one dried shrimp, and one slice of bread with some jelly.

But worse than the starvation was the heat. The ship had to pass over the equator twice, once when it sailed from Korea to Australia and once again when it sailed from Australia to America. The walled-in, under-ventilated toilet stall was like an oven. The murderous heat, reaching over 50 degrees Celsius, caused Yoon's skin to bubble over with boils.

The Leopard arrived in America two days earlier than expected. Minister Harvey*, in Seattle, alarmed to hear from the manager of the Leopard that the ship would dock in just a few hours. He quickly contacted Elder Kim Dong-geun and his wife, Kim Jin-sook.

Mrs. Kim, who received the news from Harvey, hurried to board on the ship, accompanying an American minister. She was clever – she delivered a note to all sailors, inviting them to come have dinner at her

---

* Pastor Kang Shin-seok and Elder Jo A-ra in Gwangju contacted Reverend Harvey in Washington D.C. through Lee Hak-in and Kim Yong-seok. Reverend Harvey was the director of the North American Coalition for Human Rights in Korea. Reverend Harvey, with the cooperation of Senator Edward Kennedy, aided Yoon's passage into the U.S.

house at any time. Jung Chan-dae and Choi Dong-hyun, who received the note with her address on it, were able to take Yoon to her house. When Yoon arrived at Kim's house, he was but a skeleton.

Starting his new life in America, Yoon vowed not to forget the sacrifices others had made in Gwangju.

I'll never forget those who fell in Gwangju. I'll live a life that honors their sacrifice. I'll continue the fight, so that one day I'll be able to return home without shame. I'll continue the fight, so that one day I'll be able to forgive myself for running away.

Yoon Han-bong's nickname was "Habsoo." Literally, it means the convergence of water, and the term is used in the Korean countryside to refer to a mix of dung and urine, used as fertilizer in the fields. Yoon wanted to become a fertilizer that would help sprout a more just world.

Yoon had personal rules for his own life: First, I will not use English*. Second, I will not shower. Third, I will not sleep in a bed. Fourth, I will not loosen my belt, even while sleeping.** As I did in Korea, I will also continue to live without accumulating personal property.

The only pleasure that he permitted himself was smoking. From the moment he was up, Yoon smoked incessantly. He attempted to quit

---

* According to members of YKU, Yoon had no problem understanding English when he was working with activists from different countries. It seems likely that he decided not to use English in order to avoid losing touch with his Korean roots.

** Showering and sleeping in a bed are American customs, which Yoon did not want to follow. By "not loosening his belt", he was proclaiming that he would maintain alert even while sleeping. He was constantly reminding himself that he owed a debt to the martyrs of the Gwangju Uprising.

several times because the cigarettes caused him breathing problems, but he was unsuccessful. Even this small indulgence he found utterly distasteful.

The smoker

In the 1980's most Korean immigrants lived in Los Angeles. Very few of them straggled into the small city of Seattle. A newcomer was bound to attract attention.

In summer of 1981, people began to talk about a man who smoked cigarettes in the parking lot of Kim Dong-geun's shop. Kim's shop was an Asian grocery store, and the man employed in his shop was a Korean in his thirties. He was known as Kim's cousin. He arranged the food items and closed down the shop at night. When the owners were out, he worked the cashier too. Sometimes, he helped Kim's wife make kimchi.

He took frequent smoking breaks in the parking lot. He smoked crouched in some corner, his head bowed. According to rumors, people saw him crying, his head falling into his lap.

"Why do you smoke so much? Smoking is unhealthy for you."

When Mrs. Kim grumbled, the man would lift his head, smiling a shy little smile. Mrs. Kim was a kind, diligent, and generous woman. Though some had suspicions about the newcomer, Mrs. Kim only saw him as an exile with nowhere else to go.

Kim Dong-geun and his wife had extensive connections in the Korean immigrant society, and they were eager to help Yoon meet people. Thanks to Mr. Kim, Yoon was able to visit the offices of anti-nuclear organizations and meet famous professors. He was able to make friends with the progressive Korean immigrants in Seattle.

Yoon went by the name Kim Il-min. No one knew his real name except Kim Dong-geun and his wife. It was two years later that Yoon's real identity was exposed to Seattle's Korean immigrants – his real name, his escape from Korea, and the reason for his escape. It was only then that people understood why he smoked so desolately, why he cried with his face between his knees.

The city of angels

In November of 1981, Yoon moved his refuge to Los Angeles. When he left, Yoon parted with Mr. and Mrs. Kim sobbing tears of gratitude. As Princess Naussica rescued Odysseus, Kim Dong-geun and Kim Jin-sook had saved Yoon and given him a home – he owed them his life.

His new patron in Los Angeles was Kim Sang-don, the former mayor of Seoul. After the year of 1948 when the new government had been established in South Korea, Kim Sang-don had led efforts to bring pro-Japanese traitors to justice. This project failed due to President Lee Seung-man's oppression and a lack of cooperation from the police. Kim Sang-don then redirected his efforts to the anti-dictatorship movement. After the April Revolution, which overthrew Lee Seung-man, Kim Sang-don became the mayor of Seoul. However, after Park Chung-hee's coup d'etat, Kim Sang-don had to step down and even spend time in jail. In 1972, he fled to the U.S., where he led the movement for democracy among Korean immigrants.

Kim Sang-don was around 80 when Yoon met him, but the sparkle in his eyes showed he was as keen and alert as ever. He was a man of principle, and he never compromised his beliefs. But to his comrades, he was known for being kind and giving. Later, Yoon said of him, "Kim Sang-don was always generous. He cared for me like I was his son. Even when I was rude to him during discussions, he remained gracious and understanding."

Kim Sang-don introduced Yoon to local Korean immigrants, and took him to various meetings that supported Korea's democracy. At these meetings, Yoon went by the name Kim Sang-won.

What with the weather and the abundance of Korean immigrants, the Korea Town of Los Angeles felt like a district of Seoul. But at the same time, the immigrant population there cast a wary eye on newcomers. Who are you? they wanted to know. And more importantly - Whose side are you on? South Korea's? Or North Korea's?

The immigrants of Los Angeles were suspicious of this Kim Sang-won. Had he really smuggled himself into America? How could he have managed to cross the pacific when he was wanted by the Korean government?

Around that time, the Japanese monthly magazine 'Sekai' cast doubt on the circumstances around Yoon's trip to the U.S. Suspicions soared. 'He must be an agent from South Korea.' 'Maybe he is a spy from North Korea.'

There was a man who defended Yoon against these conspiracies. He was a dentist named Choi Jin-hwan. He met with Yoon and listened to Yoon's story – the uprising in Gwangju and his secret passage to America.

One day a heated discussion rose among the elders. What is Yoon's identity? they wanted to know. Mr. Choi spoke up for Yoon: "I've met the man myself, and he told me his story. He fought for democracy in Korea. Of this I'm certain."

Dr. Choi was a trusted and respected man among local Koreans. His unwavering support for Yoon put a damper on the conspiracies mounting against him.

Aid for the victims of Gwangju

Since dedicating himself to the democratic movement, Yoon's personal possessions had dwindled to almost nothing. He didn't even have a bank account. What little he did own were all kept in his tote bag.

There were a number of necessities in the bag; socks, pants, toothpaste, a brush, a comb, a nail cutter, etc. Yoon carried this bag with him as he slept at the homes of his comrades. He wore hand-me-downs from friends and a pair of worn-down sneakers.

Yoon turned down any official job titles or ranks. Even in the organization he set up, he didn't hold an official position. He referred to himself as a fertilizer – something insignificant to be rotted away for the benefit of others.

Yoon also spoke his mind freely. He paid no heed to anyone of any rank. In fact, he was most outspoken against the powerful. Naturally, this earned him both friends and foes. There were many who did not appreciate having their conscience prickled by Yoon's sharp criticism.

On the other hand, there were those who found Yoon trustworthy and brave.

One such person was Hong Ki-wan, who had immigrated to Los Angeles in the early 1970s. He was a hot-blooded man with a strong sense of justice. He and Yoon were of the same age, and the two became friends.

When he met Yoon, Hong was a married man with two sons, and had a stable job as a carpenter. But his friendship with Yoon changed his life. Though he and Yoon argued often, sometimes screaming at each other at the top of their lungs, the two were best friends who encouraged each other in difficult times.

A few other people gathered around Yoon and Hong. At first, about five people gathered together without any official organization title. Later, they called their meeting "Association of Supporters for the Victims of the Gwangju Uprising." They collected small funds to support those wounded and the bereaved in the Gwangju Uprising. From June of 1982, they held a meeting once a month, and collected money. Yoon believed that this association could bring awareness about what really happened in Gwangju to the Korean immigrants in America.

Since all members of the association were supposed to donate some amount of money, Yoon needed a job and an income. But it was not easy for him to find employment. The immigrations office would not grant him refugee status. Instead, they gave him the right to work. But it was difficult for Yoon to find work as an immigrant.

In October of 1982, Yoon received tragic news: Park Kwan-hyun, the student council president of Chonnam National University, had died in prison during his hunger strike. Park Kwan-hyun was a junior comrade of Yoon's. On May 16, 1980, Park had led the rally in front of city hall, where his impassioned speech moved the citizens.

"If Chun Doo-hwan and his new military group issue a martial law, let us fight, to the last man, against those violent gangs, for our liberty, our equality and our democracy.'

Three days prior to the Gwangju Uprising, Yoon met with Park to encourage him. Yoon had told him to hold strong and continue the fight against military suppression. These would be the last words Yoon spoke to Park.

As Yoon always did when he was lonely and sad, he sat in a corner to smoke and weep. He was still not over Yoon Sang-won's death and yet, too soon, death had claimed another dear comrade. Yoon felt guilty for surviving – he wanted to kill himself.

Founding a School - Community Center

Overcome with grief and guilt, Yoon began to fast. Hong fasted alongside him. The two endured ten days of fasting, which they dedicated to their fallen comrade. During their fast, Yoon committed to becoming more proactive in the fight for democracy.

Incidentally, around this time, events in Korea freed Yoon from the need to hide his identity. In Korea, a group of teachers had been arrested under the suspicion that they were trying to overthrow the regime. During the investigation, the police learned that these teachers had met with Yoon Han-bong. Under torture, the teachers confessed that Yoon had escaped to America. This fact became public knowledge. Yoon's cover was blown. Yoon actually welcomed this change – now there was no need to use an alias, no need to lay low, and he could come out of hiding and organize.

Yoon immediately launched an organization in December. His vision for the organization spanned ten years. First, he wanted to organize the local young adult youth organizations for Korean immigrants and form a local grassroots organization. Then, he would unite these local grassroots organizations to establish a nation-wide youth organization. He envisioned having a Korean young adult and youth organization not only in America but also in Europe, Australia, Canada, and Japan. It was an ambitious plan.

The first step was to secure a home base, a place that could accommodate all the members. Yoon envisioned a community center where Korean immigrants could gather and learn about their common heritage. For the community center in Los Angeles, he proposed the title, "Korean Resource Center" – a school that would become a resource center for Korean culture, history and activism.

Yoon had saved a little less than 2,000 dollars, which was an emergency fund, in case he needed to escape. The hope of having his own room in America was entirely out of his reach. Yet he was able to found the Korean Resource Center (called "Min Jok Hak Gyo" in Korean meaning "Korean National School") which opened on February 5, 1983.

No one had managed to establish a Korean institute in America before – not Seo Jae-phil nor Lee Syngman. Yoon registered the school as a nonprofit organization and received tax exemption status from the government. Choi Jin-hwan was the chairman of the board of directors of the school and Jeon Jin-ho became its first the principal. Hong Ki-wan quit his job and worked at the school full-time.

Live righteously
Know your roots
Live with integrity

This was written in Hangul on the placard inside the school. These three mantras were the living tenets of the school.

Yoon was the "keeper" of the school – he was literally the janitor. Yoon polished every inch of the school. He scrubbed the floors on his knees and cleaned every inch of the window frames with a rag. There was not an opportunity for dust to settle anywhere.

In two months, Yoon decided to move into the school. He was living in extreme poverty by this time – for meals he made do with rice and water, and a few dried anchovies dipped in pepper sauce. When someone bought him a meal, he would wrap up any leftovers so he could eat them later. Those who pitied him occasionally brought him something to eat - Lee Kil-ju, a vocal performer, had especially cared for Yoon and other people working for the school. Once, Yoon said to her, "I think you must have been a bird in your former life. A bird who sings on tree tops all day long."

Yoon washed dishes in the bathroom. Because it was forbidden to live in the office, he had to hide himself whenever he heard anyone walk past. He slept on the floor of building and smoked the butts of cigarettes thrown away on the streets. He wore whatever hand-me-downs he could get his hands on.

Despite the difficulties, Yoon and his colleagues lived happily by caring for one another. They helped each other endure days of hunger, of loneliness, of darkness.

Isolation

Yoon tried to raise support for his school in the immigrant community. "Our school will teach young Korean immigrants their heritage. They will learn to live as proud Koreans in America. We are volunteer teachers who hope to raise awareness of Korean history and culture. Your help would be greatly appreciated."

Initially, the Korean American communities were enthusiastic about Yoon's school. However, as strange rumors were perpetrated to sabotage the school, the sentiment changed.

Yoon is an agent, planted by the South Korean government. He's secretly trying to destroy the Korean immigrant movement for Korea's democracy and unification.

Yoon supposedly got here on a cargo ship, but nobody saw him get off that ship. How could he have passed customs without the protection of authorities? It's impossible!

It looks like he really did fight for democracy in Korea. But maybe he was tortured into changing his mind.

The source of these malicious rumors was the Korean consulate. As part of the Korean government's scheme to isolate Yoon, the consulate slandered him and spread suspicion among local immigrants. Their scheme was effective – Yoon denied these accusations, but he had no standing in the immigrant community. He was unable to stop the rumors, even the most preposterous of them.

Yoon is a spy, dispatched from North Korea.

A portrait of Kim Il-sung is hung in the school. And I've heard they fly the flag of the Democratic People's Republic of Korea.

I've heard that people sometimes just evaporate in that school. Gone, into thin air!

Live with integrity.

Even when many directors of the school thought the Korean Resource Center would inevitably close its doors, Yoon had faith. He believed that he could find a way to keep it going in spite of the malicious rumors.

In May, 1983, hundreds of Koreans gathered in Los Angeles for a special lecture in remembrance of the Gwangju Uprising, and Yoon was invited as the lecturer.

When Yoon stepped up to the podium, the audience was astonished – That man was Yoon Han-bong? The man who stirred up so much controversy? But he was such a tiny, meek figure! That man was supposedly a spy.

Though his eyes glimmered with determination, the smile on his lips was shy. His voice was timid, almost tremulous. He was not the charismatic and eloquent speaker the audience had expected.

This was Yoon's first occasion to give a public speech. He didn't have notes nor index cards for his presentation. As he bowed to the hostile audience and began revealing the story of his life – how he escaped from Korea, how his application for asylum as a political refugee was rejected by the U.S. government. Finally, Yoon gave a detailed account of the Gwangju Uprising and asked the audience to support the fight for democracy in Korea.

This and consequent lectures slowed the spread of the malicious rumors. Yoon began to win support. But Yoon still needed to find the money to sustain the Korean Resource Center. So he began a business venture. Yoon collected a number of eastern and western paintings, as well as works of calligraphy. The poet Kim Ji-ha sent him dozens of paintings. Hong Ki-wan, being an excellent woodworker, framed the art pieces.

Yoon and his friends also sold secondhand goods, such as electronics, cutlery, toys, clothes, and shoe at the flea market. In their spare time, they collected empty cans on the street and sold them for recycling refunds.

Yoon was passionate about collecting books. It was not easy to find books in Korean in America, and on the off chance he did find one, his school could not afford to buy them. He certainly couldn't afford to buy a copy for all his students. Instead, he photocopied the books.

Yoon was also known for his sense of humor. He wrote up a list of sins that would condemn one to hell – for instance, "the sin of pressuring someone else to drink," and "the sin of tearing out the best part of a novel." To this list, he added "the sin of possessing books privately." He would jokingly threaten his friends as he requested donations from them – You don't want to go to hell for keeping a good book to yourself, do you? And thus the KRC library grew through donations.

The most difficult issue was the recruitment of students. Yoon taught history, Hong Ki-wan opened a lecture on Taekwondo, and Jeon Ji-ho opened a literature class, but almost nobody showed up.

On lecture days, Yoon was anxious all day. As the lecture time drew near, Yoon would chain smoke in the parking lot. He kept looking around at the people and cars passing by, hoping the car would pull up and bring new students.

Once, they held a class on Korean songs, but not a single student showed up. The four teachers sat around awkwardly. Then they began class, singing children's songs at the top of their lungs until their voices went hoarse.

It took half a year for the school to start gathering students. Those who came took an immediate liking to Yoon. He was an earnest teacher, lecturing for hours on end. Though some of his students were fifteen years younger than him, Yoon did not let them call him teacher or sir. They were all brothers – Yoon emphasized camaraderie rather than his own authority. His students, charmed by Yoon's humbleness and passion, began to bring their friends to school. As the student population increased, the school, once shunned and isolated, grew to become a new force in the Korean immigrant community.

A country boy

In October, 1983, as the school was shaping up, Yoon initiated a new organization, called the Young Koreans United (YKU). The inaugural meeting was held in a trade union building in San Francisco on January 1 of 1984. About a dozen students from Yoon's school attended, as well as a few young men from Chicago and New York who had heard about the school.

The following is Lee Jong-rok's description of the YKU:

I first heard of Yoon around 1984. I heard he was a student activist who had smuggled himself overseas secretly. It was quite the mystery. Why did he flee not to Japan but to America? At the time it sounded like a myth.

A friend of mine at Yale said he'd met Yoon in Boston once. This was in 1984, when Yoon was going around the main cities of America where there were large populations of Koreans. My friend said Yoon, at a glance, looked like he belonged in a farm. He was dressed simply, and he spoke very plainly. The Ivy-League students who met him thought of him as an inferior.

But then one day my friend got into an argument with Yoon. It lasted all night. At first, my friend was very sure of himself. But as the night wore on, he became more and more convinced by Yoon's rough, simple speech. And by morning, he'd entirely changed his mind.

Since then, my friend played an important role in organizing the Boston branch of the YKU. My friend said he realized that night that the intellectuals – himself included – were far removed from reality, whereas Yoon was passionate and invested in that reality because he lived in it. He was an activist, and not a critic. He had a way of breaking down the intellectual elitism in educated young men, and convincing them to become involved and to take action as a part of an organization, of a movement.

A letter from Seattle

Yoon founded branches of the YKU throughout the U.S. Every year the delegates of each branch met at a yearly conference in either New York or Los Angeles. The atmosphere at these conferences was serious, almost to the point of hostility.

First, each region reported their activities and plans. Next, a member, who was appointed his task in advance, reported on the international and national political situation. After the report, all the members engaged in discussion. The highlight of the meeting was Yoon's evaluation.

Yoon did not take notes, yet he remembered every detail of the reports. He critiqued each report, and no flaw escaped his cutting criticism, but Yoon never spoke in anger. During discussion, Yoon refrained from using ornate language. He always spoke plainly. Sometimes, he even used vulgar comparisons and metaphors to make his point. Even those that were being criticized couldn't help but burst out in laughter.

The most complicated international relations were easily unraveled by Yoon. He said, "International relations isn't about what's right and what's wrong. It's about economic choice – gain and loss. If you understand what each party is after, you can understand why they make the choices that they do." Yoon's explanations were easy to comprehend because he spoke in layman's terms and without jargon. He preferred to speak this way, not because he lacked knowledge of the theories of political criticism, but rather that he simply disliked lofty, pseudo-intelligent speech.

In 1985, a few young men began to meet in Seattle. One of them was Lee Jong-rok. Lee Jong-rok was a self-confessed intellectual snob. The first time Lee met Yoon, he was bewildered by Yoon's shabby appearance and nasal voice; this was not the political leader that Lee had expected. Yoon looked as scruffy as a country boy. But soon enough Lee became Yoon's follower and respectfully called him hyung*, despite the fact that Yoon was four years younger. Lee was convinced that Yoon was, as Yoon claimed, the fertilizer from which a new world would sprout.

---

* Literally meaning "older brother" in Korean, used by men to speak of men who are older.

Founding the YKU

미주 한청련 지부와 마당집

By August, 1986, branches of the YKU along with their respective community centers had been founded in L.A., Seattle, Chicago, New York, Philadelphia, and Washington D.C. YKU branches were also founded in New England, Dallas, and Denver, but they were dismantled soon after due to difficulty in management.

The requirements to becoming an official YKU member were strict. There were about 300 members in total. In order to start a new branch, the YKU members had to establish their own community center in the area. In theory, only seven or eight members were needed for a new branch, but it was difficult to run a functioning community center with so few people.

Yoon visited Philadelphia for a few months in the hopes of establishing a branch there. This was difficult, however, due to the small Korean population in Philadelphia. There were only about a thousand Korean immigrants, and not many of them were students. Jang Kwang-seon, who was managing a laundromat, played an important role in organizing the Philadelphia branch. He and Im Yong-cheon had been leading a study group, where a few students met to read Korean newspapers. This became the foundation of the YKU branch. Jang Kwang-seon also persuaded the elders of the community, who were distrustful of Yoon at first. He convinced his two younger brothers to join the YKU as well.

Jang Maeng-dan, Im Yong-cheon, Lee Chong-kook, Shin Kyung-hee, and Cheong Seung-jin began fundraising to build the community center. For these YKU members, fundraising was not about receiving donations but contributing their own earnings, even if it meant taking on side jobs. They collected cans and sold second-hand clothes or flowers. In just half a year, they successfully built a community center.

The situation in New England was even worse than in Philadelphia, as there were scarcely any Korean immigrants. However, there was a bigger population of students. A group of fifteen students were already meeting regularly in a study group before Yoon came along, including Jeong Ki-yeol, Jeong Min, Choi Kwan-ho, Seo Hyuk-kyo, Lee Ji-hoon, Kim Hee-sang, Lee Seong-dan, Ryu Cheong-hae, and Kwon Hyeok-beom.

The members of the study group were already aware of the massacre of Gwangju and they knew they had to do something. When Yoon proposed setting up a YKU branch, the students were quick to organize. Ryu Cheong-hae, who was working as a staff at the University of Massachusetts, recollects the day she met Yoon:

I was shocked. This country boy came out of nowhere, but he had a way with words. It was incredible. He was unlike anyone I'd ever met.

In New York as well, there was already a group of students in a study group. After meeting Yoon, these students joined the YKU. The core members were Gang Wan-mo, Kwon Hyuk-beom, Han Ho-seok, and Kim Nan-won. Gang Wan-mo recollects his meeting with Yoon:

I was a student then. I met Yoon for the first time in New York. I was expecting a well-dressed gentleman. When I met him, he was nothing like my expectations. He looked like some laborer, like maybe he should be handling luggage at a bus station. We kept looking around to see if anyone else would show up. We couldn't believe that that was Yoon. But he continued to upturn our expectations. He changed us. He was a Jesus that walked among us, the Lenin of Korea. Within a year, we set up a YKU branch in New York.

The devoted

The members of the YKU studied day and night, from books they bought from Korea and books that were donated by the members. Yoon also joined the study group sessions and participated in the discussions. The discussions were always centered around action – "What can we do?" Yoon was not a theoretician but an activist.

Yoon was not an agitator, and he wasn't a confident public speaker either. But he was a good story teller. When Yoon took the stage, he stepped up on the podium with hesitation. But soon, he had the audience hanging on his every word. He knew how to open people's hearts.

The members of the YKU cherished – and continue to cherish – Yoon, because he changed their way of life. Yoon taught the members to lead by action. He emphasized that every member of the YKU should be an example to his peers. Yoon repeated, "If we want to change the world, first, we must change ourselves."

And what kind of actions would change the world? Yoon spoke of the little things – when you use the last of the toilet paper, put a new roll in its place. When you eat out, stack the dishes in one pile for the waiter. The trivial lifestyle changes that Yoon suggested touched the lives of those who understood the greater philosophy behind such small acts of care and kindness.

But for Yoon, there was a virtue even greater than kindness. Kim Hee-sook recalled Yoon saying, "Kindness isn't the most important virtue." He went onto explain, "Look at the Miss Korea competition. Beauty is only the third criteria – goodness is the second, because goodness is a higher virtue than beauty. But truth is the first and most important criteria. Without truth, kindness means nothing. That's why we must seek to find the truth."

He then turned to Miss Kim, and said, "What do you think? If you don't know the truth, you can't do anything, but if you know the truth and fail to act on it, then you're committing a crime!"

Yoon continued, "First change your way of life; then change the world. How can someone who fails to change his own life change the life of others? To become a trustworthy person, remember these principles: Put yourself in the other person's shoes. Do as you preach. Be responsible and loyal. Lead a diligent and simple life. Be mild-mannered but indignant in the face of injustice. After doing the dishes, clean up the water – even the water on the floor, and water that dripped into places you can't see. Someone who cleans only what can be seen cannot call himself an activist."

Yoon lived by these principles. One day, the toilet of the school was clogged with excrement. Yoon volunteered to put his hand into toilet and pull out the excrement.

It was common, even in America, for the elders to be authoritarian. Many were obsessed with hierarchy – some would get angry about the order in which they were greeted. They wanted special privileges according to their age and expected the younger people to run errands.

But Yoon was unaffected by this way of thinking. Shin Kyung-hee, a colleague who later married Yoon, said:

If he [Yoon] had been an authoritarian, it would have been impossible for me to even approach him. I was a rabbit hopping around on a tiger's back. This isn't to say he wasn't strict. Yoon was unforgiving, especially during meetings. But he never let anyone lord it over others, including himself. No matter how young a member was, Yoon treated him with respect and kindness. It was easy to become friends with him."

Yoon also told members to be considerate towards women, people of color, the disabled, and the elderly. Yoon made it a rule to say "Native Americans" instead of "Indians," and "African Americans" instead of "Blacks."

Yoon told his followers to let go of their need for outside approval. He challenged them to free themselves from the need to be publicly recognized.

Through Yoon's hard work, the YKU established a dozen branches and community centers in two years. As planned, each community center had its own name; for instance, the community center in San Jose was called "Korean Education and Service Center," and the one in New York was called "Minkown (civil rights) Center."

The community centers of each region received recognition as a nonprofit organization and were exempt from taxes. This made it necessary to keep a list of board of directors. The elders of each region were appointed to these positions, and the members of the YKU served as managers, while other members served as volunteers.

"If we go first, they will come along"

A number of civic associations were fighting against nuclear weapons in America and Europe. Simultaneously, political groups from weaker nations were making their appeals to the international society. Yoon and the YKU, joined in the movement for international peace. "If we go, they will come, too." – This was Yoon's slogan for international solidarity.

Yoon started the Foundation for International Solidarity Against Wars and Nuclear Weapons. This international organization was a milestone in the history of the Korean-American progressive movement. Although many politicians had gone into exile overseas while Korea was under Japanese control, no one had founded an organization to promote international solidarity. But Yoon recognized the importance of international, cross-cultural solidarity from the start.

In both Seattle and L.A., Yoon witnessed activism from many different groups of people. A number of nations engaged in their own activities for their country's civil rights. Yoon was also impressed by movements dedicated to ending discrimination in America. He said:

After arriving in America, I witnessed activists from third world countries such as the Republic of South Africa, El Salvador, Nicaragua, Palestine, and the Philippines come together. I also met Americans who were allies to these causes. I learned from the labor movement and the blacks' civil movement in America.

"To change the world is to change the way people think; to change the way people think is to change language." This principle led Yoon to coin a new Korean term, meaning "International Solidarity Movement." He defined the movement as "a movement that aims to mutually support activism in other countries in order to achieve human coexistence and co-prosperity."

Yoon was enthusiastic about this international solidarity movement. He paved the way for Korean activism on a broader scale. First, members of the YKU began to translate documents into English in order to publicize Korean issues. They also translated English files into Korean to distribute them among Korean immigrants. They published about a dozen different types of leaflets, dealing with matters such as nuclear weapons, American forces in Korea, Korea's division, human rights in Korea, and Korea's labor movement. These leaflets were distributed during meetings. They also created and distributed buttons and stickers with their slogans.

They also dealt with these issues in depth; for instance, they manufactured a slideshow titled 'Destruction or Survival', dealing with the issue of the American forces in Korea. They dubbed all sorts of Korean audio-visual material with English dubs. They also produced pictures and banners to raise awareness of the Gwangju Uprising.

Yoon believed that a lobby should pressure the U.S. Congress so that they would not back up the military dictatorship in Korea. To create such a lobby, members of the YKU set up the "Korean information agency in America" in Washington D.C. Originally, there hadn't been a YKU branch in D.C. because there weren't a lot of Korean immigrants in the area. But other branches contributed donations to create a branch in D.C.

Given the circumstances, the YKU branch in D.C. had to look for a cheap office. The one they could afford was in the red-light district. It was a dangerous place to be at night. Nonetheless it was the first lobby space acquired by a private Korean organization.

The lobbyists visited the U.S. Congress to raise awareness of the human rights abuses of the military regime in Korea. They also held demonstrations.

The YKU began publishing a paper in English, the <Korea Report>, to distribute it to international associations. <Korea Report> dealt with a wide range of relevant issues in Korea, such as the movement for democracy and unification. The YKU also manufactured and propagated <Korea Today>, which was written in English as well.

Members who had been sent to D.C. had to work full-time. As with all YKU work, none of it was for pay – in fact, the YKU relied on donations from its members. Choi Yang-il, Lee Ji-hoon, Lee Jin-sook, Seo Hyuk-kyo, Hong Jeong-hwa, Seo Jae-jung, Yu Jeong-ae, Lee Seong-ok, and Jeong Seung devoted their youth to this task.

The petition

In April of 1988 the YKU started a petition demanding the removal of nuclear weapons from Korea. It was a part of the movement for peace and unification in Korea.

Since most people travelled by car at night, the signatures had to be collected during the day. Members went around grocery stores, festivals, university campuses, second hand markets, parks, concert halls, and beaches. Collecting signatures was not easy - a YKU member in L.A., Shim In-bo, was thrown out by the police when he went to a university campus to collect signatures. But he didn't give up. He stood at the gate of the campus and collected signatures into the night. He alone managed to collect four thousand signatures.

Members of New York started a traditional Korean percussion quartet. They would perform at a park, and then request signatures, explaining the cause of their campaign.

One of the YKU members didn't speak much English, so he went to a beach and drew pictures in the sand. For instance, he drew missiles and a mushroom cloud, and shouted, "Boom! Boom!" Then he would draw a big X over the nuclear weapons and request signatures.

During the fourteen months between May, 1988 to June, 1989, the YKU managed to get hundreds of thousands of signatures. In July, 1989, they went to the Congress, carrying the rolls of paper wrapped in blue cloth. As they delivered these signatures, they were full of hope for a peaceful, reunified Korea.

Oh Christmas Tree, Oh Christmas Tree

The YKU did not have it easy when it came to funds. They were an active organization, but they only had a handful of offices scattered around America. Managing these offices alone was a significant financial burden. The YKU also had to make room in their budget to participate in international meetings hosted in other countries. Thus, they planned fundraisers appropriate for each season and area, such as the Christmas tree fundraiser.

Winters in the northeast coast of the U.S. were brutal—a continuous series of storms and blizzards. Nonetheless, dozens of YKU members gathered in New York each winter to sell Christmas trees. Starting from November, YKU members kept up their Christmas tree sales for a month. They shivered in the cold and hopped in place trying to raise their body heat, hardly having any time to go to the bathroom. The members who were located in New York were generally in charge of meals. They wanted to ensure that the members who were selling trees in the cold were at least provided a hot meal. They delivered warm soup to each place where the trees were being sold.

One such place was a deli in central Manhattan. The owner of the deli, Kang Byeong-ho, was the treasurer of YKU's New York branch. He was the one who bought the Christmas trees from wholesalers.

The YKU members delivered each tree that was sold. This was hard work, since the trees were much bigger than a single person. Their work was not over when nighttime came, however. They had to stand shifts 24/7 to make sure the trees would not get stolen. The wind howled until they lost feeling in their ears and noses, but the YKU members could not leave the trees unattended. If anyone tried to steal a tree, they chased them down and took back the tree.

Their efforts paid off. The Christmas tree sales turned a profit of 20,000 dollars in two years. It made a significant contribution to the miscellaneous maintenance fees the YKU had to pay. A part of the profit was used to support the democracy movement happening in Korea.

The Christmas tree sales alone were nott nearly enough to fund the YKU's activities, however. The YKU members of each region also started odd fundraising projects to contribute. They sold Korean food such as kimchi and bulgogi at Korean gatherings. They also punched button holes in clothing, assembled electronics, and sorted prints for money. The YKU members of L.A. once even featured as extras on a film as a group.

Though some YKU members were well-off doctors or businessmen, most were working blue collar jobs and living in poverty. Many had been unable to finish college. In spite of this, they did not neglect to pay the YKU membership fees. On top of that, some even skipped meals to scrap together money to donate to the YKU. Naturally, this made them poorer and poorer. Even the members who had started out driving fancy cars had to switch to older, used models. Many lived without a single nice piece of furniture in their house and wore the same few pieces of clothing all year long. All the members were becoming like Yoon Han-bong himself.

This lifestyle garnered the YKU members ridicule. They were called beggars, and some even suggested that they were a part of a cult. The YKU members did not heed this sort of criticism at all. They were too busy with their anti-nuclear meetings and educational events to pay attention to what others thought of them.

The YKU's most incredible feat of international solidarity was the International Peace March. This march was not just about the reunification of North and South Korea – it was the pinnacle of the international solidarity movement headed by the YKU.

The International Peace March

Compared to other organizations, the YKU was smaller and had fewer resources. Despite this, they gained public recognition through their passion and drive. In May of 1986, the YKU successfully petitioned the city of Berkerly, California to declare "The Day of the People of Gwangju" to commemorate the Gwangju Uprising.

The YKU also organized the "International March for the Peace and Unification of the Korean Peninsula." This march was a monumental event for the Korean progressive movement. It brought together the movement for Korea's unification and the movement for international peace.

The Festival of Youth and Students was an international festival that was held in a different city. In July of 1989, the 13th Festival of Youth and Students was held in Pyeongyang, North Korea. North Korea invited special guests – Lim Soo-kyung, a representative of the national council of college students of South Korea, as well as 200 members of the international solidarity organization sent by the YKU. The two organizations, YKU and the national council of college students of South Korea, had each sent representatives without prior consultation. As the South Korean media chose to focus on Lim Soo-kyung's visit, the international coalition led by the YKU did not get much attention at the time. Nonetheless, the participation of the international solidarity organization was significant, given the scale and historical context of the unification movement.

Having established an international network through their participation in anti-nuclear and anti-war campaigns, the YKU decided to use the festival as a platform to raise international awareness on Korean issues. Most Americans at the time were not aware that 40,000 U.S. troops, along with nuclear weapons, were stationed in South Korea.

Yoon's plan was to have YKU representatives organize a march for international peace after the Festival of Youth and Students was over. They were to march from Baekdoo Mountain to the DMZ (panmunjeom)*. At the same time, the YKU members in the U.S. would march from New York to Washington to deliver their petition to the U.S. Congress.

The YKU had to plan carefully to navigate their way around the U.S. government and the North Korean government. The YKU submitted an official inquiry to the U.S. about their visit to North Korea, but set up their base in England to avoid legal regulations. In England, they set up the 'Preparatory Committee for the Peaceful Reunification of Korea,' which organized participants for the march.

The preparatory team was based in London, and Hugh Stephans was the leader. The base in Asia was in Manila City, the one in the Pacific was in Melbourne, and the one in North America was in

---

*   Joint Security Area managed by the UN and North Korea.

Washington D.C. Of course, the YKU members in the U.S. did most of the planning and Yoon Han-bong oversaw the entire process. It was decided that the fees for participating in the march would be paid by the individual, but that the YKU would pay part of the fees for participants from third world countries.

Yoon did not want the YKU to take sides between the two Koreas. He insisted that the International Peace March be strictly separated from the Festival of Youth and Students. Thus, the YKU refused to co-host their march with the North Korean government.

After months of preparation, they were ready to begin their march. Before they began, Yoon clarified that the march was hosted not by the YKU, but the International Solidarity Committee. He wanted to make it clear that the march was not exclusive to Koreans – the purpose was to invite "outsiders" to join in and take interest. As to whether or not Lim Soo-kyung, the delegate of the National Council of Students, should march with them, Yoon thought it was a decision best left to her. Since the march was for unified Korea rather than North Korea, Yoon reminded YKU members to be on guard and act cautiously.

The International Peace March was backed by an impressive list of sponsors, including the Green Party of Germany, 70 progressive parties from all over the world, and several organizations for peace and women's rights.

The YKU sent eight members to Pyeongyang, the capital city of North Korea, in July, 1989. In a press interview, the preparatory committee revealed that there would be a simultaneous peace march in London, England, Manila, Philippines, and Melbourne, Australia in addition to the ones in Pyeongyang and Washington D.C.

Upon arrival at Pyeongyang, the preparatory committee found themselves in conflict with North Korean officials. The committee members insisted on having affiliation with neither North nor South Korea; the International Solidarity Organization, a private organization, would host the entire peace march. But North Korean bureaucrats refused to cooperate. They unilaterally informed the preparatory committee that they would co-host the march, refusing to negotiate.

But Yoon was just as firm and uncompromising. When he received word that North Korea wanted to intervene with the peace march, he commanded the preparatory committee to stand their ground, even at the risk of cancelling the peace march. Though representatives were sent to talk to the North Korean officials, the meeting ended in a deadlock. The YKU members started a sit-in at the Korea Hotel where they were lodged. One member, Yan Young-kook, recollects:

Yoon was, too, very worried. He said, "We are on the brink of a crisis. If we step down, the whole solidarity movement will be ruined. We must block North Korea's intervention, at any cost." The whole situation was very tense, and we weren't getting anywhere by negotiating. That's why we started the sit-in.

From Baekdoo Mountain to the DMZ.

At last, on July 21, the International Peace March began, starting the seven day journey from the top of Baekdoo Mountain to the DMZ. YKU's traditional percussion quartet led the way. Lee Jong-rok of Seattle, who participated in the march, recalls:

The 13th ' World Festival of Youth and Students' was held in Pyeongyang from July 1st to July 7th, 1989. North Korea was very invested in the success of this event, and had invited youths and students from around the world. That's when Yoon suggested this almost fantastic idea – to have YKU members march for the peaceful reunification of the Korean Peninsula.

This reckless and absurd plan was solely Yoon's idea. He planned and executed almost everything himself, keeping many details secret until the last minute. Jeong-min, the captain of the march, and Jeong Ki-yeol, the vice-captain of the march, were let in on the details of the plan only after they were appointed their positions. Every day Yoon gave detailed guidelines to the members – it was almost as if he was there in person. His code of conduct for the YKU during the march went something like this:

1. The YKU is responsible for this march. Act accordingly.
2. The aim of the march is to lay the foundation for peaceful reunification.
3. Do not display the corrupt habits of rich nations in front of North Korean citizens.

4. Show respect towards North Koreans.

5. Stay with the crowd. Don't act alone.

6. Don't take photos privately. The only recording allowed is the official video.

7. YKU members must bring up the rear. Don't lead the march.

8. YKU members must receive permission from the general manager before having contact with the media.

9. Don't approach Lim Soo-kyung unnecessarily.

After the World Festival of Youth and Students, Jeong Gi-yeol diligently recruited foreigner participants for the march. On July 20, the day the march began, 400 people from 30 countries were present.

There were a total of 270 participants in all - 85 foreign participants from 30 countries, 113 Korean immigrants, and 70 North Koreans. Lim Soo-kyung and Moon Kyu-hyun, a priest, also participated.

The North Korean citizens who witnessed the march were overwhelmingly welcoming and supportive. At every alley that the YKU marched into, the residents lined the streets to wave at them and chant for reunification. Everyone was in tears.

The participants of the march were touched by the encouragement from the North Korean citizens. Though it was a hot and humid monsoon season, the participants cried out tirelessly for peace and reunification. They cried so much that they hardly had tears left to shed. One participant and member of the YKU New York branch, Kim Gap-song, recalls:

"This was the biggest incident since the Korean War. When the news came on the TV, a bell would ring, and the announcement always started with news about Kim Il-sung. But during the march, there was none of that. The bell would ring, and the news started by covering the march. From the point of view of the North Korean government, the whole event must have been frightening. They try so hard to obscure what life is like for their citizens, and now there was a march witnessing all of it. I cried 'til my tearducts were dry. Every new person we met along the way was overcome with tears."

The march from Baekdoo Mountain to Panmunjeom was quite sensational. Just as South Korea's morning news started with a speech from President Cheon Doo-hwan, North Korea's news started with a segment on Premier Kim Il-sung. But during the march, news about Kim Il-sung was moved back so that the march could be covered first. Lim Soo-kyung appeared in the news wearing jeans – this was shocking to North Koreans. Even North Korean officers had to admit that the march was the biggest event since the Korean War.

The International Peace March organized by the YKU could be seen as the pinnacle of Yoon Han-bong's achievement in the Korean immigrant movement. He managed to orchestrate an event calling for reunification without the aid of the North Korean government or the South Korean government – something that had never been done before, and something that has never been done since.

From New York to Washington

At the same time as the march in North Korea, the march in America began, led by Han Ho-seok. This was a much smaller march of only 40 participants. Many Americans were indifferent, and some were hostile – they shouted "Go back to your own country!" Nonetheless, the march continued, carrying their petition with 110,000 signatures.

Yoon attended neither the march in North Korea nor the march in the U.S. in person. Instead, he stayed in the YKU community center in New York and managed both marches from afar. He barely slept during that week.

North Korea's march arrived at Panmunjeom on July 27, and the U.S. march arrived in Washington D.C. on the same day. In North Korea, the participants founded the International Solidarity Committee for Peace & Reunification of Korea, and committed to marching every two years. In the U.S., the participants delivered the petition to the U.S. congress. They also opened a contest to promote the end of war in Korea. The contest received international media coverage.

When the march in North Korea arrived at Panmunjeom, something unexpected happened. After the closing ceremony, the participants of the march attempted to go through the Panmunjeom and across the border. When they were stopped, they immediately started a hunger strike. This hunger strike had not been planned in advance, but it was impossible to convince the participants to give up. A total of 65 people, including 10 foreigners, Lim Soo-kyoung, and the Catholic Priest Mun Kyu-hyun who accompanied Lim Soo-kyoung held a 6 day hunger strike.

When the YKU heard of this, the 10 YKU members began a hunger strike as well for 4 days. In the end, Lim Soo-kyoung and Priest Moon Kyu-hyun returned to South Korea by crossing the border, and served time in jail as a result.

The voice of liberation

"Flow, my tears, all my sorrow,
my humiliation and indignity"

October 1991, in an auditorium in Northern Ireland, a concert began with this mournful solo. The performance was hosted by the Irish Republic Army (IRA). The armed British troops were on guard right outside the hall. Jeong Seung-jin, a member of the New York YKU branch and the leading performer, was singing on stage. Behind him, there was a slideshow of the photos taken during the Gwangju Uprising. The Irish audience watched, captivated and moved.

Then a traditional Korean skit* began, changing the atmosphere entirely. The sense of humor in the satirical representation of the United States made the audience burst into laughter. Anti-nuclear slogans and anti-war slogans, followed by "Yankee go home" were met with a hearty "Bravo!" from the crowd. The Irish people, who had suffered over 20 years of civil war, were sympathetic to the plight of the Korean people. Everyone clapped along to the percussionist quartet.

Since the peace march in 1989, the YKU had committed to having a march every two years. In 1991, as a part of the biannual peace march, they began their tour of Europe. This tour was led by a small committee within the YKU dedicated to sharing Korean culture – there were only ten members in total. The leaders of the committee, Lee Sung-ok and Cheong Seung-eun, planned the European tour carefully.

---

* This is a type of theater where there is active communication between the actors and the audience, who sit in a circle on the ground.

With support from many European groups, they were able to perform 17 times in 6 countries in just 50 days. They also went to Sydney and Melbourne in Australia and performed four times.

Once, after a performance in Paris, a staff member from the Labor Press of North Korea came by and gave them some kimchi. On principle, the YKU were not to receive any support from North Koreans during their tour. Hong Se-wha, a political exile who was visiting the YKU committee advised them to take the kimchi – it was a small gift, after all, not a political move. The YKU members were not sure what they should do. One member, Choi Yong-tak recalled:

We decided to return the kimchi, after a discussion. But I must now confess that we had a little taste first. We hadn't had kimchi for weeks.

Choi Yong-tak met Yoon in 1990:

About two months later, when I became a member of the YKU, I met Yoon in New York for the first time. I was so drawn to him. To me, Yoon was a man like Ho Chi-minh. He was an incarnation of revolution. Every instant of his life was tied in with the destiny of our country. He was brilliant. Even now, my heart beats faster when I think of him.

In 1990, Yoon Han-bong was 42 years old. He had been in exile for 10 years. Despite opposition and suppression from so many different political figures, Yoon Han-bong was successfully maintaining an organization of 200 to 300 members. In Gwangju, he had been a beloved comrade, and in the U.S., he was a respected leader. This was, in a sense, the highest point of his life.

Despite his active life in the U.S., Yoon always longed for Korea. He had kept to the promises he had made to himself when he entered the U.S. He did not sleep in a bed, and he would not remove his belt even while sleeping. Yoon did not allow himself luxuries. He still smoked crouching in a corner, thinking about his comrades in the democracy movement.

The new way

Ten years after the beginning of the YKU, Yoon proposed a drastic change of direction for the organization. In 1992, the YKU held a contest to promote activism among Korean immigrants. One hundred and fifty members participated in the contest. During the contest, Yoon reported the change of direction.

Gone are the days of revolution. North Korea joining the UN is an admission that maintaining the status quo has become more urgent than the goal of unifying Korea. Unification is now a long-term task, and accordingly, we must turn our focus to the promotion of peaceful disarmament instead.

The wall in Berlin had fallen, and the Cold War era was over. The socialist countries of Europe had collapsed. The days of revolution were gone. Up to this point, the YKU had focused on unification; now Yoon urged them to redirect their energy to advocating for the rights of Koreans in the U.S.

We're fighting in the long run now. We need to incorporate activism into our everyday life. All members should think of long term goals and work on them daily.

The businessman should aim for success. The tradesman should aim to specialize. He who gave up his studies to join the movement should return to school. He who left his family for the sake of the movement should return to his family. Meanwhile, Yoon added, keep alive your passion for justice and truth.

Yoon argued that returning to their daily lives, rebuilding connections, and advocating for the rights of Korean immigrants was the way to make their movement sustainable. YKU members returned to school, resumed their studies, and dedicated time to looking after themselves and their health.

Gang Wan-mo was a key figure of the YKU. He returned to University and eventually became an international lawyer. He said:

This change in direction opened up new opportunities for many members. There were, of course, some who were angry. They thought the new way was a betrayal. They thought Yoon was abandoning the movement. But as I saw it, the new way wasn't the end of a movement – it was the beginning of a new one.

Coming back home

When Kim Young-sam was elected as president, returning to Korea became a possibility for Yoon. Kim Young-sam was an important political figure who had fought alongside Kim Dae-jung for establishing democracy in Korea. It seemed likely that he would be open to the possibility of allowing Yoon to return.

Yoon wished to return to Korea to see his mother, but there was not much he could do. Around that time, several comrades in Gwangju, such as Hwang Kwang-woo, started to campaign for Yoon's return. Hwang and his colleagues collected signatures. Through their diligence and drive, they were able to submit 70,000 signatures to the National Assembly.

On May 12, 1993, Yoon was at the YKU community center in L.A. As always, his day had been busy. In the afternoon, he received a phone call from a newspaper in Korea. He listened in shock as the voice on the other end of the line told him that President Kim had permitted Yoon's return to Korea.

Yoon felt stunned. How could he have expected for something so big to happen so suddenly? Immediately, calls poured in from news organizations, friends, and family.

Yoon did not have time to discuss the possibility of moving back to Korea with all branches of the YKU. He asked the branches to discuss the matter among themselves and let him know the consensus by fax. He thought it would be best to temporarily return to Gwangju – after his visit, he would be able to make a more permanent decision.

Yoon went out to the backyard of the school. He looked over the garden – the lettuce, cucumber, pumpkin, spinach, leeks, chives, balsamina, and rose moss. In times of distress, Yoon had found peace in looking after the plants in the yard. Crouching in silence, he had weeded, watered, and nurtured them. He had made supports for peppers and webs for the cucumber and pumpkin vines to climb on. With him gone, who would look after the flowers and vegetables?

On the morning of May 19, 1993, Yoon set off to the airport, trying to hide his tears. Dr. Choi Jin-hwan and Gang Wan-mo accompanied him to Gwangju. Members who had come to see him off waved a tearful goodbye. Yoon recalled:

Trying to hide tears, I went through airport security. Whenever I'd seen off my guests at the airport, I hoped the day would come when I would also get to return to Korea. I was envious of them as they walked through the gates and into security – and now, I was finally passing through the same gate myself.

Yoon had spent 12 years in exile – he had come to America 34 years old and now he was a middle aged man, 46 years old. On the plane, Yoon broke down in tears. "After the plane took off, so many faces flickered in my memory. It took me at least a couple hours to return to reality. I was returning to my beloved homeland. I felt overwhelmed."

Section 2:

A leader in the Korean democratization movement

A man of integrity

While attending Chonnam University, Yoon was a model student. He read his textbooks three times over, underlining passages with a differently colored pen each time. When other people in his boarding house approached him to talk about politics, Yoon told them, "Don't waste your time chattering! Don't you have studying to do?"

So what drove this quiet, studious man to become an activist? Most activists in the student movement had been inspired by older friends. But this wasn't the case with Yoon. Moreover, unlike most of his comrades, he hadn't read any of the critical texts, such as "Listen Yankees" by C.W. Mills, which praised the Cuban Revolution, or "What is History" by E. H. Carr. And yet, when Kim Jeong-gil asked Yoon if he was willing to take on a leadership position in the student movement in 1971, Yoon did not hesitate. "Do you want to be just a model citizen forever?" Kim Jeong-gil asked. "No," Yoon replied. "Now I fight."

One thing about Yoon's character set him apart from others: his integrity. When Yoon was in middle school, he returned to his hometown during break. His hometown friend – perhaps speaking out of jealousy or spite – said, "It's no use studying. It's enough just to learn Chinese characters." Chinese characters had been used in Asia for about two thousand years, and they dominated education and literature. Yoon's hometown friend was arguing in favor of a more traditional education.

But Yoon argued against him. "No, those days are over. Chinese is obsolete." After the end of Japan's rule of Korea, Korea finally started using Korean characters in textbooks. It was this modernized education that Yoon championed.

As the argument got heated, Yoon declared, "If I ever use Chinese characters, I'll be a son of a bitch." It was just an outburst, spoken in a moment of passion. But Yoon never reneged on his promise – he never wrote in Chinese characters again. This was a very inconvenient decision, at a time when Chinese was still widely used in everyday life. He was once even severely beaten by the police because he refused to write his name in Chinese characters at the police station. He was meticulous – almost obsessive – when it came to keeping promises.

Three resolutions

Even before Kim Jeong-gil made his proposition to Yoon, Yoon had made resolutions to become an activist on three separate occasions.

The first time was the night that the Yushin Constitution* was declared on the radio. Groups of students gathered in twos and threes to whisper together. Was it true? North Korea was planning to invade? What exactly was meant by this "all-out national security" business? Dissolution of the National Assembly? Amendments to the constitution?

"In the face of such blatant declaration of tyranny, what am I supposed to do?" Yoon asked himself. He tore his textbooks to pieces and threw them away. Enraged, he proclaimed, "As of today, I'm done sitting behind a desk. I'm going to fight against this dictator who treats the people like dirt."

---

* The Yushin Constitution was created to legalize and legitimize what was a de facto tyranny by Park.

Yoon immediately informed his father of his decision. It was an unusual thing to do – most activists hid their activities from their parents because they knew their parents would not approve. But Yoon's father was as extraordinary as Yoon himself. He gave Yoon his blessing. Later, when Yoon was arrested, his father grew sick. His health worsened, and he passed away while Yoon was in jail.

Yoon was sentenced to fifteen years. In prison, he received a collection of poems by Dasan Jeong Yak-yong, a poet who lived nearly two hundred years ago. In Dasan's poetry, Yoon heard the people's cries, protesting against corrupt officials. As he read, Yoon repented for his past idleness – his dream had been to buy the fields of Chilyang and make a garden where he could grow vegetables and flowers. In the lake, he would float a small raft and spend his time singing about the moon. But reading Dasan's poetry made him reevaluate his goals; even while Dasan was exiled, all he thought about was the suffering of commoners. Yoon resolved to lead that kind of life.

The third occasion for Yoon's resolution came abruptly. Though the death penalty was legal, it was uncommon in Korea to actually execute it. But Park jailed student activists* and he put eight of them to death within a day. Kim Sang-jin, a student at Seoul University, protested this atrocity by committing suicide. When Yoon heard the news, he declared on the steps at the Chonnam University library, "I'll sacrifice my life at the altar of history."

---

* Do Ye-jong, Yeo Jeong-nam, Kim Yong-won, Lee Su-byeong, Ha Jae-won, Seo Do-won, Song Sang-jin, and Woo Hong-seon were put to death 18 hours after their sentence.

Comradery

Yoon cared deeply for his comrades. After Kim Jeong-gil was tortured* by the police, he returned home, unable to move. A folk remedy to treat Kim's illness was to consume black goat soup. Because Yoon didn't have the money to buy a black goat, he started selling books. Yoon's childhood had been comfortable; his parents had been quite wealthy, by the standards of the rural village they lived in. But Yoon didn't mind peddling books for money if it was to help his friend.

Later, when Yoon inherited land from his father, he sold it. With the money, he began a small business with his comrades, but they soon went bankrupt. Jeong Sang-yong was one of the comrades who ran the business with Yoon. Later, he admitted that when he heard bullets flying in the last days of the Gwangju Uprising, it wasn't his wife he thought of, it was Yoon.

---

* The police beat and waterboarded protestors. In some cases, they used electric shocks as torture.

Yoon once asked an elder what comradery was.

The elder explained:

"When we're young, we live a communal life, sharing our possessions. But once people get married and have children, they get busy feeding their wives and babies. They start to prioritize possession – they want a clear boundary between what's mine and what's yours. Then, one comrade ends up rich while another ends up poor. That's not real comradery. Real comradery comes from mutual aid between those who have and those who have nothing."

At this, Yoon resolved to share all his possessions with his colleagues and keep his personal belongings to an absolute minimum. Yoon stuck to this principle until the day he died.

Around the summer of 1979, I, the writer, got to see Yoon's personal belongings myself. Yoon must have sensed that he was being followed, hunted down. He wanted to move out of his room to throw his followers off his trail. He asked me to come with him. His room was tiny – no more than 3.3 square meters. There was no closet. I didn't even see basic kitchen items like knives or chopping boards. In the middle of the room, there was a large luggage bag. That's where all of Yoon's possessions were. Next to the bag was a sheet of paper, where Yoon had written a neat list of everything he owned: pants, socks, razors, and so on. I watched as he changed his clothes. He was bony, and his ribs stuck out.

The poet Kim Nam-joo describes Yoon in a poem as the model of an activist:

The Fighter - 1

In everyday life
He was a quiet man.
He didn't shine a light on his own name,
didn't show off his own face.
Above all he knows that strictness with time
is the first step of self discipline;
He doesn't waste a minute, a second.
He cares for his comrades as though they are his own body.
He reflects on his own life unflinchingly
but never abuses criticism as a weapon against comrades.
He sacrifices his personal life
for the sake of the common good
in all things, big or small.

The Hampyung Farmers' Struggle

In April, 1978, the Catholic Farmers Association held a meeting in a cathedral in Gwangju. Eight hundred participants from all over the nation gathered demanding compensation for a ruined sweet potato harvest in Hampyung.

In Hampyung, there was a lot of red clay well-suited for growing sweet potatoes. The agricultural cooperative of Hampyung encouraged farmers to grow sweet potatoes, and promised they would buy all the sweet potatoes that were harvested. About one thousand families planted sweet potatoes, but the agricultural cooperative did not hold up its end of the bargain. The farmers piled up the sweet potatoes in the street, but no one bought them. They rotted away.

The farmers began their protest for compensation in 1976, but after years of no results, most of the farmers gave up. By 1978, there were about a hundred farmers who continued to fight. The meeting in Gwangju gathered many participants, but unfortunately, it was right in the middle of planting season. Most of the farmers went home after the first meeting, and only seventy remained. They began fasting as a part of their protest.

Because of the military dictatorship, protests of any kind were repressed. It was incredible that a group of farmers began a hunger strike in that kind of political environment. But because the hunger strike was rushed, the farmers were unprepared. Yoon, who had been checking in on the protests, was shocked and concerned that the farmers were starving themselves. He said, "The farmers just started their protest without any kind of planning. There were no beds, nowhere to wash themselves. They didn't even have salt."

Yoon immediately began to look for solutions. It wasn't easy to collect bedding for seventy people. Yoon collected blankets, towels, toothpaste, and toothbrushes at the house of a famous resistance poet, Moon Byeong-ran. He sneaked in toiletries and bedding into the chapel through an entrance that remained hidden from the police.

The leaders of the protest were determined to continue their hunger strike indefinitely – even if it meant death. But one of the farmers, Jo Kae-seon, disagreed. He said compensation for rotten crops was not worth anyone's life. Yoon agreed with him. He secretly supplied the fasting farmers with a powder made of mixed grains.

Yoon knew there was no point in a hunger strike if it wasn't publicized, so he mobilized the activists of Gwangju. They protested in front of the cathedral every day to make the hunger strike more visible. On the fourth day of fasting, a thousand students assembled at the YWCA* and marched to the cathedral, shouting "Out the tyrant!" This was quite a feat, considering that these were days when even on-campus student demonstrations were dissolved within ten minutes by police

---

*   Young Women's Christian Association

force.

At first, the farmers found Yoon's instructions to be quite tedious, because he sent them excruciatingly detailed plans every day, written on tiny scraps of paper. Hwang Yeon-ja was in charge of smuggling in these messages. She pretended to be a kindergarten teacher at the church, and went inside every morning holding the hands of local children.

But soon the farmers were astonished by how accurate Yoon's plans were. He would claim that a certain number of people were going to rally at the cathedral – and at night, exactly that many protestors would gather. Every plan was executed perfectly.

Thanks to the publicity the student protests garnered, the hunger strikes became well-known. On the fifth day of the hunger strike, a negotiation meeting was held. The leader of the strike, Seo Kyung-won, upbraided the representatives of the agricultural cooperative. The government, pressured by the hunger fast, took the side of the farmers and ordered the cooperative to pay 3 million won as compensation.

Even after the hunger strike was over, Yoon kept busy. He had to return the donated bedding and clean the church. His hard work and dedication earned him the respect and trust of the farmers.

A hot meal

Now that he was friends with the farmers, Yoon took on new tasks. In November, 1978, the farmers held a meeting to protest the failed grain policies implemented by the government. The Catholic Farmers' Association hosted the meeting, gathering eight hundred farmers. The meeting went on for three days.

At first, the Farmers' Association asked Yoon to prepare cheap lodgings for the farmers. Yoon looked into all of the cheap inns in Gwangju and assigned the farmers to each one. When Yoon asked if there was anything more he could do, the Farmer's Association asked if he knew of a place from which they could order boxed lunches. They needed eight meals for eight hundred members.

But Yoon did not want to give cold boxed lunches to the farmers. "It's cold now. The farmers should have something hot and fresh to eat. I'll feed them a home-cooked meal."

It was an absurd proposition. "Do you even know how to cook rice?" the organizers asked. "Think of all the pots you'll need. And the bowls, spoons, chopsticks… where will you get them from? The most important thing is to deliver the meals on time. If we fail to arrange the meals on schedule, we cannot proceed with our program. Do you really want to be responsible for all this?"

All the farmers objected to Yoon's plan, but Yoon was adamant. He promised that he could deliver the rice and stew right on time, not a minute later. The farmers relented. They had seen what a miracle-worker Yoon had been at the last protest. "If anyone can do it, it's him," they said.

Yoon had work to do. He had to find the equipment to cook for eight hundred people, so he wrote a list of everything he needed: rice bowls, stew bowls, spoons, chopsticks, and ladles. Then he transported all the ingredients to the site by wagon. Who would tend the fire? Who would make the rice? Who would distribute the food? Who would wash dishes? Yoon asked the women to help him. Yoon ended up washing dishes all day. He didn't even have time to dry his hands.

Winter came earlier than expected. Temperatures dropped below freezing, and it even began to snow. To make matters worse, there was no place large enough to seat everyone at one time. Every meal took two hours, because the farmers had to eat in shifts, but Yoon was never late to deliver his meals. He fulfilled his promise.

Even after all the meals had been served, Yoon didn't rest. He had to return the washed kitchen utensils by handcart. The policemen who watched him struggling with the handcart clucked their tongues. "He's a stubborn one, I'll give you that," they said.

Women's Association of Gwangju

Ever since Yoon became involved in the student movement, he had to go from one friend's house to another. He often stayed at his sister's house. Kyung-ja recollects:

My brother had no permanent address, per se. He went from one friend's house to another. When I married and moved to Gwangju, my brother stayed with me often. He was homeless, really, but even so he was trying to take care of the prisoners. One day he said to me, "Let's set up a women's organization that takes care of prisoners. Remember all those women who helped out when I was serving meals to the farmers?" And that's how the Women's Association of Gwangju, or Songbaekhwe, began."

The novelist Hong Hee-dam became the leader of the Woman's Association. She was the wife of a novelist, Hwang Seok-young. The two had moved to an area near Gwangju in 1977. This was around the time that Hwang was becoming famous for his novel, "Jang Kil-San." Hong met Yoon for the first time when he came by to talk to her husband.

It was an especially cold day. My husband brought a man to our house. I'd been told he had just gotten out of jail, and I could see that he wasn't an ordinary man. He was skinny, and his shoulders sloped forward. He looked ready to counter any attack. He was very straightforward. He could easily hurt others with his direct way of talking. But his fingers were unexpectedly thin. Hands reveal character. And his hands said he was delicate, easily injured, and full of sorrow.

The Songbaekhwe* formed in December, 1978. Most female activists at the time were attached to religious groups, but the Women's Association of Gwangju had no such affiliation. It was funded through membership fees. They studied history and social science on a weekly basis.

Yoon suggested that the Songbaekhwe knit socks for the prisoners. He was as persuasive as usual. He talked about the hardships of life in jail, especially during the winter. Then he told them about his personal experience in vivid detail that Kyung-ja had mailed him socks she had knitted, and they were immensely helpful for getting through the bitter cold of winter. He even showed them the very socks Kyung-ja had sent him. He explained the need for knitting them, since thick knit socks weren't on the market. It didn't take long for everyone to get on board.

The women knitted 147 pairs of woolen socks. Since there were 40 prisoners, each prisoner could have three pairs. The women knew that

---

*   The name refers to a pine tree, a symbol of a life guided by unwavering principles.

Yoon would never have asked for their help toward selfish ends. He was free from any private interest or political ambition. These women were the women who would later feed the protestors in the Provincial Hall during the Gwangju Uprising.

Idealists and pragmatists

The poet, Kim Nam-joo, was a well-educated poet. His ideals were ahead of his time and he was a talented writer. He was well-read. His mind echoed with the chants of famous revolutionaries, and he liked to quote them. He once said to his girlfriend, "I go to dig the tyrant's grave."

Kim Nam-joo, like many activists in Gwangju, joined an organization called the "Liberation Preparation Committee of South Korea," an illegal organization comprised of those who strove to emancipate Korea from dictatorship. Kim Nam-joo's aspirations were noble and lofty – he was an idealist. The organization came up with absurd, symbolic performances. One time, they broke into a wealthy person's house to steal a golden calf.

Yoon was, in many ways, the opposite kind of activist. From the start, he believed in pragmatic goals. The following is Kim Hee-taek's recollection:

One day, I found myself being persuaded by Yoon's argument. He said that the key was to have the student movement and the intellectuals cooperate. "We need to start grassroots organizations locally, starting with large cities." I started to see his point, and eventually, I conceded that he was right. In retrospect, meeting Yoon was really a turning point in my life.

Yoon felt that a locally organized youth movement was crucial. His opinion was unusual – most activists put more emphasis on the farmer's movement and the labor movement. But Yoon was assessing the situation with a realistic eye. He understood that the most practical solution was the strengthening of the youth movement.

The protest

On June 27th, 1978, two months after the Hampyung farmer's protest, there was another protest in Gwangju at Chonnam University. The professors at the university had declared their opposition to the "Charter of National Education," the education principles implemented by the government. The professors suggested that the Charter of National Education was a legacy inherited from Japanese colonialism.

In those days, students were required to salute the Korean flag and chant, "We will give our bodies and minds for the infinite glory of the nation." They also had to recite the Charter of National Education, which began with "We were born on this homeland to take on the mission of national restoration." The charter demanded that the students be loyal to the nation and refrain from criticizing the government.

Yoon knew ahead of time that the professors were planning a public protest. He also felt certain that, without a student protest to back it up, the effort would be in vain. The teachers would be arrested and jailed, and that would be the end. A student protest, on the other hand, would publicize the event. A few days before the teachers planned to make their declaration, Yoon met with Professor Song Gi-sook.

"How are your ... plans going, professor?" he asked.

The whole thing was supposed to be top-secret. Song's face hardened.

"My plans? What are you talking about? I don't have any plans." Song turned away and began to walk.

"Either way," Yoon called after him, "I hope it's going well."

Song stopped. He invited Yoon to his house for some tea.

"What have you heard?" he demanded.

Yoon grinned. "What haven't I heard? Aren't there about ten professors who have signed your petition? I know who they are too..." Yoon began naming professors.

Song stopped him. "Yoon, you cannot breathe a word of this to anyone."

"Don't worry. You do your part, and we'll do ours. We've got some plans too."

On June 27, Professor Song, along with 11 brave professors at Chonnam University, publically denounced the military dictatorship and its principles for education. Everyone was immediately arrested.

As soon as the professors were taken away, Yoon began the student protest. The students were indignant that the teachers whom they respected were under arrest. On June 29, 1978, leaflets protesting the military dictatorship were distributed on campus, and more than 1,000 students gathered to shout, "Out with the tyrant!" The police immediately came to campus, but the protest continued even while the police beat and dragged away the students.

The next day, about a thousand students poured into the streets in protest. The police arrested as many students as they could get their hands on, and many protestors were injured in the process. Still, the protest continued until July 3rd. About five hundred students were arrested, and fourteen had to serve jail sentences. Professor Song, of course, had to serve time in jail as well. All the professors who were involved were fired. This event was the spark that led to the May 18th Gwangju Uprising.

The Gwangju Uprising

What exactly was Yoon's contribution in the Gwangju Uprising? This is a difficult question to tackle. Yoon escaped Gwangju on May 18. He stayed in hiding for the entirety of the Gwangju Uprising. But what else could he have done? As soon as the incident broke out, the police rounded up and arrested all the leaders and instigators. In times of action, it is inevitable that the leaders go into hiding. The course of history ordered Yoon Han-bong off stage, and put Yoon Sang-won in the spotlight.

"There would have been no uprising without the citizens, and there would have been no uprising without the resistance leaders."

On May 18, the Gwangju Uprising started from Chonnam University. Chonnam University was the only university that carried out its pledge to gather on campus and fight against the police. But if the citizens of Gwangju had not joined in, the students would not have endured the violence of the soldiers.

One of the leaders of the resistance, Jeong Sang-yong, was a student at Chonnam University. When he was throwing stones along with fellow students on May 19th, he asked himself, "Isn't there something else I can do? Something besides hurling stones with everyone else?" He had no idea that something else was brewing – soon, the citizens of Gwangju would arm themselves with guns to revolt against the soldiers. But when this happened, Jeong Sang-yong himself chose not to participate. Instead, he went into hiding.

From May 20th onward, it was the nameless masses who did the work of fighting against the soldiers. The population of Gwangju was around 700,000, and 300,000 of those people participated in the struggle. They attacked city hall all night, and they would not give up, even as they faced helicopters and ruthless soldiers who gunned down everyone in sight. Then, at last, the citizens managed to push back the soldiers and claim the city as their own. Jeong Hae-jik, one of resistance leaders, stated:

"I returned to my house, which was near the back gate of Choseon University. The machine guns were firing like mad. I couldn't sleep at all. I could hear helicopters all night. When I got up in the morning, people told me to go to campus. They said all the soldiers had fled. It was incredible. We fled, but the citizens came, and they managed to capture the city hall."

What motivated hundreds of thousands of citizens to fight against the military? And how unbelievable was their success! The credit of the Gwangju Uprising belongs to Gwangju

But at the same time, we cannot ignore the role of the resistance leaders, who managed to guard city hall until the early morning of May 27th. When the citizens of Gwangju managed to drive out the soldiers, they anxiously waited to hear of uprisings in other cities – Jeonju, Daejeon, and Seoul. They hoped for backup, for solidarity. But they received no such news.

Isolated, the citizens of Gwangju trembled. They even voluntarily returned their weapons to the army, as a form of surrender. Had it not been for the leaders of the student movement who encouraged the people to fight until no one was left standing, the Gwangju Uprising may have dissolved into a mere riot.

Yoon Sang-won was central to the resistance leadership. He and several other leaders – Lee Yang-hyun, Jeong Sang-yong, Yoon Kang-ok, Kim Yeong-cheol, Park Hyo-seon, Jeong Hae-jik – undertook the task of protecting Gwangju. All these leaders led the student movement of the 70's alongside Yoon Han-bong. Without the student activism of the 70's, there would have been no Gwangju Uprising.

Yoon Han-bong led the student movement alongside other dedicated colleagues – so many that this book cannot record all their names. Yoon was one thread in a larger tapestry; to claim that anyone is more than that would simply be incorrect. Through their collective efforts, Yoon and his comrades accomplished something in Gwangju that no other city had managed: on May 16, 1980, a sea of torches burned bright against the night.

Section 3:

After returning home

At Gimpo Airport

At last the plane arrived. Yoon could see the cozy, green peninsula – his fatherland.

The crew had Yoon get off the plane first when they arrived at Gimpo Airport. He trembled – he thought he was going to be arrested on site. But he had prepared for that possibility. He walked calmly to the gate. Flashes of light burst out. A crowd was welcoming him home, and among them were countless reporters.

"Please hold your arms up and shout, "Hurrah!""

Yoon looked at the ground. During the press conference, the reporters asked Yoon for a statement. He had nothing prepared.

I am nothing but a fugitive. I don't deserve fame. I intend to live as I have – like a laborer, like fertilizer.

There was nothing more to say. He went down to Gwangju by bus.

The next morning he went to the cemetery* where his comrade Yoon Sang-won was buried. He knelt there and sobbed.

Korea had changed while he had been away. The streets were packed with cars, and the cities were filled with apartment buildings. The student movement had wilted, whereas the labor movement had grown steadily. Democracy was spreading throughout society. Civic groups had sprouted up in various sectors. Nonetheless, this was not the Korea he had been longing for.

The sky was still blue and mountains were still cozy. But the city felt claustrophobic. I felt like I couldn't breathe because of the air pollution. And when I met with old comrades again, I could see that they had grown comfortable with the status quo. That, more than anything, made me feel like times had changed.

Yoon returned to L.A. in a week. Ironically enough, he felt like he had returned home from a long journey when he returned to L.A. He was very glad to meet with YKU members again.

And yet on August 18th, Yoon decided he would permanently return to Korea. He went to the vegetable garden of his school and uprooted everything. He knew there would be no one to take care of it once he left. He sent a letter of thanks to the U.S. State Department for granting him asylum and returned his residence permit.

The YKU held a farewell ceremony for him. In front of the members, who tearfully bade him farewell, Yoon pledged:

I will work hard, remembering you, my comrades. For the last 12

---

* The National Cemetery where the martyrs of the Gwangju Uprising were buried years, I lived in America thinking of my comrades in Korea. Now I'll live in Korea, thinking of my comrades in the U.S.

Disappointment

Yoon felt that something had drastically changed while he'd been away. The people of Gwangju had led simple lives in the 1970's. But the Gwangju he'd returned to was different. Everyone seemed greedier somehow, like they were all imitating some parvenu in Seoul*. There was no respect for the value of life. The people themselves didn't recognize their own shift in attitude – for them, the change had come gradually. But for Yoon, the contrast was stark. He despaired:

I am immensely shocked by the changes in our country. My homeland became a country of no spirit, no soul, no principle, no discipline, no dreams, and even no tears. My country changed into something spiteful and vicious, failing to help the weak and the poor.

---

* In 1977, Korea's GDP per capita was about 1,000 dollars. By 1995, the GDP per capita was about 10,000 dollars. Many rich people lived in Gangnam, Seoul at this time. Their hedonistic lifestyle had made its way down to Gwangju.

Yoon stuck to his old lifestyle. He lived in a room of about 40 square meters. It was a rental apartment provided by the government for the poor.

As always, Yoon also rejected any fame or official titles. His colleagues advised him to meet with Kim Dae-jung – such a meeting would've likely earned him a seat in the government. But Yoon was uninterested. In 1994, at Kim Nam-joo's funeral, Kim Dae-Jung came to pay his respects to the poet. Yoon and Kim bowed to each other in reconciliation, but that was all.

Yoon did not even attend memorial events held in honor of the Gwangju Uprising or the commemoration ceremony held at city hall. He only attended lectures on the Gwangju Uprising.

A comrade leaves his side

On February 13, 1994, Yoon received sad news. The poet Kim Nam-joo, his friend and comrade, had passed away. Perhaps his body had been weakened as a result of long term imprisonment. He died of pancreatic cancer. Kim Nam-joo is no less than a brother to Yoon.

One day the poet's wife, Park Kwang-sook, asked her husband. "What's Yoon like? What kind of person is he?" The poet replied, "He's the most innocent man in the country. He is 100% pure. There is not a deceitful bone in his body."

After Kim Nam-joo passed away, Yoon started a fundraising campaign to establish a memorial for him. He persuaded the city to set up the memorial stone in a sunny area of the city park.

It was at Kim Nam-joo's funeral that Yoon discovered he had an irreversible lung disease. As Yoon walked up the mountain to the grave, he found himself out of breath and unable to continue walking. At the hospital, Yoon was told that he had emphysema. Yoon gave up smoking, hoping that he could at least prevent the disease from getting worse.

After the funeral, Yoon rented a small space on the third floor of an old building. In March, 1995, he hung a sign there – "Korea Future Research Center."

Marriage

Many activists from all over the country came to the opening ceremony of the Korea Future Research Center. Every day, the place bustled with people who came to congratulate Yoon and wish him the best. The small space was always tidy, and there was a hot pot of tea ready for visitors at any time.

After opening the Korea Future Research Center, Yoon got married. In a way, the research center was his nest, and he was now ready to have a family of his own. His parents were thrilled to hear the news.

"Mother! I'll get married, as you wish. But you must be ready to accept my partner, no matter who she is."

Yoon made an international call to the U.S. Shin Kyung-hee, who had worked at the community center in L.A., picked up. Yoon immediately asked her to return to Korea. It was a sudden proposal. Shin replied that she needed some time to think. A week later, Yoon called her again.

"Have you made a decision?" he asked her.

"Can you at least feed me and keep a roof over my head?" she asked.

Yoon replied, "By what means would I do that?"

"Okay," she said. "Fair enough. I'll return to Korea."

On April 17, 1995, on a clear, cloudless day, Yoon got married in a gym. He opted for a traditional Korean ceremony, which was uncommon. The officiant called for the bride and bride groom to bow to each other. The guests were all smiles. "Omae!* Who knew Yoon would get married!" The bridegroom was 47 years old. The bride was 34.

Shin Kyung-hee was a YKU member of the Philadelphia branch. According to Yoon, she was a woman who could be content with having little.

When Yoon was in the U.S., his mother's only wish was to see her son's face again. When he returned, his mother's only wish was to see him get married. Now that he was married, her only wish was to have a grandchild. But Yoon never granted her that last wish.

Though Yoon and Shin never had a child, they were a happy couple. Yoon enjoyed singing with his wife. Yoon's favorite song was "The Light of the Factory." He often asked his wife to sing "Idiot Adada," a sad song about a deaf woman. Towards the end of his life, he was learning the song "Springtime Passes."

---

* This is an exclamation of surprise unique to the rural dialect of Chonnam Province.

The May 18th Memorial Foundation

After returning to Korea permanently in 1994, the first project Yoon began working on was the establishment of the May 18th Memorial Foundation. It was founded in August that year and received acknowledgement from the government in November. Those few months between August and November were some of the most difficult times in Yoon's life. His efforts were often greeted with suspicion, slander, insults, and threats. Nonetheless, he and his friends held an inaugural meeting on August 30th. The following is the founding statement of the May 18th Memorial Foundation.

Gwangju stands again. May stands again. The May 18th Memorial Foundation has been founded to contribute to our society through solidarity and resistance in the face of injustice.

May 18th is as much of a yoke as it is an honor. May does not belong to anyone – not even the injured, the arrested, or the bereaved. We reflect upon the past and repent for wrongdoings as we pledge to return to the spirit of May, 1980. With humility we stand in front of those who have sacrificed their lives. They smile brightly down upon us.

This statement reflects how Yoon felt about the Gwangju Uprising. For him, May was a yoke, a burden that would haunt him till he died.

The permit for the foundation was granted in December. "I'll stand firm in the face of hardship, and I will do everything I can to pay my debt to those who gave their lives in May, 1980." Yoon felt he had finally fulfilled the promise.

Another project Yoon took interest in was Theater Tobagi. Park Hyo-seon, the leader of Theater Tobagi, had been one of the protestors at city hall during the Gwangju Uprising. He was a director as well as a great writer. He wrote more than twenty plays, which included a trilogy about the Gwangju Uprising – <May of Geum-hee>, <Peony Blossom>, and <Blue Thread, Red Thread>.

In 1994, Theater Tobagi was about to close down because they could not pay rent for their office. Yoon organized a fundraiser so that in the next year, they were able to have their own small theater.

Yoon invited Theater Tobagi to perform in the U.S., as a way to educate people about the Gwangju Uprising. In 1994, Theater Tobagi performed <Peony Blossom> in major cities in the United States. In 1996, Theater Tobagi went on another tour, this time performing <May of Geum-hee>. Touring around the U.S. was incredibly difficult for the members of Theater Tobagi, but they were met with standing ovations after every performance. The YKU devoted a lot of effort to their success.

Wild Fire Night School

Wild fire is a reference to the famous last statement in court made by August Spice, given the death sentence; "If you think that by hanging us you can stamp out the labor movement—the movement from which the downtrodden millions, the millions who toil and live in want and misery, the wage slaves, expect salvation—if this is your opinion, then hang us! Here you will tread upon a spark, but here, and there, and behind you, and in front of you, and everywhere, flames will blaze up. It is a wild fire. You cannot put it out.

The Wild Fire Night School played a pivotal role in the Gwangju Uprising. This night school was founded by Park Ki-soon in 1978, to provide education to workers in factories. The school also offered education to poor students who could not afford to attend school. Dedicated college students volunteered to teach at the school.

On Christmas day of 1978, Park Ki-soon was busy preparing for the school festival. She was exhausted from collecting pine cones, and her body was too deeply asleep to notice the carbon monoxide seeping into her house. Many teachers and students of the night school grieved her death.

Many of the activists who contributed to the Gwangju Uprising were volunteer teachers at Wild Fire Night School. Yoon Sang-won and Park Yong-joon were killed by soldiers at city hall. Kim Yong-cheol was arrested at city hall and tortured. He suffered permanent brain damage. Park Kwan-hyun led the torch rally on May 16th and died during a hunger strike in prison. Shin Yong-il led the student movement after the uprising and devoted his life to the democratization of Korea. He died from torture and fatigue in 1988. Park Hyo-seon was the leader of Theater Tobagi.

Yoon made a memorial to commemorate these teachers of Wild Fire Night School. The memorial shows their faces, carved in stone, as the stars of the Big Dipper. Yoon also established the Wild Fire Prize, which was given to devoted activists.

Yoon's spirit

Was Yoon a nationalist? This is a difficult question to tackle. Yoon led the Korean unification movement and set up many programs to teach immigrant Koreans about their heritage. He set up the Korean Future Research Center. But at the same time, he also promoted international solidarity. Jeong Seung-jin's portrayal of Yoon gets us a little closer to the truth.

People say Yoon is a unification activist, but I think that's not true. He's an activist for the weak and disenfranchised.

Yoon's ideology and spirit are hard to pin down. It's probably best to analyze his principles through his thoughts on the Gwangju Uprising.

On May 18, 2004, Yoon led a special lecture called "The Spirit of May." He began the speech with these remarks:

Those who try to commemorate the uprising of May 18th must first define the spirit and principle behind it. Without establishing what the principles were, there's no point in commemoration. What can we do to continue and develop the spirit that drove us to protest? We can't answer this question without defining what this spirit is.

People often say that the spirit of the uprising is about 'democracy, human rights, and peace'. But democracy, human rights, and peace are universal values. If we define the spirit of the Gwangju Uprising through universal values, we actually define nothing about it. That's almost like saying the uprising was based on no thought at all, no ideology.

No one had expected such sharp criticism. When everyone else was pleased with trite platitudes, Yoon relentlessly sought to define the conviction that led to the Gwangju Uprising. He continued, in his speech, to speak of resistance and solidarity. "The massacre caused anger. The anger led to resistance and protests. The uprising in May was about resistance, first and foremost."

Then, he asked, "What made people stand up against injustice? What empowered them?" Yoon believed it was solidarity. He used the Korean word daedong* – "That means we think of each other as family, as one. When the citizens were fighting, they cried, "Let's die together, let's join those who have given their lives to this cause." That's what solidarity is."

Resistance and solidarity were the principles that guided Yoon's life. Im Kyung-kyu, a member of the YKU, once said, "Yoon wanted

---

*   Daedong is a confucian concept similar to commune, a world of equality. It is written in Chinese characters, 大同, which means a great solidarity.

to make the whole world one family. He wanted everyone, no matter where they were from, to feel like they were a part of one community. He always said 'Let's do right by others. We're all brothers, regardless of ethnicity.'"

Jeong Seong-jin, a leader of the New York branch, said, "Yoon's spirit, in the long run, is the spirit of Gwangju. To inherit the spirit of the Gwangju Uprising is to inherit Yoon's spirit."

Live righteously
Learn your roots
Live with integrity
Live communally

The mottos that Yoon hung on the walls of his school were, in essence, the spirit of resistance and solidarity behind the Gwangju Uprising.

The Progressive Party

Yoon emphasized the need for a progressive party. He stressed that Korea was the only country that didn't have such a thing. His dream for a future progressive party was ambitious.

A party of firm policy, of transparent democracy, and clear responsibility. A party of true morals, a strong independent party that runs independently from any other organization, funded by membership fees. A party for the people, people from all walks of life. A progressive party that advocates for the rights of workers and farmers. A party that promotes culture and arts, a party that has a vision for the nation's future in the long term. A party that responds to the cries of the weak and trampled all over the world.

Yoon wasn't an idle thinker. Once he had an idea, he immediately took steps to make it happen. He made an organization as a stepping-stone to the progressive party he dreamed of. It was called the "Haemaji," meaning "greeting the sunrise" in Korean. But Yoon was uninterested in pursuing a career as a politician himself, and Haemaji did not last long.

In January, 2000, Yoon greeted the newfound progressive party. He had great expectations of the Democratic Labor Party of Korea. In 2004, the Democratic Labor Party elected ten lawmakers. Yoon exclaimed that it was the best news he'd heard in his life.

But almost immediately, Yoon lost faith. The sycophants of the conservative party, who had always blocked the progressive party at every turn, now wanted in. They joined the Democratic Labor Party and took control over the party's leadership. Yoon resigned as the advisor of the Democratic Labor Party.

The movement for a progressive party in Korea faced new barriers and obstacles, but Yoon could not join the fight. This time it was his failing health that forced him to come down from the stage. He had to leave the future of Korea's progressive party in the hands of history.

The last visit to America

The YKU continued to be active for ten years after Yoon left the U.S. and then it was decided that it would be dissolved in 2004. Activist groups in Korea rarely lasted more than five years. It was incredible that the YKU had survived for nearly twenty.

Though the YKU dissolved, their community centers in L.A., New York, and Chicago continued to be active. They became much bigger than they had been when Yoon led the YKU and they became very influential in the Korean immigrant society.

In 2005, Yoon began to prepare for the end of his life. It was becoming impossible to climb a flight of stairs, and he depended on an oxygenator. He was more or less confined to his house. In 2006, he made a final trip to the U.S. to meet with his colleagues.

During his trip, Yoon confessed that he had been wrong on a few matters. First, he conceded that the North had nuclear weapons and retracted his previous claim that North Korea was a peaceful country. In the past, Yoon had also believed that North Korea was not responsible for the outbreak of the Korean War. But based on the data released by the Soviet Union, he admitted that the Korean War was a result of North Korea's invasion. He corrected his erroneous views publicly. To the last, Yoon was an honest activist who was always ready to readjust his views based on evidence.

Jeong Seung-jin gives an account of what happened after the last time Yoon met with the YKU.

Then the meeting finished, and I picked him up at the hotel by car. Yoon said that he would not come here again. I dropped him off in front of the hotel and saw him cry in front of the elevator. He wasn't that kind of guy – he never cried in public. But I saw his shoulders heave as he stood in front of the elevator.

That night was the last day of his stay in the United States.

Epilogue

After returning to Korea, Yoon was frustrated by the many obstacles he faced. The hope he'd put into the progressive party fizzled out, and the world in general had a long way to go before achieving the kind of solidarity Yoon dreamed of. Yoon's efforts were constantly met with suspicion and slander. So was his life a failure? That's not for us to say one way or another. All we can do, as his friends, is talk about how much we miss him.

Hong Hee-dam: The last time I saw him was in a sterile hospital room, after he'd passed away. He looked transparent, peaceful. I could see his hands poking out beneath the blanket. I felt like he'd become a spirit now, like he could still talk to us. This planet is beautiful, because people like him trod on it.

Choi Kwon-haeng: There was a poet hidden in the man. Sometimes, when I remember Yoon's passion, his talent with words, and his insight into history, I think Yoon must have been Homer in a former life.

Kim Hee-taek: He's the one that made me reassess the youth movement, so, in retrospect, meeting him was a turning point in my life. His face still lingers – the sparkling in his eyes that spoke of truth.

Choi Dong-hyun: We, who plotted the secret passage to America, met at Masan on April 30 in 1981. Yoon said he would fight or die. He wanted the world to know about the Gwangju Uprising. He resolved to become a thread in the tapestry of Korea's democratization and dedicate his whole life to fight against military dictatorship.

Moon Kyu-hyun: There wasn't a speck of dishonesty in him. He wore his heart on his sleeve, and he always did as he said he would. He was filled – no, overflowing – with love for his country. He was always burning with passion. I remember how much he used to cherish the dirt in the vegetable garden behind our school. It was soil from Gwangju. I don't think I could ever forget him.

Lee Kang: My youngest son was accepted into Seoul National University in 1998. Yoon encouraged him, saying, "You've done so well! Growing up without a mother must have been hard on you, but you've studied so hard." He even gave him a million won to help him out with tuition.

Lee Kil-joo: I used to say "Ugh, smoking again!" when I caught him. He always smoked with his head hanging low, his hands closing around the cigarette butt as if he was trying to hide it. I'd say it again if I saw him now – and probably, like always, he would just shake his head, smiling. He was a man who could make me smile shamelessly.

Choi Yong-tak: The YKU was a remarkable group. Devotion – that's the word that comes to mind. They always said, "Our brothers and sisters shed their blood in Korea, so we ought to shed our sweat ten times, twenty times over in America."

Gang Wan-mo: He was a Jesus that walked among us, a Lenin of Korea. That's the kind of man he was to us.

A man who lived selflessly all his life. A man who was devoted to something bigger than himself. A man who kept his country-boy heart pure. This man is still with us. The dreams he left unfulfilled are our duty and our honor. Kim Nam-joo's poem, "The Fighter-2," is dedicated to Yoon.

Tonight
another star
fell on the earth of mankind
He knew
he too
would fall fighting for freedom.
But he knew too
that his death wouldn't be in vain.
Yes, every drop of blood he shed
seeped into the Mother Earth
so someday
the tree of liberty will bear fruit.

His descendants freed, picking the fruit,
will talk about the blood, the tears he shed.

Timeline

1948(February 1)	Born in Chilyang-myeon, Chonnam Province to Yoon Ok-hyeon (father) and Kim Byeong-soon (mother).
1954	Enters Chilyang Elementary School
1960	Enters the affiliated middle school of Chosun University.
1963	Enters Jaeil High School in Gwangju.
1966	Graduates high school.
1968	Begins mandatory military training.
1971	Enters Chonnam University, school of agriculture.
1974(April 9)	Instigated protests against the Yushin Constitution as a leader of the National League of Democratic College Students. Arrested and sentenced 15 years in prison.
1975(February 16)	Released from prison in Daejun.
1975(April)	Served as the president of Chonnam Province Prisoners Association.
1976(April)	Sentenced 1 year and 6 months in prison for disobeying Emergency Decree no. 9.
1977(December 9)	Released from prison in Daegu.
1978(April)	Supported the Hampyeong Farmer's Protest.
1978(November)	Provided meals for 800 farmers at the nation-wide rice-farmers competition.
1978(December)	Founded the Songbaekhwe to support prisoners of conscience.
1979(June 4)	Founded the Modern Culture Research Center and

served as the first president.

1979(October 23) Arrested immediately after the beginning of protests for democracy in Busan and Masan. Tortured and imprisoned.

1979(December 9) Released from prison following the termination of Emergency Decree no. 9.

1980(January) Lead the Chonnam branch of the National Federation of Democratic College Students. Supported the founding of the theater Gwangdae.

1980(May 27) Becomes one of the most wanted, as a leader of the Gwangju May Uprising.

1981(April 29) Smuggles himself onto the ship Pyobum-ho. Arrives in Seattle 35 days later, on June 3rd.

1981(June 12) Applies for political asylum in the U.S. while working at an Asian grocery store in Seattle.

1981(October 10) Moves to Los Angeles.

1982(June) Organizes the Association of Supporters for the Victims of the Gwangju Uprising.

1982(October) Protests against the imprisonment of Park Gwan-hyeon, a student leader, with a 10 day hunger strike.

1983(February 5) Founds the Korean Resource Center in L.A.

1983(May) Reveals the truth about the Gwangju May Uprising and the story of his escape to the U.S. in a press conference in L.A.

1984(January 1) Founds Young Koreans United, which later establishes branches in San Francisco, Seattle, Chicago, Denver, Dallas, New England, New York, Philadelphia, Washington D.C., etc. as well as in

	Canada, Australia, and Europe.
1985(November)	Established Binari, a Korean-American culture and arts group based in New York.
1987(April 17)	Granted political asylum from the U.S. government.
1988(May)	Began the petition to remove nuclear weapons.
1989(July 20)	Led the International Peace March.
1990(October)	Connected the YKU branches in Canada, Australia, Europe, and the U.S. to create an international YKU.
1990(October 1)	Went on a 15-day hunger strike in front of U.N. headquarters to promote a peace treaty and protest against the separate U.N. membership of North and South Korea.
1991(September)	'The Sound of Freedom,' a culture and arts group, toured Europe, Australia, and the U.S.
1992(May)	Held a public debate on the Los Angeles Riots. Provided legal support for Koreans who had suffered losses in the riots.
1993(May 19)	Temporarily returned to Korea. Returned to Korea permanently 3 months later.
1994(August)	Led the establishment of the May 18th Memorial Foundation.
1994(November)	Led the effort to move and expand Dandelion Theater.
1995(March)	Established the Korea Future Research Center.
2000(July)	Fought against the efforts to establish a memorial for President Park.
2001(June 28)	Organized a committee to create a memorial for the martyrs from Wild Fire Night School.

2002(May)	Established the memorial for the seven martyrs from Wild Fire Night School.
2004(June)	Became the principal of the May Uprising Academy, an academy founded by the 5·18 Memorial Foundation
2005(December)	Closed down the Korea Future Research Center. Stayed home to rest and recuperate from here on out.
2007(June 27)	Passed away after a lung transplant at the age of 61.
2007(June 30)	Buried in the May 18th National Cemetery.

About the Author

Born in 1958 in Gwangju, Hwang Gwang-woo was expelled from high school for leading an anti-dictatorship protest. After passing the college admissions examination, he entered Seoul National University in 1977, where he spent his time reading classics. He was sentenced to two years in prison during a military trial in 1978 for participating in a protest jointly organized by six universities in Seoul, but he was granted parole the following year. During the "Spring of Seoul" in 1980, Hwang was expelled for violation of martial law while serving as the head of the Social Bureau in the Student Council of Seoul National University. In 1983, he ran free night classes for working and underprivileged youths and established the People's Church in the Sillim-dong district of Seoul and. The next year, he became a laborer at the Gyeongdong Industrial Co. He was also the head of the Education Bureau in the Incheon Area Workers' League.

Hwang published several books during the military dictatorship under the penname "Jeong-in." These books – *In Search of the Roots of Alienated Lives, Hearken to the Cry of History, and Those Who Bear Rafts* - provided guidance to those who were concerned with the state of Korean society, and gathered much public attention. In 1991, he founded a monthly magazine, *Those in Search of a Path,* and since then has authored numerous books including *Truth Is My Light, The Reds: A New Reading of the Communist Manifesto,* and *Philosophy Concert.* Let the youth remain there for long, *The Biography of Socrates: Love, The Shrine of Philosophy,* and *History Concert.*

After his belated graduation from the Department of Economics at Seoul National University in 1998, he served as the Director of Political

Education of the Korean Democratic Labor Party. In 2009, he entered the Department of Philosophy at Chonnam National University to study philosophy. He now reads classics with teachers, housewives and students at the Classics Institute in Gwangju.